JN270990

リア王と疎外

シェイクスピアの人間哲学

渋谷治美

花伝社

健久に

目　次

凡例　　　　iii
まえがき　　　1

第 一 部

1　『リア王』と疎外 …………………………… 7

第 二 部

2　マクベス夫妻の乖離的二人三脚 …………… 47
　　——『マクベス』試論（I）——
3　魔女の誘惑のゆくえ ………………………… 79
　　——『マクベス』試論（II）——

第 三 部

4　シェイクスピアにおける男と女 …………… 117
　　—— 純愛と獣愛の弁証法 ——
5　二つの『夏の夜の夢』 ……………………… 145
　　—— ウィーンでの演劇とバレーの鑑賞記 ——

第 四 部

6 呪いとは何か ……………………………………… *167*
　　── シェイクスピアにおける呪いの射程 ──
7 悪の哲学またはイアーゴゥの擁護……………………… *195*
　　──『オセロー』試論 ──

補 遺

シェイクスピアと私 ………………………………… *233*
シェイクスピアの華麗で辛らつな人間観察 …………… *237*

あとがき　　*279*
改訂新版 あとがき　　*284*

【凡例】

- シェイクスピアからの引用は、本書全体を通して基本的に小田島雄志訳（白水Uブックス）を使う。例外：第一章『リア王』（福田恆存訳、新潮文庫）、第四章『ロミオとジュリエット』（三上勲訳、角川文庫）。いずれにせよ適宜訳文を改めた場合が多い。
- シェイクスピアの戯曲から引用する場合、引用箇所の指示として、末尾に幕と場を括弧書きで示す。そのさい幕をローマ数字で、場をアラビア数字で略記する。例：第三幕第二場 → (III - 2)
- シェイクスピアからの引用のなかの／は、もとの詩句の訳文上の行替えを示す。
- シェイクスピアに限らず、引用文中の傍点と〔　　〕による補いは、筆者による。
- 注は＊で示し、段落ごとに挿入した。ただし煩わしい場合、注を読まずに本文のみを読み進めてくださってかまわない。

まえがき

　芸術作品はいずれにせよ、人間が最終的な主題である。わけてもシェイクスピア（William Shakespeare 1564-1616）の場合、言葉の氾濫ともみえる四十作に近い全作品をとおして、人間のあらゆる性格、行動、心情の機微がさまざまに描かれる。とはいえそこには何かまとまった「哲学」のようなものが貫かれてはいないだろうか。

　人間をあるがままに活写する。それは、階級、社会、歴史という舞台のうえで、王が臣下と、父親が娘と、商人が貴族と、道化が下僕と、王子があばずれ娘と、つまり人間が人間とぶつかりあうさまをそのまま描くことだ。するとそこに共通するのは、「言葉」だけとなる。

　人間は言葉をとおして他者に〈真実〉を伝える。だが同時にそれは〈虚偽〉を含む。なぜなら「語り」は「騙り」だから。真実でありながらそのまま嘘であるような、そういう人間存在の実相を、シェイクスピアの作品に即して論理化し何らかの「人間哲学」としてあぶりだすこと、それが本書の課題である。

　とはいえ本書は当初から明確な構想に基づいて執筆されたわけでない。本書は私が、三十歳から四十歳にかけての十年間に、シェイクスピアの戯曲を観、読みながら折りにふれて素朴に疑問に感じたこと、あるいは直観的に閃いたことを、その後ひとつひとつ自分なりに解決し論理化していったその道標である。その疑問と直観とはどういうものであったかを、ここで簡略に章ごとに記そう。

『リア王』と疎外

　リアはなぜ最愛の娘コーディリアを勘当し、うえ二人の娘たちの虚飾の言葉の犠牲にならなければならなかったのだろうか。それにはリア自身に責任があるのではないか。この自ら招いた「悲劇」は、人間をめぐる最大の癒しがたい心の病、すなわち〈疎外〉を表現しているのではないか。——こうした疑問と直観を出発点として、A　親子のあいだの疎外の必然性、B　真情を物の量で測ることの落し穴、C　〈疎外〉の原義に遡ることによって明らかになる封建制の時代精神としての疎外、の三つの観点から論を展開する。

マクベス夫妻の乖離(かいり)的二人三脚——『マクベス』試論（Ⅰ）——

　歴戦の勇士マクベスがたった一人の老人（ダンカン王）を殺害するのに、なぜあのように逡巡せねばならなかったのか。マクベスとマクベス夫人の夫婦関係の内実はどのようなものであったか。マクベスははたして最後に、悪魔的な悟りの境地に到達したのだろうか（次章につづく）。

魔女の誘惑のゆくえ——『マクベス』試論（Ⅱ）——

　マクベスを呪縛した魔女たちの呪文「よいは悪いで、悪いはよい」の意味射程はどこまで及ぶのだろうか。マクベスははたしてこの呪文の真理に殉じたのだろうか。——従来の二つの解釈相に加えて合計五つの解釈相を重層的に展開することによって、人間をめぐる善と悪との弁証法的転倒の究極的な真相を明らかにする。

シェイクスピアにおける男と女——純愛と獣愛の弁証法——

　ロミオとジュリエットはなぜあのような悲劇を避けることができなかったのか。他方、なぜアントニーとクレオパトラの関係は悲劇に終わらざるをえなかったのか。このような疑問を出発点として、

男女の間に繰りひろげられる悲劇と喜劇の機微を、〈純愛〉と〈獣愛〉という対照的な概念を使って解明する。

　二つの『夏の夜の夢』——ウィーンでの演劇とバレーの鑑賞記——

　女と男の関係は、どこまでも深く欺瞞性に包まれているのではないだろうか。——1987年から88年にかけてウィーン滞在中に観た『夏の夜の夢』の演劇とバレー（メンデルスゾーン作曲）から学んだ、女と男のexchangeability（相手はだれでもいいということ）にまつわる欺瞞性とそれを支えるエロス性とを、フロイトに言及しながら賛美する。

　呪いとは何か——シェイクスピアにおける呪いの射程——

　人間はなぜ人間を呪うのだろうか。人間が人間を呪わねばならない状況とは、どのような限界状況なのであろうか。『リチャード三世』などの歴史劇を題材として、〈誓い〉や〈祈り〉と対照しながら、〈呪い〉というものが秘めている絶望的な人間存在論的意味射程を解明する。

　悪の哲学またはイアーゴゥの擁護——『オセロー』試論——

　イアーゴゥが幸福の絶頂にあるオセローとデズデモーナの二人を、巧妙な嘘とハンカチ一枚で破滅にまで追い込んだのはなぜだったのか。彼を突き動かしていた〈悪〉の哲学はどういうものだったのか。——あわせてイアーゴゥの悪の手法を詳細に分析したうえで、彼が人間的自由をいかに十全に発揮することのできた「典型的人間」であったかを明らかにする。

　以上が本書の各章ごとの問題意識と主題である。これに加えて、本書全体を貫く最大の問題提起は、次の点にある。シェイクスピアの作品が人間のあらゆる生き方を賛美しているのは間違いないとし

て、その基底に横たわる彼の「人間哲学」は、人生には依拠するべき確たる規範はない、という価値ニヒリズムに深く支えられていたのではないか。──この仮説に頷いてくださる読者が一人でもおられたら、本望である。

　収録した七本の論考の内容から判断して、全体をゆるやかな四部構成とした。

1999 年 6 月
（2009 年 4 月改文）

渋谷　治美

第 一 部

1

『リア王』と疎外

道 化

シェイクスピアが書いた三十九本の戯曲のなかで最高傑作が『ハムレット』と並んで『リア王』であることは誰しもが認めるところである。ところで、この戯曲においてリア王その人が味わあなければならなかったあの悲劇は、リア自身にもその責があるであろうこと、この点も劇の冒頭からして誰しもが感じるところである。だがリアの負うべき責を、コーディリアの真情を受けとめえなかった短気、忠臣の言に耳をかすことができなかった強情、姉娘たちの偽善を見破れなかった不明といった、要するに彼の老いの耄碌と頑迷にしか見ようとしないならば、それはこの戯曲の秘める実存論的な深淵を見過ごすことにならないだろうか*。むしろもっと根本的なところにリアは己れ自身の悲劇に対する根拠、責を有していたのではないだろうか。本章ではそれを〈疎外〉の問題として吟味していこうと思う。

　*　ある解説者は「この戯曲は今日の〈老人問題〉を先取りしています」と述べたが（NHKシェイクスピア劇場）、もしこういう評価に留まるとしたら、シェイクスピア随一の悲劇が泣こうというものである。

　〈疎外〉とは己れ（たち）の自己実現によっていったんは対象化したものが再び己れに還帰せず、剰え己れに敵対すること、として定義される。封建制下における農民は厳しい年貢の取り立てにあってときに一揆を企てるのであるが、これを弾圧するために駆けつけてくる武士どもは（たとい彼らが足軽身分の最下級武士であったとしても）農民が生産した米によって健康に生きているのだし、加えて彼らが手にしている優秀な武器でさえもがもとをただせば農民から収奪した年貢米によって購ったものなのである。自分たちの生産（自己実現）した米が自分たちを殺しに襲ってくる！――このような、人間の歴史に固有な疎外という事態が哲学的思想的に表立って論じ

られるようになったのは、周知のように十九世紀に入ってからであった。ヘーゲルは絶対精神が自然へと自己疎外し、それが人間精神へと自己還帰するさまを叙述し、フォイエルバッハは宗教（ヘーゲルの哲学体系も含めて）が人間の自己疎外形態であることを喝破し、マルクスは人間の労働における自由が歴史的に階級対立を通して疎外へと転化せざるをえない必然性とその克服の展望とを示した。また彼らと並行ないし対抗しながら、十九世紀から前世紀にかけて多くの実存主義思想家たちが、人間的自由に存在論的に免れられない性格として疎外をさまざまに論じている。さてシェイクスピアの『リア王』の初演は1605、6年頃と推定されている。上記した〈疎外の哲学〉に先立つこと二、三百年前に書かれたこの戯曲を、人間の疎外という観点から解明していこうという企ては、果たして疎外されずにめでたく自己還帰してくれるであろうか。

　議論に先立って、粗筋を確認しておこう。

　【粗筋】　舞台は伝説上の古代イングランド。劇は、老王リアが引退するべく領土を三人の娘に分割しようとする儀式の場面から始まる。長女ゴネリル、次女リーガンは無事に済むが、リアの最愛の娘、三女のコーディリアは父の質問に返答しなかったためかえって怒りを買い、その場で勘当されてしまう。彼女は無一物となってフランス王に嫁いでいく。

　他方、リアの忠臣グロスター伯爵は、次男で私生児のエドモンドが仕組んだ芝居に騙されて、長男エドガーが自分を殺そうと謀っていると思い込み、コーンウォール公爵（リーガンの夫）にエドガーの逮捕・処刑を願いでる。エドガーは間一髪で逃亡する。

　ところでリアの引退に当っての条件は、百人の騎士とお気にいりの道化を伴って一月ごとにゴネリルとリーガンの世話になるというもので

あった。ところがすでに領土を手に入れてしまった姉妹二人は、共同戦線を張って父リアを邪険に扱い、日をおかず騎士を全員解雇する。リアはこの無礼に直面して半狂乱となり、嵐の荒野にさまよいでる。そこでは狂ったリアと道化と逃亡中のエドガーの三人が出会う。

父の窮状を伝え聞いたコーディリアは、フランス軍を率いてリアの救出に向かう。またグロスター伯爵も彼女と連携してリアを庇護しようとする。ところが私生児エドモンドの密告により、伯爵は密かにフランスと通じているとされて、コーンウォール公爵の手で両目を抉られる（だが公爵もその場で伯爵の部下によって手傷を負い、横死する）。狂気のリアと顔を血だらけにしたグロスターはドーヴァー海峡近くの荒地で再会する。伯爵は長男エドガーと和解したのち、息絶える。

さて悪漢エドモンドはゴネリルとリーガンの二人に若さと行動力の魅力を見せつけて、それぞれと秘密に夫婦約束を結ぶ。父の領土を奪っただけでは満足せず、将来はイングランド全体を乗っ取ろうという魂胆で。

一方、リアもコーディリアと再会し、狂気も癒えて、彼女に自分の過ちの赦しを乞う。二人が和解したのも束の間、フランス軍はイングランド軍に大敗して二人とも捕虜となる。今やイングランド軍を実質上指揮するにいたったエドモンドは、二人の殺害を命じる。

ところが妻のゴネリルがエドモンドと通じていることが夫のオールバニ公爵の知るところとなり、エドモンドは覆面の騎士と決闘せざるをえないはめになる。その結果エドモンドは瀕死の重傷を負う。相手の騎士は兄エドガーであった。そのころリーガンはゴネリルの盛った毒によって悶死、ゴネリルも事が露顕して体面を保てず短剣で自害。

死ぬ間際にエドモンドはリアとコーディリアの殺害命令を下したことを明かす。エドガーたちが二人の救出に向かうも一瞬遅く、舞台にはコーディリアの遺骸を抱いたリアが登場。再び狂気に墜ちたまま、その場で

息を引き取る。The End.

　私の見るところ戯曲『リア王』は、全篇を貫いて三重の意味で人間をめぐる〈疎外〉を描出しているように思われる。
　A　親が実の子に背かれる、という最も素朴なモチーフにおいて
　B　人間性（質）が物化（量化）される、という最も本質的な契機において
　C　〈疎外 alienation〉の語義からして
　これらＡＢＣは一応それぞれ独立した観点であるが、これから吟味していけば分るように、三つの観点は縦に密着してもいる。以下ＡＢＣの順序で吟味していこう。

A　子が親に背く

　子供というものは親にとって自己実現の産物と見なして間違いではなかろう*。とすれば、子が親に背くのは〈疎外〉の一つの典型といえるであろう。
　＊　労働による自己実現としての「再生産 reproduction」には「生殖」の意味もある。

　ゴネリル、リーガンの二人の姉娘たちに次々と手ひどく裏切られたリア（第二幕）は、今にも狂いそうな頭を抱えながら道化だけを伴ってグロスター伯爵の城館から荒野へとさまよいでる。有名な〈荒野・嵐の場〉である（第三幕第二、四場）。

リア　……子が親に背く！　Filial ingratitude！
　それは、この口が、自分に食べものを運んでくれたからといって、

手を噛み切るようなものではないか。　　　　　　　　　　　　（Ⅲ-4）

　これがリアの悲劇の根源である*。ここで filial という形容詞が重要である。「子としての、子としてふさわしい」という意味であるから、通常は filial obedience（親孝行）とか filial gratitude（親への恩返し）というふうに使われる。だから filial という形容詞と *in*gratitude（忘恩）という名詞が結合することは常識からすれば矛盾であり、ありうべからざることである。つまりリアは「子が親の恩を忘れるとは言語道断な！」という意味で Filial ingratitude！と叫んでいるのである**。

　＊　私生児エドモンドによって長子エドガーが自分を亡きものにしようとしていると思い込まされたグロスター伯爵にとっても、事情は同じである。
　＊＊　この表現自体はシェイクスピアが駆使した修辞法の一つ、撞着語法（オクシモロン oxymoron）の典型例である。撞着語法とはたとえば a wise fool（賢い馬鹿——リアの道化のごとき）のような表現をいう。この語法の精神は、シェイクスピアの人間哲学を示す Fair is foul, and foul is fair.（「よいは悪いで、悪いはよい」）という命題に通じる（第二章、第三章参照）。

　だが filial にはもう一つ、遺伝学の用語として「親の代から第…世代の」という語義がある。second *filial* generation（雑種第二代 F_2）というふうに。このあとの方の語義から、われわれはリアの叫んだ Filial *in*gratitude！という言葉を「親の代から連綿と続いてきた、子の親に対する忘恩・裏切り」と聞きとることができないであろうか*。はたしてリア自身、その親たる先王から実権を譲られるとき（ないしは先王の死に際して）、このような気持ちが（たとい態度、行動として表立って示されはしなかったとしても）まったくなかったであろうか。子は常にいずれは親に背くものとしてこ

の世に生まれてくるのではないだろうか。そして親を裏切った当人は、いずれ自分の子どもたちに裏切られていく——これが filial ingratitude の意味するところではなかろうか**。リア自身は自分が口にしたこの言葉のもつこのような意味を明確には自覚していない。しかしのちに見るように、まったくこのことに思いが至らないというのでもないように見えるのである。

* もちろんこの遺伝学的な語義が確定したのは、メンデル遺伝学が登場した十九世紀以降のことである。しかし『オックスフォード英語辞典』(O.E.D.)によれば、元来 filial には「子としての何らかの特質を有する」という意味があり、その用例として十七世紀にミルトンがイエス・キリストのもつ神性を the Filial Godhead と表現している（1667）ことを挙げている。つまり父なる神の本質たる神性が子の特質としてイエスに伝わっている、という意味である。ならば『リア王』(1605,6頃) において filial ingratitude を父の特質・性格が子へと遺伝したものと聞きとることも十分可能であろう。

** いつからこうした〈遺伝〉が始まったのだろうか。聖書によって推測すれば、それはアダムとイヴ以来であったというべきであろう。なぜならば彼らは〈父の中の父〉たる神の戒めを破ったからである。とすればこの filial ingratitude はわれわれ人類にとって〈原罪〉そのものであったということになる（進化論的にいえば、大なり小なりすべての生物に当てはまる真理だと思うが）。

さてリアのこの第三幕第四場のうめきを、道化は遅きに失した言葉として冒頭から終始一貫指弾する。

（嵐の場の続き、百姓屋の一室）
リア　千百の鬼どもが真っ赤に焼けた鉄串を振りかざし、あの娘どもの喉元目がけて蛇のように襲いかかればいい！
　……
道化　気ちがいにきまっているよ、大人しい狼、病気のない馬、恋

の永つづき、女郎の誓文などを本気に受け取るような奴は。

(Ⅲ-6)

　同様に filial gratitude（子の親への恩返し）などというものを本気で当てにするような奴は気ちがいに決まっているではないか、と道化は仄めかしているのである。そんなことはお前さんが娘たちに領地を分割し王権を譲り渡そうとする以前から解っていなければならなかったことではないか、と道化はいおうとしているのである。道化は filial *in*gratitude という、人類に必然的な疎外形態をすでに承知していたと思われる。それは「言語道断」どころか実に人間的真理をいい当てているのである。かえって filial gratitude といういい方にこそ虚偽と欺瞞が潜んでいるというわけだ（儒教の「孝」）、ちょうどたとえば「初恋の永つづき」が美しく飾られた嘘であるのと同様に。

　しかしながら、子は親に背くのが真理である、というのであるならば、それは親の責任ということになるだろう。なぜなら子は親が生んだものだから。したがって子の忘恩を責めることは、翻って己れを責めることにならないだろうか（育て方が悪かったという意味ででは全然ない。念のため）。少なくともリアはこの哲理に気づきかけていたようである。場面は遡るが、第二幕第四場で長女ゴネリルに向かってリアは次のようにいう。

（グロスター伯爵の城館の前）
リア　とはいえお前はわが肉、わが血、わが娘だ、というよりもわしの肉に巣食う病毒だ、それでも所詮はわがものといわねばならぬ。お前はわしの腐った血が生みだす腫れ物だ、吹き出物だ、膿

みただれたでき物だ。　　　　　　　　　　　　　　　　　(Ⅱ-4)

　実の子に対する言葉としては（としてさえも、というべきか）物凄い悪罵である。
　さて、リアにとって己れの悲劇の根源でもあるわが娘どもの裏切り*が「所詮はわがもの」であり「わしの腐った血が生みだし」たものといわれるのであるならば、一切の人間をめぐる〈疎外〉も人間自身が生みだす「吹き出物」ということにならないであろうか。いい換えれば、filial ingratitude が親の代から連綿と続いてきたいわば遺伝的なものであるならば、われわれは〈疎外〉一般をもまたそうしたものとして受容するべきなのであろうか**。

　＊　このときリアは、コーディリアこそまっさきに自分を裏切ったと思い込んでいる。
　＊＊　以上の論点はさらに、父王を殺して王位についたオイディプス王の物語、即ちフロイトのいうエディプス・コンプレックスと関連させて展開させることができるであろう。

B　人間性の物象化

　次に人間性 humanity が物象化(ぶっしょうか)されるがゆえに自己還帰せず、かえって反対の結果をもたらすという、〈疎外〉の本質的契機を見てみよう。一般に生産物が物的な形態をとるのは当然である。問題はそこに込められている人間性および使用価値がどう受けとめられるかである。まず、使用価値の具体性が捨象されてすべてがのっぺらぼうに〈価値〉として量られる事態が生じる。ついで究極的に人間性そのものが物象化されるという事態にたち至る*。そこでは、元

来質的であるもの・絶対的であるものが、量的・相対的なものとみなされてしまう。単に愛のごとき通常肯定的に評価される人間性（たとえば親の子に対する愛——リア王）のみならず、憎しみなどの情念すらも同様に物象化を免れない。

＊　木下順二の戯曲『夕鶴』におけるつうの織った千羽織の運命を思い起してみよ。

　問題は二つある。①本来比較されえぬもの、量化されえぬものとしての人間性が物化され量化されることによって相対的に格づけられるようになり、その結果 a) ある人間性が他の人間性と大小を比べられるようになる（たとえば、私が彼を愛する度合いと彼女が彼を愛する度合いとでどちらが大きいか、と同時に、私が彼を愛する度合いと私が彼女を憎む度合いとでどちらが大きいか）。のみならず、加えて b) 人間性が他の物的なものと比べられるようになる（私がＡを想う気持ちと、Ｂから約束されている贈り物とでどちらが大きいか）。この傾向の行き着くところは、すべての人間性が貨幣で量られるという風潮である（さらには生命さえも——交通事故死の補償金）。②問題の第二点は、人間性の物象化を確信犯的に推し進めることによって自己および他者を意識的に疎外する者たち（ここでいえば、ゴネリル、リーガン、エドモンドら）のみならず、疎外される者の側（リア、グロスター伯爵ら）の方も上の①の論理に巻き込まれ、その同じ土俵のうえで思考し振る舞うようになる、ということである（さもなければそもそも疎外の憂き目に会うことはなかろう）。これら二点を軸としながら、しばらく『リア王』冒頭の、王権の委譲と領地の分割の場面について考えてみよう。まずリアは娘たちに次のように問いかける（訳文は私の直訳）。

リア　お前たち〔三人の娘〕のうち、誰が一番この父のことを愛しているといえようか。
〔親を思う〕自然の情 nature が態度にも美点 merit として表れている者にこそ、わしから最大の慈愛 bounty を求める権利があるのだし、
わしとしてもその者に最大の贈物 bounty を与えようと思うからだ。　　　　　　　　　　　　　　　　　　　　　　　（Ⅰ-1）

後半は既存の訳とは異なった読み方を試みた。原文は以下の通りである。

Which of you shall we say doth love us most?
That we our largest bounty may extend
Where nature doth with merit challenge.

ここに we とか our とかあるのはリア王自身のことである。天皇がかつて「朕は」などというもののいい方をしたのと似ていて、王が公式に自己を表示する際の言葉使いである。shall は文語で「〜べし」の意味と思われる。That 〜 may は目的理由節を示し、「私が……を与える extend ことができるためには」となる。また challenge の後には目的語として it（= our largest bounty）を補って考えればよい。だからうえの英語は一つの文と見なすことができ、もう一度さらに直訳ふうに訳せば次のようになる。「（彼女の）自然の情 nature が（彼女の）美点 merit と手をたずさえて with（それ = our largest bounty を）求める権利を有する challenge 者のところに where、私（リア）が私の largest bounty を与える extend

ことができるためには That 〜 may、お前たちのうちで誰が私を一番愛していると私はいうべきであろうか。」途中 largest bounty を日本語に直さなかったのは、このあとこの言葉を主題的に吟味したいからである。

　ここまでの英文読解を前提として、(疎外との関係で) 残る本質的問題は二つある。love *most* (一番愛する) と *largest* bounty (最大の bounty) との関係、および nature と merit はそれぞれ何を意味するか、である。まず前者から考えてみよう。

　bounty という単語は両義的である。〈恵み深さ、博愛、寛大〉という意味と〈贈り物、賞与金〉という意味である。もちろんこれら二つの意味は「恵み深いから贈り物を与える」という関係にあるのであって切り離せないのではあるが、一方は人情、気持ちを示しており、他方はいわば物的な現なまを意味しているのであるから、差異は歴然としている。だが明らかにリアはここでこの二つの意味を重ねあわせて bounty という言葉を使っている (前頁に示した試訳をもう一度参照)。彼はそうした言葉使いをある事情から自明のことだと思っている (C で論じる)。即ち、人間性の筆頭ともいうべき love という人情に報いるに〈恵み深さ〉という情をもってし、それを形として (!) 示すために〈贈り物〉を施す、というのである (この台詞はリアが三人の娘に領地を分割し主権〔きわめて物的なもの〕を委譲しようとする儀式の場面で語られていることを想起せよ)。

　加えて love と bounty とが副詞ないし形容詞の最上級で対応している点にも注目するべきである。即ち、最も (深く) 愛するものに最大の贈り物をとらせる、と。ここにわれわれはリア自身の論理がすでに人間性の物象化、質的なものを量的に計るという〈疎外〉

形態に陥っていることを確認することができると思われる。しかもこの言葉は『リア王』という戯曲のなかで主人公リアが発するほとんど最初の台詞なのだ。そこにおいてすでに〈疎外〉の論理に陥っているのであれば、その後ここでの思惑が己れに敵対してくるであろうことは必定(ひつじょう)である。それが〈疎外〉というものの本性であったからである。だからここに bounty をめぐるうえのごとき意味の厚みを聞きとらないでは、直後のリアの振る舞い（二人の姉娘の偽善の言葉——意図的に物象化を計算した飾り言葉——に易々と引っ掛かり、逆に真情を示したコーディリアを忠臣ケントの諫めを排して勘当する）がまったく不可解で馬鹿げて見えるほかはない。

　この点をいま一歩深く確認するために、第二に where 以下の節にでてくる nature と merit の問題に移ろう。

　ある訳者はこの nature を〈リアが子を思う気持ち〉と取り、merit を〈子が父王を思う美徳〉と解釈している。たとえば大山俊一訳では「親の自然の愛情に、さらに子としての真心が加わっている処に、当然のことながら、予の最大の恵みが拡がることができるように」となっている（旺文社文庫 p.10）*。これは、ここでリアが暗に最愛のコーディリアを示唆しており、彼女に一番豊かな領地を与えたがっているという解釈であり、一理あるというべきである。というのは、このように解釈すれば、直後でのコーディリアの返答の無愛想さに直面してリアが一転激怒し彼女を勘当する、という心理の急変に対して、ここでのこの言葉が十分伏線たりうるからである。

　だが nature と merit に関しては、この解釈は誤っている。第一に where 以下の従属節を素直に読めば challenge の目的語は largest bounty であるがゆえにこの節の主部の nature with merit

1　『リア王』と疎外　　*19*

はいずれも娘の方の事情でなければならず、第二に merit を〈親を思う真心〉というような精神的な長所・美点と取るのには無理があると思われるからだ。

* 三神勲訳も同様である。「わしの情愛とおまえらの孝心とが一致していちばん深いものにはいちばんの贈り物をとらせる」(角川文庫 p.12)。

ではこの nature with merit をどう理解するべきか。ここで NHK 発行の英文原典（BBC 制作「シェイクスピア劇場」用）の百瀬泉による脚注が参考になる。そこには次のようにある。「親を思う子の情（nature）が他の長所（merit）と競い合って魅惑するものの許へ」(p.35)。硬い日本語であるし、また challenge を「魅惑する」と取るのは疑問であるが、nature with merit の解釈としてはこれが正しいのではなかろうか。問題は「他の長所」としての merit が具体的には何を意味するか、である。百瀬氏はそれについては何も述べていない。私としては、この merit は〈親を思う気持ち nature〉を言葉と態度で示すという「美点」を意味すると解釈したい。もっといえば、父を愛していますということを常にリアの耳に心地よい美辞麗句でもって並べたて、かつ引退後のリアをお付きの百人の騎士たち（および例の道化）ともども厚くもてなす、という「美点」である。とすると、言葉にせよもてなしにせよ、単に内面的な気持ち（nature）にとどめるというのでなく、それを外面に形として現したものを意味するのである。つまり先の love most と largest bounty とが（最上級で）呼応していたのと同様に、ここでも人情としての nature と外面的な merit とが同置されていることになる。コーディリアには nature はあったがそれをいい表わす merit に欠けていた。とすれば、父王が要求した条件（nature *with* merit）のうち片方を、しかもその有無が外面からはっきりと判断

されうる方の条件を満たさなかった（彼女はただ一言、nothing 無い、と答えただけだ——後述）のであるから、父から bounty（〈慈愛〉および〈贈り物＝領地と王権〉の両方）を拒絶されたのも当然であったというべきである。立場をかえてリアから見れば、自分の出した条件に合致しないがゆえに最愛の娘を失わざるをえないはめに陥ったのは自縄自縛というべきであり、この意味でこそ（本論の冒頭に述べたように）彼自身に責があったことが判明する。

しかもこの nature with merit という条件自身にはもう一つ別の問題が潜んでいたのであるから、事態はなおさら深刻である。もちろん真心が外にあふれて言葉やもてなしとなって示されるということはごく自然であるし、また相手にもそうであってほしいと願うことも自然である。だが逆は必ずしも真ではないのである。つまり外見（merit）がいくら美しくとも、その奥に真の nature が存しているとは限らないのだ。この点をリアは見落としていた。だから彼はあの問いに対する姉妹二人の美辞麗句を真に受けてしまったのである。この欠陥的悲劇的論理については、のちに再び別の場面を検討する際に立ち戻って吟味しようと思う。ともあれこの nature with merit を上記のように解釈することによって、単に直後のコーディリア勘当の場面を了解することが可能になるだけでなく、『リア王』全編を貫く〈疎外〉の主題がくっきりと浮かびあがってくると思われるのである。この点をさらに見ていこう*。

＊　ここで他のいくつかの訳を比較しておこう。福田恆存訳は「お前達のうち、誰が一番この父の事を思うておるか、それが知りたい、最大の贈物はその者に与えられよう、情においても義においても、それこそ当然の権利と言うべきだ」となっている（新潮文庫 p.11）。nature with merit にあたる「情においても義においても」という訳は、リアの側のことをいっているのかあ

るいはこれまで検討してきた解釈のごとき意味でいっているのか判然としない。またこの訳は That を関係代名詞と取っているが疑問である。

小田島雄志訳は「親を思う心のもっとも深いものに、わしはもっともゆたかな情愛を示したいのだ」となっており（白水Uブックス p.11）、たいへんこなれた日本語である反面、事実上 merit を無視した訳となっている。また bounty を「情愛」とのみ訳すのは片手落ちと思われる。

斉藤勇(たけし)訳は旧訳では「生れつきも心掛けも立派な者には、分に応じて最大のゆづり物をしたいものだ」となっていた（岩波文庫、旧訳 p.32）。nature を「生れつき」と訳し、それをあとで「分に応じて」と受けているところは誤訳だと思われる。ところが今回この文章を準備しながら新訳（1974）を見たら、「親に対する愛情がふかく、孝行がそれにともなう者には、それに応じて最大のゆずり物をしたいものだ」となっていて（p.16）、大幅に改善されており、私としてはこの訳を選びたい気がする。なかでも merit を「孝行」と訳す点はたいへんうなずける。〈外面に表れた徳〉という意味が伝わってくる日本語だからである。

ついでに今回坪内逍遥による戦前の訳を見てみたら、「聞かしてくれ、其方(そなた)達のうちで、誰れが最も深くわしを愛してをるかを。真に孝行の徳ある者に最大の恩恵を與へようと思ふから」とあった（新樹社、文庫版 p.7）。これも優れた訳だと思う。

ちなみに斉藤氏は新訳を出した数年後に、精神異常の孫に鋭利なナイフで額(ひたい)を刺し貫かれて落命したが、リア王の悲劇に優るとも劣らない悲劇的な死であった（一世代あいだを開けた *second* filial *in*gratitude !）。

第一幕第一場のリアの短い台詞の検討を経て明瞭になったのは、リアが自分を愛する気持ちの深い娘にほど贈り物としてより多くより豊かな領土を与えるのが当然であると考えていた、ということである。その際、娘の側には外面的な「孝行」が必須の条件として期待されていたし、またリアの側としては領土という贈り物はあくまで娘への内面的な「慈愛」の証しという意味を担わされていた。——一見何も問題を含んでいないかのように見える心理ないし論理であ

るが、これをむきだしに把握しなおせば次のようになる。①まず量(はか)れぬもの（愛）を大小関係、比較の問題へとずらす*。②ついで愛の大小（!）に比例して物の大小をあてがう。この①②においてすでに根本的に人間性の疎外を読みとることができる。つまりうえのような発想で人間関係が営まれているかぎり、たといそこに表面上あるいは当事者たちの内面においてすらもいささかも問題とする点が認められない場合でさえも、すでにそれは人間の情愛のあり方としてはずらされており、歪んでおり、不純であり、きたないものを感じとることができるはずである**。

* 取り違え Subreption（カント）、すりかえる verstellen（ヘーゲル）の概念を参照。
** 本人たちがそれでよければそれでよいではないか、といわれれば、それでもよいのであるが（喜劇的疎外）。

ところが問題はここに留まらない。先に示した①②は次第におのずと逆転するのが必然だからである。即ち、今度は物の大小、外面の是非によって、愛の深浅、内面の真仮(しんげ)を推し量るようになるのが常なる傾向であるからだ。これは古来人間の陥りがちな〈原因と理由の取り違え〉として語られてきた事態に関係している。たとえば、「寒いから（原因）雪が降る（結果）」ということと、「雪が降っているから（理由）外はきっと寒いんだろう（原因の推理）」ということとは異なるのであるが、二つの「から」は混同されがちである。この混同も自然現象に関してのものであるかぎりはさして問題は生じない（なぜなら自然における因果関係はほぼ一義的だから）。だが人間性に関してこの混同が生じた場合には事態は深刻である。そしてまさにリアが人間性に関して陥っていたのが、この原因と理由の取り違えという誤謬だったのである。外面的に大きな merit を示

すものは内面的にも豊かな nature を抱いているにちがいない、と。
この場合しかも先に見たように、前提とされる〈原因 → 結果〉の
論理自体がすでに物象化されたものであったのであるから深刻さは
二乗となる。この点について詳しく見てみよう。

nature と merit との組合せは次の四通りある。

a　nature ○　⇒　merit ○　（よろこんで席を譲る）
b　nature ×　⇒　merit ×　（いやだから席を譲らない）
c　nature ○　⇒　merit ×　（好意があっても席を譲れない）
d　nature ×　⇒　merit ○　（内心はいやだが席を譲る）

a と b は気持ちを素直に外に表す場合である。c ははにかみ屋の
タイプ（コーディリアの場合*）、d は心情が×であるにもかかわら
ず、というよりも、であるがゆえに敢えて外を飾るタイプ（偽善、
姉娘二人の場合）である。

＊　本当は少し違うのだが、それについては後述する（p.31 注＊参照）

ところで相手（この場合リア）からすれば merit の○×（ある、
なし）のみがまさに唯一の外面的な判断材料であるが、果たしてこ
れは nature を推測する確実な理由になりうるであろうか。そのた
めには上の a 〜 d を逆向きにしてみればよいのだが、すると組合
せは次のようになる。

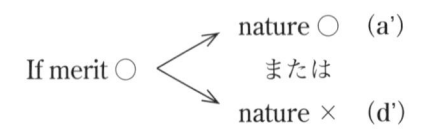

$$\text{If merit ○} \begin{cases} \text{nature ○} & \text{(a')} \\ \quad \text{または} \\ \text{nature ×} & \text{(d')} \end{cases}$$

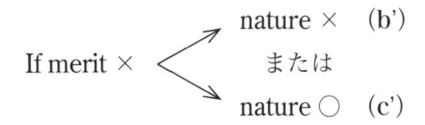

$$\text{If merit} \times \begin{cases} \text{nature} \times & \text{(b')} \\ \text{または} & \\ \text{nature} \bigcirc & \text{(c')} \end{cases}$$

　見られるとおり、外面的な merit は内面の nature がどうであるかを確実に推し量る判断材料（根拠）とはまったくなりえないのである。実に nature と merit とのあいだにはそもそも（自然現象におけるように一義的な）因果関係は存在しないというべきである（もしあるとすれば、先に「ゆ・え・に・」と示したように d のケースのみ！）。しかるにリアは

If merit ○　→　nature must be ○
　（もし外面が○ならば、内面も○にちがいない）
If merit ×　→　nature must be ×
　（もし外面が×ならば、内面も×に決まっている）

としか推測しない。つまり上記の a・b ないし a'・b' の二通りの組合せしか考えに入れず、しかもその二つの組合せを固い因果関係のごとくに考えてしまっているのだ。それはどうしてであるかについては、のちに C に至って触れるであろう。ここではリアが陥っていた人間性に関する〈原因と理由の取り違え〉の誤謬がいかなる内容のものであったかを検討したが、この誤謬を象徴的に示している場面を見てみよう。

　長女ゴネリルに冷たい態度を取られたうえに、勝手にお伴の騎士の数を百名から五十名に減らされて怒り心頭に発したリアは、次女リーガンにすがるべく彼女を追ってグロスター伯爵の城館にたどり

つく。ところがそこでリアはリーガンから思ってもみなかった言葉を聞かされる。もし私のところに滞在したければ、お伴の騎士は五十人でも多すぎますから二十五人にしていただきます、と。このいい草を聞いたリアは必死に平静さを失うまいとしながら、あとからこの場に追いついてきたゴネリルに向かって、彼としては最後の理性的な（合理的な、論理的な）言葉を発する（なぜ最後のなのかは後述）。

（グロスター伯爵の城館の前）
リア 〔ゴネリルに〕悪いやつも、もっと悪いやつがあらわれると
　　よく見えるものだ。……お前のところに戻ることにしよう。
　　お前の五十はそれでも二十五の倍だ。お前の愛情は
　　この女〔リーガン〕の二倍ということとなろう。　　　　（Ⅱ-4）

　屈辱的なへり下りである。そしてもちろんこの申し出はゴネリルに拒絶される、もし私のところに戻ってくるというのであるならば、もはやお伴は一人も要りますまい、と。一晩のうちに騎士の数が百からゼロになってしまったのである。かくてリアの屈辱感は極限に達する。あとは狂気が待つのみである。
　リアはうえに引用した台詞においてきっと次のように思考していたに違いない（もちろん無自覚的にであろうが）。自分は愛が倍なら（原因）贈り物も倍にする（結果）。だからお前たちの場合でも目に見える数字が倍なら（理由）愛情も倍であろう（原因の推理）*。この推理がいかに二重三重に誤ったものであるか（逆は必ずしも真ならず、そもそもこれは因果関係ではない、その疑似因果自体がすでに〈疎外〉態であった）はすでにわれわれには明らかである。

＊　しばしば戯曲『リア王』と双子の（しかもできそこないの）ごとくに評される『アテネのタイモン』において、まわりの貴族・商人・芸術家どものへつらいの虚偽に気づく前の主人公タイモンは、自分の言葉に酔いしれながら次のようにいう。「私は自分の愛情から〔あなた方〕友人の愛情を推し量るのです」（Ⅰ-2）。確かにリアとタイモンはその思考法において瓜二つの双子というべきである。

　ところで〈理性〉とは元来ラテン語において〈比例 ratio〉を意味していた。つまりリアはここで自分の理性を精一杯駆使して二人の姉娘たちの愛情を量るべく比例計算を行なっているのである。〈合理的な rational 理性〉即ち〈比例的・比量的理性〉とはしょせんこんな役割をになう程度のものかもしれない。それは疎外・物象化の状況に似つかわしい〈理性〉であるし、逆にそれの一つの成立要因であるともいえよう。ところで 50：25 ＝ 2：1 は成り立つが、25：0 は比としては成り立たない（∞？）。つまり〈理性〉はゼロに直面すると無力なのだ。これがあの場面でリア王が理性を失って狂気に陥るほかはなかった理由である。――歴史および現実を見ると、人間はこの比例思考がよほど気に入っていると思われる。そしてこれに慣れてくると、機械的に外面や物の大小によって相手の人間の心を量るようになる。賄賂の多少によって情実（！）の匙加減を量る現代世相等、これに該当する事象を挙げればきりがない（戯曲のなかでこれの好例となるバーガンディ公爵の態度については後述）。ともあれ先に見たリアの台詞は、〈原因と理由の取り違え〉の誤謬推理とともにこうした思考法、こうした心的病理をきわめて鮮烈に代表しているように思われる。

　ここで話題を一転させて、ゴネリルがリアに対してどう答えているか、その美辞麗句の欺瞞性を分析してみよう。三姉妹のうちで長

女にあたる彼女は、先ほどのリアの質問に最初に答えるにあたって、言葉、宇宙、自由、などおよそ「これほど so much」と価値づけられるものを「こえて beyond」つまり、いっさいの相対的なものを越えて「父を〔これからも〕愛します」と述べる（Ⅰ-1）。だがこの台詞を聴くとき何となく白々しい感じがするのも確かである。それはもちろんこれが技巧的な美辞麗句の極みだからであろうし、したがって嘘八百だということが見え透いているからであろう。が、もう一歩突っこんで考えてみると、その因としてゴネリルが精一杯考え想像したうえで口に出している〈無限の愛〉の内容そのものにも問題があることが分ってくる。即ちその〈無限さ〉が真の質的な無限ではなくて量的に物象化された無限でしかないことにわれわれは気づくのである。人間どうしの共同性、共感性における真に質的に無限な愛とは、たとえば法然と親鸞とのあいだに存したと思われる精神的な絆のごとく、無限に開かれたもののはずである。それはけっして無限に数えられるという性質のものではない。しかるにゴネリルの場合はそれが逆になっている。その点で一つ面白い事実が彼女の台詞のなかに認められる。彼女はたった七行しかない台詞のなかで、I love you を飾りたてるために more than, dearer than, beyond（二回), as much as ～ ever（無上の、の意）という表現を駆使しているが、これらは比較されているもの（前述の、言葉、宇宙、自由など）よりもより多くより深く「父を愛しています」といっていると一応は受け取ることができる。ところが肝心の彼女自身の人生と比較した場合はどういわれているか。「恩寵、健康、美貌、名誉に恵まれた人生を愛するのにいささかも劣ることなく no less than 父上を愛します。」彼女は視力 eyesight や自由や言葉などという口先だけで何とでもいえる事柄と比較するときには平気で

more than 等々という修辞を駆使することができたのであるが、こと自分の実際の人生と比較してどうかとなると、more than とはいえずに思わず no less than（〜に劣ることなく、と同様に）と父への愛を格下げしてしまっているのだ。正直というべきであるし、また馬脚を表わしているともいえる。確かに他者を愛する場合、その他者を愛している己れの人生自身を愛することは自明の前提であるから、〈自分の人生を愛する以上にあなたを愛します〉というのにもどこか矛盾がある。だからこの点でゴネリルのいい方は正しい*。しかし、ならば前後の美辞麗句も撤回するべきであろう。だが彼女にはそれは無理だ。というのは彼女の人間性はこのときすでに骨の髄まで〈疎外〉の論理にひたされており、それが確信犯的にまで肥大化しているからだ。先の台詞をもう一度見てみよう。すると彼女にとって人生とは（神からの）恩寵に恵まれ健康で美貌をもち名誉を伴ったものでなければならないと考えられていることが分る。少なくともそれらに相当執着しているようだ（父への献身的な愛を示す人生だけで満足します、といってもよさそうなものだが——事実ゴネリルを出し抜くべく次にリーガンはそのように申し立てる）。さらにおそらく心のなかでは「名誉」に続けて〈財産、領地、権力……に恵まれた人生〉と連想していたに違いない。彼女には、ともかくこの地球上で大自然と心の通いあう人々とに囲まれて素朴に生きるという人生はけっして思い浮かばない。以上のごとき事情がこの台詞のなかに見え隠れするからこそ、彼女の口にする〈愛の無比性〉の白々しさがわれわれに直感されるのである**。

＊　リアはこのゴネリルのいい分を喜んで聞き入れる。ところでコーディリアも直後に同じ事情（自分の人生を愛するのと同じ程度に父を愛する、という）を表明する。即ち、もしこのあと夫を持つ身となったならば彼との生活

1　『リア王』と疎外　29

を大事に思うであろうから愛の半分は彼に捧げるであろう、と（この場合は量的な意味ではなく）。しかし前後に何の飾りを伴わないこの正直な言葉はリアに拒絶され激怒を買う。次注参照。

＊＊　ここでリアがなぜゴネリル、リーガンに易々と騙されたかが確認される。即ち、リアも彼女らと同じ論理の土俵上にいたうえに、片やリアはそれに無自覚であったのに対し、二人の姉娘は確信犯的にその物象化された論理を駆使していたからである。とすれば勝負ははじめから決まっていたというべきであろう。

　これに対してコーディリアはどうであったか。自分が答えなければならない順番が近づいたとき、彼女はまず「私は何といおうかしら？〔父上を〕愛しながら黙っていよう What shall Cordelia speak? Love, and be silent.」と心のなかでつぶやく（Ⅰ-1）。驚くべきことに、この独り言はリアの問うた nature with merit にちゃんと対応している。コーディリアはまず nature としての父への love に絶対的自信があったので（and の意味）、ついで merit については silent のままにしようと決心しているのだ。それは彼女の二度目の傍白からも明らかである。「だって私の〔父上への〕愛情が／私の舌よりも重いことははっきりしているのですもの。……since I am sure my love's ／ More ponderous than my tongue.」（同）。いうまでもなく love が nature に、tongue が merit に呼応する。

　ここでコーディリアのスペルに注目すると、Cor + de + lia となっている。cor はラテン語で「心、感情、理解」という意味である。de は「〜から、〜に従った」の意であって、lia は発音からして Lear に通じる。とすると、コーディリアはもともと「父王リアの心」であったといえまいか。リアに従順な最愛の娘という意味でも、父

と同じく「純粋で頑固」という意味でも*。はたしてこれはシェイクスピアの意図的なネイミングであろうか**。

  ＊　これが先ほど、コーディリアは単にはにかみ屋にすぎないのではない、といった意味である（p.24 注＊参照）。
  ＊＊　この点は私の独断的推理であって訳者解説等で読んだことはないのだが、ヨーロッパでは一々指摘する必要のない常識なのかもしれない。

ところでうえに引用した傍白中の「ponderous 重い、どっしりとした、重苦しい」という単語は、コーディリアの文意を離れて別の意味でも重い印象をわれわれに与える。つまり、①第一にこの場の雰囲気が彼女にとって耐えがたいほどに重苦しく感じられていることを示していると思われる。それは、彼女がこの財産分けの場、姉たちが次々と心にもない美言を呈している光景、しかも父リアはそれらの虚言を喜んで受け入れている様子でもあるこの場が、とりもなおさず〈疎外〉の場であることを鋭く直観的に感じとっていたことを示すのではなかろうか。普段の優しい父の態度が消え失せ、代わりに疎外の論理に犯され支配されている、と。②のみならずこの言葉は戯曲のこのあとの展開がきわめて「重苦しい」ものとなることを予示し象徴しているように思われる。そして実際この直後から観客の予感をはるかに越えた絶望的な悲劇が繰り広げられるのである。──

うえのようなつぶやきのあと、コーディリアはリアに向かって次のように答える。否、何も答えない！

（リア王の宮殿）
コーディリア　〔申し上げることは〕何も、お父さま。
リア　　　　　　　　　　　　　　　　　　　　　　　何も！

1　『リア王』と疎外

コーディリア　　　　　　　　　　　　　　　　　　　　　　何も。
リア　何もないとすれば、何もくれてやらぬぞ。いいなおせ。

　　　　　　　　　　　　　　　　　　　　　　　　　（Ⅰ-1）

　これを原文で示すと次の如くである。

Cor.: Nothing, my lord.
Lear:　　　　　　　　　Nothing !
Cor.:　　　　　　　　　　　　　　Nothing.
Lear: Nothing will come of nothing: speak again.

　たった四行（弱強五脚無韻詩としていえば二行弱）のあいだに五回も繰り返される nothing（無）という単語は無上に興味深い（シェイクスピアにおけるニヒリズムの問題という観点から）。しかしここではこれに集中するわけにはいかない。ともかくコーディリアは、merit としての tongue（舌、言葉）は何もありません、といい切っているのだ。これは nature と merit との疎外された癒着の拒否を宣言していることを意味する。そして物的なもの（言葉すらも）を越えた真情の絶対性を訴えている。リアにはそれが解らない（彼女は「リアの心」なのに）。彼が直後にコーディリアをたしなめるそのたしなめ方は、Nothing will come of nothing. であったが、明らかに主語の Nothing は bounty を、文末の nothing は merit を指している。したがってこれをいいなおせば、No bounties will come of no merits.（merit〔外的美点〕のないところには bounty〔慈愛／贈り物〕はやれぬ）となるであろう。あくまで物象化された思考であるし、しかも外面から内面を推測するというあの転倒した論

理である*。このあとリアは次のように捨て台詞をはく。「勝手にせよ、ならば貴様の真実とやらを持参金にするがよい！」この言葉はしかしリアの意図に反してコーディリアおよびわれわれの是とするところをいい表わしている。真実だけを持参金とする——これが人間として本来の姿なのではなかろうか**。

　*　ところでこの命題と対照的な言葉が『アテネのタイモン』に見いだされる。自分の莫大な財産がすでに破産してしまっている真相に気づかされたタイモンは、同時に人間性の全面的な虚偽という真実をも思い知らされ、後半一転して極端な人間呪咀(じゅそ)に走る。そしてついには次のようにいう。「無こそが私に全てをもたらしてくれる。And nothing brings me all things.」(V-1)。もちろんこの nothing はこの場のタイモンにとって〈死〉を意味する。だから例えば小田島氏はここを次のように訳す。「おれがなにものでもなくなれば、なにもかもおれのものとなる。」だがいずれ私はこの命題を、透徹したニヒリズムこそが人間に自由とオプティミズムをもたらす、と改釈するだろう（第七章 pp.219-220 参照）。ともあれリアの先の命題とタイモンのこの言葉とは鋭く対照的であるが、はたしてこののちリアはこのタイモンの境地に到るであろうか。

　**　「真実だけが持参金」の意味を別の観点から考えてみるならば、次の二点になる。①失うべき物的なものは何もない、②だから所有物を守るための取りつくろい、つまりイデオロギー装置（言葉）も不要である。余談になるが、これを労働者に当てはめてみると面白い。彼らも①②の事情は同じである。加えて彼らは③（②のかわりに）革命思想を語り広め、④実際に行動する（組織化、革命）。ところでコーディリアはのちに④をやろうとする（フランス軍によるリアの救出とブリテンの解放）。しかしたった一度の会戦で敗北する。それは彼女に③が欠けていたからではなかろうか。彼女には③の意味での tongue も nothing であった。閑話休題。

さて「真実だけが持参金」となったコーディリアに対して二人の求婚者はどう振る舞ったか。まずバーガンディ公はなぜ彼女が父の愛を失ったかを問おうとはせず、それを失った結果彼女は譲られる

はずの領地をも失ったこと(事実)のみを執拗に確認したあげく、あっけなく去っていく(Ⅰ-1)。これに対して、フランス王はそのなぜに納得(つまり彼女に落ち度はなく、リアの方が責められるべきである、と)したうえで、「あなたは富を失ってこよなく豊かに、……愛を失ってもっとも愛されるようになられた!」と語りかけ、妃としてフランスに迎えるのである(同)。この二人はまったくの端役(はやく)ではあるが、うえの対照的な対応の仕方に、〈物象化〉された姿とそうでない姿とが典型的に(いささか典型的すぎるほどに)形象化されているといえるであろう。

以上リアと三人の娘たちとの関係を中心に見てきたが、この戯曲の深みの一つとして、これに並行してグロスター伯爵をめぐる父子および兄弟のあいだの裏切り、誤解、和解、決闘というストーリーがある*。その老伯爵がいわば〈疎外の時代の普(あま)ねき嘆き〉とでもいいうる言葉を口にするので、それを見てみたい。私生児エドモンドの大芝居**にまんまと騙されて、正嫡の長子エドガーが自分を亡きものにしようと謀っていたと思い込まされた直後、彼は次のように嘆く。「幸せな時代はすでに昔となった。We have seen the best of our time. 企み、不実、裏切り、その他思いつくかぎりのあさましい悪業がわれわれを駆り立て、休む間もなく墓地へと追い込もうとする」(Ⅰ-2)。現実の社会と人生に失望し、失われた原郷世界を思慕する老人の姿がここにある。失われた原郷世界とは疎外のなかった共同態を意味するが、それは彼自身の幼かった頃(これははるかに昔のことであった)、あるいは彼の息子たちがまだ幼かった頃(正嫡と私生児の差別が意識されていなかった頃の二人の息子たちの姿——これは比較的鮮明に思い出すことができる)のことであろう。彼はいまやそれら二つの情景(とくに後者か)を追憶しつつ

目の前の醜い（と思い込まされた）事態を嘆くのであるが、しかしこのとき実は「不実、裏切り」を謀っているのはエドガーではなく眼前のエドモンドの方であった***。とすればグロスター伯爵は〈疎外の時代〉を嘆いているまさにその瞬間に、知らずにとはいえ自ら積極的にその不実、裏切りに加担していたことになる（長男エドガーの捕縛を命じ、のちにコーンウォール公に彼の処刑を願いでる）。疎外を嘆きながら実質上は疎外に加担してしまう——これは一人グロスターだけでなくリアの姿でもあり、またわれわれ現代人の姿でもないであろうか。グロスター自身は両眼を抉られ目が見えなくなってからようやく真実を見る（知る）ことができた（Ⅳ-1）。われわれもまた両眼を抉られるか狂気に陥るまでは真実を見ることができないのであろうか。

＊ 「よく聞けよ、実の弟がこれほどまでに兄を裏切ることがあるのだ！」これはエドガーの台詞ではなくて、『あらし』におけるプロスペローの言葉である（Ⅰ-2）。このように兄弟間の裏切りはシェイクスピアの作品にはめずらしくない。他に『ハムレット』『お気に召すまま』（しかも二組）を見よ。
＊＊ この大芝居の出だしは次の通りである。エドモンドが読んでいる振りをしていた（兄からの）偽手紙を父のグロスター伯が見とがめて、「いま読んでおったのは何だ」と問う。エドモンド「何でもありません、父上。Nothing, my lord.」（Ⅰ-2）。よく指摘されることでるが、このエドモンドの父への返答がコーディリアのリアへのあの返答（Ⅰ-1）とまったく同一の言葉遣いであるとは何たる符合か（シェイクスピアの技）。ところで、ない nothing ことをある something かのように見せるには（即ちこの種の陰謀を成功させるには）、まず巧妙に何事もない nothing かのように振る舞うことによって、逆に相手に何かある something のでは、と疑惑を感じさせるのが最上の策である。エドモンドは（『オセロー』におけるイアーゴゥとともに——第七章参照）この手管を十二分に弁えていた。それがここでの言葉遣いに発揮されている。同じ台詞であってもコーディリアのそれと何と対

照的な使われ方であることか。ここからも、言葉（merit）がいかに額面どおりには受け取れぬものかということが明らかとなる。

＊＊＊　〈疎外〉の時代、即ち人情を量で測る思考法が支配する時代には、確かに〈謀りごと〉が似つかわしい。ところで謀りごとは言葉・言語によって実現する（エドモンドの弁舌および偽手紙）。なるほど〈語る〉は〈騙る＝騙す〉でもあるのだ。これについては第六章 p.181 参照。

C　疎外 alienation の語義から

　日本語の「疎外」は独語の Entfremdung（エントゥフレムドゥンク）の訳語であるが、これに（語の構成上）対応する英語の単語は estrangement（イストゥレインジメント）である。しかし英語ではこれ以外にもう一つ alienation（エィリャネイション）という単語も「疎外」という意味を持つ。そしてこれは仏語 aliénation（アリェナシォーン）に（さらにはラテン語 alienatio に）由来する*。そこで仏語の辞書を引いてみると、もともとの仏語の aliéner（アリェネ）という他動詞には「①譲渡する、割譲する、②疎遠にさせる、（同情などを）失わせる、③（理性などを）狂わせる」という三つの意味があることが分る。またそこからの派生語 aliéné（アリェネ）は、（分詞的）形容詞としては「発狂した」という意味を、名詞としては「狂人」という意味を持つという。なるほどこれに対応して、英語の alienation にも「疎外」のほかに「譲渡」「（医）精神異常」という意味を見いだすことができる。

　＊　Entfremdung は独語での哲学用語としては Entäußerung（エントゥオィセルンク、「外化」と訳される）と同義であり（ヘーゲル、マルクスなど）、後者は仏語の aliénation の訳語である。

だが、どうして一つの単語に一見して無関係と見える三つの語義

が含まれているのであろうか。それともこれら三つの意味は何か有機的な連関を有しているのだろうか。それを吟味することによって、『リア王』と疎外の関係性の理解に何か資するところが得られるのではなかろうか。

まずalienationは「譲渡、割譲」という意味が第一義的であったわけであるが、これはどういう事態を指しているのだろうか。それはヨーロッパ中世における封建領主や王侯たちのあいだの（勢力争い、戦争の結果としての）土地の割譲、分割を意味したであろう。これには相続による移譲も含まれる。いずれにせよ土地の所有権が他者に移ることを意味した。周知のように中世封建制において土地は生産手段として決定的に重要な契機であった。とすれば、土地の譲渡は単に元来自分の所有であった土地が「他者のもの」となることを意味するにとどまらず、それに付随して何もかも一切を失うことを意味したはずだ。だからその土地の自然の情景、大地からの恵み、そこに繰り広げられた人情のすべてが「他者のもの」となり「疎遠になる」ことを意味したであろう。

これはまさにリア王の悲劇にぴったり当てはまるのではあるまいか。まず戯曲の冒頭、彼は（nature with meritに比例して）すべての領土を娘たちに分割した。これはalienationの原義に一致する。だからたとい愛を量的に測ったうえでなくとも土地を全面譲渡したからには、（あのような悲劇的結末にまでは至らないとしても）何らかの意味でこののち彼に〈疎外〉が襲ったであろうと予測することができる。これに愛の物象化が加わっていっそう悲惨な裏切りに導かれたわけである（とはいえ両者〔土地の割譲と人情の物象化〕の結合には必然性がある*——後述）。

　＊　シェイクスピアが土地の所有・喪失と人情の変化との相関性に気づいて

いたことは、『お気に召すまま』でのロザリンドの台詞から確推できる。「どうやらあなた〔ジェイクイズ〕は自分の土地を売り払って他人の土地を眺めに出たようですね。そうしていろいろ見てまわるだけで何ももたないということは、目は豊かになるが手は貧しくなるということです」(IV-1)。

さて末娘に裏切られた（と思い込んだ）リアは、一月が経たないうちにさらに姉娘二人に手ひどく裏切られる。それに続く〈荒野・嵐の場〉(III-2以下)はリアの狂乱の場である。土地を譲渡し、その後あらゆるもの（たとえばお付きの騎士たち）から疎遠にさせられた者は、ついには「(理性などを)狂わせ」られて*「発狂し」「狂人」になるほかはないのである。すでに alienation の三重の語義がそのように示唆していた。

* 最後の理性・分別を振り絞ってでてきた言葉が、あの「五十は二十五の倍だ、だから愛情も倍であろう」(II-4) という台詞であった。ところが直後に騎士の数をゼロにされてしまう。先にも述べたが、理性はその本性上ゼロに直面すると立往生する（ゼロだと比が成り立たないから）。あとには愚鈍か狂気しか残らない。

このときのリアの狂気の内実を忖度するならば、そこには真の同情を誘うものがある。即ち彼は、①必死に狂気に陥るまいと努め己れを鼓舞激励するのだが、それにもかかわらずどんどん狂気の状態へと陥っていく、のであると同時に、②彼は本当はまだ十分に正気でいることができるのに、あまりに王たる己れの威厳と親としての尊厳が踏みつけにされたので、もはや狂気に逃れるほかはなく、あえて自ら自分を狂気に駆り立てていく、のでもある*。リアが狂気に陥るまいと努める姿は繰り返し示されている（たとえば「ああ、そう思うと気が狂う。もう思うまい、そのことは忘れよう」III-4)。逆に完全な狂気の状態と思われるときにあっさりと正気を見

せる場面として印象的なのは、場面も進んで第四幕第六場である。ここでリアは（コーンウォール公に）両眼をえぐられたグロスター伯爵と行きあう。しかし狂人のリアにはこの顔中血まみれとなった老人がグロスターであるとは判るはずもない——と思いきや、彼は何の脈絡もなく突然次のようにいう。「わしの不幸を泣いてくれるなら、この目をやろう。／おまえのことはよく知っておる、グロスターであろう。」彼はおそらく出会ったときからグロスターのことが判っていたはずだ。それまでの狂気の様とは一転してこの台詞を語るときの穏やかな声と顔つきのリアを見てわれわれの心はいっそう深くゆさぶられるのである。とはいえ狂気に〈陥るまい〉としつつ自らを狂気へと〈駆り立てていく〉このリアのアンビヴァレントambivalent（両価的、相反感情的）な精神状況を全面的に受けとめることは難しい（ましてや演じるとなるとなおさらであろう）**。

　＊　ショーペンハウアーは主著『意志と表象としての世界』第三十六節で「生の最後の救済手段としての狂気」に触れているが、その実例としてアイアス（ギリシア神話の英雄）、オフィーリア（『ハムレット』）とともにリア王を挙げている（西尾幹二訳、中央公論社 p.379）。

　＊＊　この直後にあの「忍耐せねばならぬぞ。人間、泣きながらこの世に／やってくる、そうだろう、……〔それは〕この阿呆どもの舞台に引きだされたのが悲しいからだ」という有名な台詞が続く。これも狂気のなかのリアの正気が語っていると見るべきであろう。

　さて第四幕第七場で正気に戻ったうえにコーディリアとの和解がなったのも束の間、最終幕で敗戦によって二人とも捕虜になった直後、彼女は絞殺されリアはふたたび狂気に落ち込みながら壮絶な死を遂げる（V-3）。不法にコーディリアを処刑せしめたのが〈疎外〉の申し子（agent 代理人）ともいうべきエドモンドであったことも

象徴的である。彼は第一に生まれたときから（否、彼の母親が彼を胎んでいると判ったときから）私生児ゆえにグロスター伯爵にとって、世間一般にとって、彼自身にとって〈疎外体〉であり、かつ、というよりもそうであるがゆえに第二に、正嫡の兄を陥しいれたうえで父の領地・財産を狙うという filial *in*gratitude の典型でもあったからである（さらには国王の地位までも狙っていた）＊。リアを裏切った二人の姉娘たちは（それぞれ夫を持つ身でありながら、否、であるがゆえに）エドモンドをめぐる恋の鞘あて（肉欲のつっぱりあい）の末に二人とも死んでしまったあと、ようやく平安が訪れるかと思いきや、疎外の agent たるエドモンドから決定的な追い打ちをかけられたリアは、もはや狂死するしかなかったはずだ。それが疎外というものの究極点であると同時に、だから疎外からの唯一の安らぎでもあるはずだからである＊＊。

　＊　いずれシェイクスピアにおける悪の問題を考察するときには、イアーゴゥ、リチャード三世らとともにこのエドモンドはきわめて優れた悪人として、したがってきわめて優れた人間として名誉回復するであろう。ゴネリル、リーガンの姉妹も（ある程度）同様である。それにひきかえコーディリアは（『オセロゥ』におけるデズデモーナとともに）きわめて魅力に乏しい性格のもち主として名誉剥奪されるであろう。第七章参照。

　＊＊　このときに至ってリアはようやくタイモンとなる。And nothing brings me all things. ——本章 p.33 注＊参照。

　以上 alienation という言葉の語義に即してリアの疎外の必然性を見てきた。これに関連してここで先に語り残した、bounty の両義性（慈愛と贈り物）がリアの思考のなかでなぜ自明のこととして癒着していたか（p.18）という問題について確認してみよう。それは、この言葉の両義性が中世封建制という時代に関係するからであ

る。実は merit という単語には先に議論したような「長所、美点」という意味以外に「手柄、勲功」という意味もあった（通例は複数形で用いられるようであるが）。リアは王である、それもおそらく戦乱の世の。とすれば多くの戦さにおいて「武勲 merits」のあった部下に対して王としての「恵み深さ bounty」を示すべく「恩賞 bounty」を与えるのが彼にとって最も神経を使う仕事の一つであったはずである。なぜならその与え方は誰もが納得できるように、各部下の勲功・武勲の大きさに正確に比例したものでなければならなかったからである。彼はそれを見事にやりおおせたからこそ名君といわれるようになったはずである。ともあれ、封建制下における信頼と忠義から成り立つ王と臣下の関係こそ偽善の極致をいく人間関係であった（西洋に限らず、多かれ少なかれ中国・日本の場合も同様であったはず）。それは双方にとって物質的な（物欲的な）関係にすぎない間柄を、表面上うわべだけ口先だけできれいに取りつくろっているにすぎない、きわめて脆くあやうい関係であった*。

＊　だからこれを補強するための儀式（偽式）が中世において発達するのも必然（必要）である——たとえばある者を自分の配下の騎士として叙するときにその者の肩を剣で強く打つ、とか。これはＢＢＣ製作のテレビ映画で、エドモンドが父グロスターを裏切ってコーンウォール公爵（リーガンの夫）に騎士として登用される場面に見られる儀式である（Ⅲ-5）。考えてみればシェイクスピアはこの〈騎士道の欺瞞〉を繰り返し繰り返し描きだしているのであった（とくに二つの歴史四部作において。これらはバラ戦争におけるランカスター家とヨーク家の死闘——裏切り、日和見、疑心暗鬼のいたちごっこ——を描いたものである。第六章参照）。なお、ポランスキー監督の映画『マクベス』はこれらの点を（原作の延長線上に）きわめて印象深く描出していた（第三章 p.94 二つ目の注＊参照）。

ここに至って前にＢで触れたままに残された問題、即ちなぜリ

アには if merit ○ → nature must be ○、if merit × → nature must be × という二通りの推理（しかも転倒した）しか頭になかったかが判明する。彼は王として部下に恩賞 bounty を与えるとき、必ず次の段階を踏んだであろう。①まず武将の武勲 merits が外面的に証拠をともなって明瞭であることが必要であるが、②それに対してリアの心持ちとしての慈愛 bounty が形成され、③最後にその恵み深さに見合った恩賞 bounty を物（土地も含む）として外面的に下賜する。ところでリア自身としては①から②を形成するとき、および②から③を決定するとき、いずれにしても精一杯公平で誠実に対応したはずである。が、この二つの行程にのみ誠実に習熟したリアは、おのずと前記の a・b の組合せ（この場合は己れの心証○ → bounty ○、己れの心証× → bounty ×）のみが実在すると思い込み、その結果、推理としては a'、b' の組合せ（この段落の冒頭参照）しか考えられなくなったのであろう。しかし事態はリアの主観を離れてもっと辛辣であったはずである。即ち部下たちにとっては前記の②の段階などどうでもよいのである（せいぜいのところリアの慈愛は変容させられて〈気前のよさ〉としてしか受けとめられない）。部下にとってのリアの「誠実さ」とは、①の外面的な merits に正確に対応して ③ bounty を与える、という点に尽きる。

ここまで考えを進めてくると、第一幕第一場のあのリアの娘たちに対する問いかけに出てくる bounty という言葉は、リアの深層心理においてはその直後の nature とよりもむしろ merit の方とこそ強く呼応していたというべきであろう。誰あろう娘たちに領地を分ける場面であるのに、あたかも部下の武将・騎士たちに対してその戦功 merits を促し期待するかのごとき語りかけをしていたのである。否、領地分割の場面であるからこそ、たとい相手が実の娘たち

であってもそのnatureよりもmeritの方を強く求めたのであった。封建制においては何よりも領地を封ずることが恩賞として最も意義の高いものであったからである（爵位はその封ぜられた土地の大きさに付随する飾りものにすぎない）。

　ということはリアは事実上娘たちに対しても騎士ないし武将としての振る舞い、即ち完成された偽善を要求したことになる（戦時以外ではそういうことにならざるをえない）。ゴネリルとリーガンはこのときすでに「騎士」たりえていた（彼女らがそれぞれ公爵との既婚の身であったという事情が大きい）のでこの要求に応えることができた（即ち、十分におべんちゃらmeritを使うことができた）。ところが肝心のコーディリアは純真な乙女のままであった（つまりこのときは未婚であったという意味でも）ので「騎士」たりうるどころではなく、したがってあの場での父の要求を満たすことができなかったのである。ともあれここでもまた、リアの抱いていた二つの思惑——最愛の娘コーディリア（「リアの心」）とともに老後を送りたい、領地を与えるからにはそれだけの見返り・功績がほしい（つまりちやほやされたい）——のあいだにある絶対矛盾が悲劇の根源であったことが確認される。それがnatureとmeritとのあいだの矛盾であることはもはやいうまでもない。

　以上ＡＢＣと三つの観点から戯曲『リア王』と疎外の関係を検討してきた。これを少々寛いだ形でまとめると次のようになる。まず、土地を分けたのがいけなかった（alienation）。それもあろうことか自分の子供に！（filial *in*gratitude 子はもともと親に背くもの）。しかも思考法としてみずから疎外された論理、物象化された論理（人間的なものを物的なもので量る）に絡めとられながら（natureよ

りも merit を優先)——。これでもなお疎外の悲劇を免れたいというのであるならば、それは奇跡を願うに等しい。もっと冷静にいい直せば、それは（疎外をめぐる）必．然．性．への冒涜にほかならないであろう*。

* 愛情を大小で量ることの非．、および土地分割の愚．、の二点はすでに大山俊一がその訳注で指摘している（旺文社文庫 p.10、傍注1）。ただし彼はリアのこれら二つの過ちを疎．外．と関連づけているわけではない。彼に限らず、リアの土地分割と疎外の原義とが密着している点に言及している論者は（管見のかぎりでは）見あたらない。

では人類（史）と疎外についてどう考えるべきか、などということについてもはやこれ以上議論しないことにしよう。ただ一点、本章で採用した三つの観点がそれぞれ独立した考察を可能にしつつも、実はそれら三者が縦に深く貫いて関連していたということだけを確認して、われわれの長い考察の旅を閉じることとしよう。

第 二 部

2

マクベス夫妻の乖離的二人三脚
――『マクベス』試論（I）――

マクベス夫人像（ストラトフォード・アポン・エイヴォン）
（著者撮影）

シェイクスピアの魅力を一言で表わせば、人間がこの現実世界で織りなすあらゆるさ̇ま̇を生き生きと、しかも矛̇盾̇に̇満̇ち̇た̇も̇の̇と̇し̇て̇描いている、という点に尽きるであろう。本章と次章では『マクベス』冒頭第一幕第一場の末尾にでてくる魔女たちの呪文 Fair is foul, and foul is fair.（よいは悪いで、悪いはよい）を手掛かりに、シェイクスピアの人間観の魅力の一端を解明してみたい。

I

　この、「フェア　イズ　ファウル、アンド　ファウル　イズ　フェア」という魔女たちの呪文は『マクベス』一篇の̇み̇な̇ら̇ず̇、シェイクスピアの全̇戯̇曲̇に̇通̇じ̇る̇いわば彼の人間思想・人間哲学の根本命題である、と私は考えたい。ところでふつう人間は Fair is *fair*, and foul is *foul*.（よいはよいで、悪いは悪い）と思い込んで、これをつゆ疑わない。善はどこまでも善であり、悪はあくまでも悪である、と。これが世の健全な常識であるが、これを（正邪に関する）整̇合̇論*とよぶことができる。だが、善悪とは何か？　その基準はどうして決まるのか？　これがきわめてむずかしい問題であることは、それを厳密に哲学的に明らかにしようとしたカントの道徳論がかえってたいへん難渋なものになってしまったという事実が証明している。だから Fair is *fair*, and foul is *foul*. という常識的なもののいい方には、本当は解決不能な問題が潜んでいるのである。

　＊　世にいう形式論理学とほぼ同義と考えてよい。同一律、矛盾律、排中律がとくに中心となる。一例として「敵の敵は味方」というような考え方がそうである。これに対して、魔女たちは「味方は敵で、敵が味方」といっている。

　そうはいってもただちに上記の魔女たちの呪文を採用して、Fair

is foul, and foul is fair. といい切るのもいささか躊躇されるであろう。というのは、この命題はこの命題で驚くべきことをいっているからである。そのことはちょっと野球のことを考えて見ればわかることだ。試みにこの命題を野球に適用したらどうなってしまうか？ フェアがファウルでファウルがフェアとは？――つまり、野球が成立しなくなってしまうのである。それでもよいという覚悟のうえであれば、あの魔女たちの命題を受け入れてもよい。

　しかしここで注意しなくてはいけないのは、野球の場合、人為的な規則によって Fair is *fair*, and foul is *foul*.（フェアはフェアで、ファウルはファウル）と決められているということだ。とすれば、一歩進めて、他のいっさいの人間をめぐる fair と foul もやはり何らかのていど人為的に決められたものと考えることはできないであろうか。われわれのまわりで fair と foul を明確に区分けしているものの代表として法律がある。それに従ってたとえば、日本では参政権は二十歳から与えられる。しかし、どうしてあれが十九歳から、あるいは二十一歳からであってはいけないのか（十進法になじまない？　十進法も立派に人間的な決めごとであってけっして宇宙に普遍的な規則でないことは自明である）。即ち一言でいえば、人間にまつわる善と悪との基準には根本のところで、何らかのていど恣意性（そうでなければならない理由がないさま。気紛れであること）が付きまとっているのではないか、ということである。

　するとさらに次のようにいえないか。人間をめぐる（人間の意識を離れた）事態そのものには、むしろ fair と foul の基準はない。しかしそこに人間が何らか善悪の基準を持ち込む。そしてその基準があたかもはじめから客観的に実在しているかのように人間は自己欺瞞に陥る。その自己欺瞞を（何らかの状況において）かなぐり捨

てたとき、事態は Fair is foul, and foul is fair. と見えてくる。──結論を先に述べてしまったようなものだが、私はこのことを戯曲『マクベス』に即してこのあと考察していこうと思う*。

* 人間にとって、世界に善悪の基準を持ち込むこと、そしてそれをめぐって自己欺瞞に陥ること、は必要であり必然である。その必然性（＝必要性）を明らかにすることも著者の年来の「総合人間学」の主要課題の一つである。

II

『マクベス』の粗筋は次のようである。

【粗筋】　中世スコットランドのダンカン王の治世下に強力な反乱が起こるが、将軍マクベスたちの活躍で何とかこれを平定する。その帰り道、彼は魔女たちに出会って、いずれ王になるお方、と謎を掛けられる。その夜思いがけなくダンカン王が勝利を祝うために彼の城を訪れる。夫人に鼓舞されてマクベスは王を真夜中に暗殺する。マクベスは狙い通りスコットランドの王となる。そののち僚友の将軍バンコーを暗殺（直後にマクベスは宴会でバンコーの亡霊を見て狂乱する）。夫人に相談なくマクベスは自ら再び魔女に会いにゆく。そこでまた新たに三つの謎を掛けられる。彼はこの彼に好都合と思われる予言に自分のこのあとの人生のすべてを賭ける。まず手始めに、自分に従わない有力貴族のマクダフの城を襲わせ、（逃げたマクダフ本人を除いて）彼の一家を皆殺しにする。一方イングランドに逃れたマルカム王子の許に、マクダフをはじめ多くが参じる（イングランド軍も加勢）。マクベス夫人は夢遊病に陥り狂死。味方も去ってマクベスはひとり超人的に奮戦するも、頼みとする魔女の予言にことごとく裏切られ、最後はマクダフに倒されて死ぬ。The End.

さて、魔女たちの呪文 Fair is foul, and foul is fair. であるが、種々の訳し方がある。①よいは悪いで、悪いはよい（これに類した表現を含む。以下同様）。②きれいはきたないで、きたないはきれい。③明るいは暗いで、暗いは明るい。④光は闇よ、闇は光よ。――①のように訳しているのは（これまで読んだ範囲では）三神勲、小田島雄志、松岡和子。しかし、大概の訳者は②のように訳している。坪内逍遥、野上豊一郎、小津次郎、大山俊一、福田恆存、平松秀雄。③はあとまわしにするとして、④は永川玲二[*]。面白いのは私が敬愛する木下順二である。彼もこの『マクベス』の魔女たちの台詞がたいへん気になるようで、その評論集のなかでこれについて再三論じているだけあって、ここの訳し方にもこだわり続けている。まず1969年の『随想シェイクスピア』（筑摩書房）では「いいものは悪くて、悪いものはいい」と訳している (p.145)。上の分類の①にあたる。それが1973年の『シェイクスピアの世界』（岩波書店）では「明るいは暗く、暗いは明るく」と訳し変えられている (p.43)。上の③である（彼のみ）。奇妙なことに、あくる1974年発行の講談社の世界文学全集に収められた彼の訳では「暗いは明るく、明るいは暗く」となっており「明」と「暗」が逆さまになっている。最後に（？）1988年に出た講談社発行『シェイクスピア マクベス』では、何と「輝く光は深い闇よ、深い闇は輝く光よ」と、大幅に変更されている。④である。同じ訳者が一つの台詞をこうも訳し変えていくというのもめずらしいことと思う（それについては彼自身いろいろと議論しているのだが、率直にいって必ずしもあとになるほどいい訳になってきているとは思えないのだが）[**]。

＊　山崎正和の戯曲『世阿弥』（新潮文庫）の冒頭、巫女の老婆が登場して将軍足利義持に向かって「光は闇じゃ。闇は光じゃ」というが、これが『マクベス』冒頭の魔女たちの呪文をそのまま借用したものであることは明白である。そして魔女たちの呪文の訳としては④にあたる。なおこの老婆はすぐあとに自分のこの謎を「光はじきに闇となる。闇はじきに光となる」といい直しているが、これには問題がある。次章 p.101 注＊参照。

　＊＊　木下氏がなぜ一番通りのいい②だけは避けるのか。それは（私の邪推によれば）、氏が生涯を通して一番対抗心を燃やしている福田恆存が②のように訳しているからではなかろうか。

　戯曲『マクベス』において主人公マクベスは第一幕第三場の途中で初めて登場する。その最初の台詞は次の通りである。"So foul and fair a day I have not seen." 試みに訳せば、「こんなにも気味が悪くしかも気持ちのいい日は俺の生涯でも初めてだぞ。」いまマクベスと僚友バンコーとが二人きりでダンカン王の陣地に向かう途中の荒地は、おぞましい雷雨の最中である（a foul day）。だがこの日彼はきわめて不利な戦況であったところを、バンコーとともに獅子奮迅の戦闘ぶりを発揮することによって戦さに勝ったところであった（a fair day）。だからあのような言葉がマクベスの口をついて出てきたのであろう。それにしても So foul and fair a day という台詞は奇妙である。一つの名詞を fair と foul という相矛盾する二つの形容詞が修飾しているからだ。するとこれはあの魔女たちの論理（Ⅰ-1）ではないかという疑念が湧く。しかしこのときマクベスはまだ魔女たちに出会っていない——と思いきや、この台詞をマクベスが吐いた直後に魔女たちが二人の前に姿を現わす！　つまりマクベスは彼女らに待ち伏せされていたのだ。するとマクベスは、魔女たちに出会う前にすでに彼女らの supernatural な（超自然的な）思考の磁場に誘き寄せられていたということになる（これと対

照的に、彼とともに馬を走らせていたバンコーはこの磁場をいっさい感知していなかったし、また最後まで彼はこれと無縁であり続けた)。——と、ここまでは『マクベス』について論じている文章にほぼ必ず書かれている状況説明であり、それはまた実際にシェイクスピアの技巧・狙いであったと思われる。

ふたたび木下順二の議論を紹介するならば、冒頭の Fair is foul, and foul is fair. と、ここでの So foul and fair a day とを訳語のうえでも対応させなければいけないという。当然なことと思われる。ところが過去の種々の翻訳は必ずしもそうなっていない（名は伏せられているが、調べたところ福田恆存訳もその一つ）。それを木下氏は批判するのだが、これには誰も異論はないだろう（前掲『シェイクスピアの世界』pp.58-59 参照）。だから、たとえばあそこを「いいは悪いで悪いはいい」と訳した人は、ここを「こんないいとも悪いともいえる日ははじめてだ」と（か何とか）訳さなくてはいけない（これは小田島雄志の訳、したがって彼は合格*）。私は先ほど「こんなにも気味が悪くしかも気持ちのいい日は俺の生涯でも初めてだぞ」と試訳したが、ここから逆算すると、いやでも冒頭の台詞は「いいは悪いで悪いはいい」という以外の訳し方をしてはいけない、ということになる。

* ただし後者の台詞の訳では「いい」と「悪い」の語順が原文とは逆になっている。これは小田島氏による意図的な入れ替えであろう。

しかし訳語の問題以上に、このときのマクベスの台詞の含意は何であったか、がはるかに重要である。確かに会心の勝利を得た「よさ fair」と天候の「悪さ foul」がここで含意されていることに間違いはない。しかしそれだけであろうか。もしそれだけのことだとすれば、この台詞は少しも面白くない。なぜなら、戦さに勝つか負け

2　マクベス夫妻の乖離的二人三脚　53

るかということと、戦さが終わったあとの天気がいいか悪いかということとは何の関係もないからだ。つまり、これら二つの事柄は因果的にも価値的にも互いに独立な事象なのだ（原子爆弾の登場以降は別）。ではこれ以外の含意をなお見出すことができるであろうか。それを検討するために、ここで少し遠回りをしてみよう。

　さきほど、マクベスは舞台に登場するときからすでに魔女たちの思考の磁場に足を踏み入れていたといった。そのことがこの直後にどのように展開するかを少したどってみよう。マクベスがあの台詞を吐いた直後、彼らの前に姿を現わした魔女たちは、いきなりマクベスに向かって次のようにいう。「グラームズの領主マクベス、ばんざい！」「コードーの領主マクベス、ばんざい！」「将来の国王マクベス、ばんざい！」これはおかしないい分だ。確かにマクベスは現にグラームズ（地名）の領主であるが、コードー（地名）の領主ではない。まして、マクベスはダンカン王の甥にあたるとはいえ、王には二人の王子がいる。マクベスが王になるなどとは本人を含めて誰も考えていないことだ（と、ここではしておこう）。ところが、魔女たちが消え去ったすぐあとに、この荒野のただなかにいるマクベスとバンコーの二人のところへダンカン王の陣地から使者がやってきて、王は今回の戦功への褒賞としてマクベスをコードーの領主に封ずると知らせる。これまでのコードーの領主は密かに今回の反乱に加担していたことが露見して、処刑される手筈とのこと。

　ここで「数学的帰納法」という推理法を思い出して見よう。nを任意の自然数とする或る数式にnの代わりにn＋1を代入しても式が成立することが証明されたとする。そののち実際に1を入れてこの数式が成立すれば、あとは芋蔓式に成立するはずである。——マクベスはこの知らせを聞いた瞬間、この論理を思ったに違いない。

事実命題（「グラームズの領主マクベス、ばんざい！」）のあとに続いた、冗談と思った魔女たちの第一の予言（コードーの領主）は成就した。ならば自分は次にもっと大きな希望を抱いてもいいはずだ。なぜならば、この新たな事実を担保に、あの第二の予言（いずれ王になる）が成就してもおかしくはないからだ、と。

しかしこのときなぜかマクベスは手放しで喜ぶことができない。彼は次のようにつぶやく。「あの不思議な誘いは悪いはずはない、だがいいはずもない Cannot be ill ; cannot be good.」と。このつぶやき方が Fair is foul. の変形であることは、少し考えてみれば納得されるであろう。あの、魔女たちの呪文の前半部分である。この場合「悪いはずはない」とは、コードーの領主に加封されたこと、即ち領土が増えたことを意味する（この物語の舞台は十一世紀の封建時代である）。加えて、そしてこちらの方がより重要なのだが、このことはいずれ王位に就くという成功の手付けを魔女たちがくれたことを意味しているのだ。

だがどうしてそれが「いいはずもない」のか？　この戯曲を観た（ないし読んだ）人はお分りのように、このときマクベスはすでにダンカン王殺害の光景を想像しているのだ。そのことはこの台詞に続く彼の独白に明白である。「眼前の恐怖も想像力の生みなす恐怖ほど恐ろしくはない」（Ⅰ-3）。「そして、存在しないもの以外には何も存在しない And nothing is but what is not.」（試訳、というより直訳）。これ以降マクベスは彼に死が訪れるまで「存在しないもの what is not」すなわち彼の想像、彼にまつわりついた幻影だけが実在（real なもの）と思え、本当の現実（reality）は「存在しない nothing is」つまり見えなくなるのである。

それにしても、マクベスはこのとき Fair is foul. とのみ思考して

いるのであって、*And* foul is fair. (だ̇か̇ら̇悪いはよい) とは未だ考えていない。この点は大事な確認である。魔女の論理を十分に我がものとするためには、両方の契機（呪文の前半と後半）の受容が必須だからである。

　ここで三つのことを確認しておこう。第一に、このときマクベスに欠けていた *And* foul is fair. を彼に吹きこむのは、ほかならぬマクベス夫人であること（たった一人の老人を暗殺すること foul が、地上における最高の栄誉 fair をもたらしてくれる）。したがって第二に、これ以降マクベスとマクベス夫人がいわば二̇人̇三脚の形でこの戯曲の主題を展開していくと捉えることができること（もちろんその場合マクベスが主̇で夫人は従̇であることに変わりはない）。第三に、戯曲『マクベス』の狙いであるが、全体としてマクベスが（われわれが？）いかにして常識的な善悪判断（Fair is *fair,* and foul is *foul.*）から魔女たちの提示した反常識的な、すなわち弁証法的な善悪判断（Fair is foul, and foul is fair.）へと徹底的に宙返りするか、という展開が主題になっているら̇し̇い̇ということ、である。

　結局、"So foul and fair a day I have not seen." というマクベスの最初の台詞の（天候と戦さの結果以外の）も̇う̇一̇つ̇の含意であるが、「これまでいちども体験したことのなかった I have not seen」、魔女たちの Fair is foul, and foul is fair. という世界観へと彼がその第一歩をま̇さ̇に̇今̇日̇踏み出すところなのだ、という予感を示したものとして受け取りたい。戦さに勝ったこと（fair）が空恐ろしい（foul）魔女たちの価値観へと導いた——これがあの言葉の真の含意である、と。こうした見通しの下に、このあと検討を進めることにしたい。

III

マクベスはダンカン王が自分の城に何の警戒心も抱かずに泊りに来たその夜、確かに自分の想念に戦き、それを実行に移すことに逡巡する（I-7）。多くの論者はこのことから、マクベスがはじめダンカン殺しに躊躇するのは彼の気性が優柔不断であることを示していると述べる。しかしこの解釈にはまったく承服できない。まず第一に、彼が歴戦の勇士、勇猛果敢な武将であって、このたびの反乱軍平定においてもいかに優勢な敵を無慈悲に斬り殺して、それでもって血の海を築いたかは第一幕第二場で活写されていたところだ。論者たちはこの点にまったく触れておらず、自分の上記したマクベス評価と照らし合わせることをしないが、じつに奇妙なことである（ヤン・コット*、木下、他）。

* 『シェイクスピアはわれらの同時代人』（蜂谷昭雄・喜志哲雄訳、白水社）でヤン・コットは、マクベスのダンカン王殺しを彼の「最初の殺人」といっている（p.94）。まるで軍人マクベスの戦場での殺戮は殺人行為でないかのようである。ただしヤン・コットのこのシェイクスピア評論集は、全体としては超一級の水準のものであり、また私もこのあと彼に多くを負っている。

第二に、したがって彼はあの場において人殺しそのものに怖じけづいているのではなく、他の何ものかに戦いていたはずだ。その、他の何ものかとは何であるか。これは先にわれわれが確認した点に関係する。つまり、彼は居心地のよかった Fair is *fair*, and foul is *foul*. の世界から、これとは別の論理、別の価値観の世界へと踏み出す踏ん切りがなかなかつかなかったのだ。確かに武人の世界を支配するノモス（規範、法）のなかで、主君に反逆し剰えこれを暗殺

するというのは、行為そのものとしても事後の「道徳的」評価としても「最悪」なものである（つまり Foul is *foul.* ということ）。これに対して、外敵や反乱軍を完璧に平定することは最高度に天晴なことである（つまり Fair is *fair.* ということ）。だからマクベスは何の良心の疾しさを感ずることもなく、彼の気性と技量と体力が許すかぎり何十人でも何百人でも敵を斬り殺すことができたのだ。ただし、先の第一の視点を軽率に見落とす論者たちが、この第二の論点にまったく気づかないのは仕方のないことであろう。

　ここでは細かく紹介している余裕がないが、この点に限らずそもそも Fair is foul, and foul is fair. という魔女たちの命題がほかでもないシェイクスピアの人間観の中核を占めると主張する議論は、管見した範囲内では未だ見当らない。むしろ噴飯ものの無理な解釈すら例外的ではない（たとえば三神勲、角川文庫・解説。ただし彼の訳文は一級である）。そのなかで野上豊一郎の次のような言葉がほぼ論者たちの平均的な立場といえよう。「犯された罪の当然償われなければならぬ審判の経路が段階を重ねて急迫に取り扱われてある」（岩波文庫・解説）。つまりたいがいの論者はこの『マクベス』をも勧善懲悪の観点から把握しようと（して苦労）するのだ*。これは徒労といわねばならない。なぜならば、勧善懲悪の価値観を覆すのがこの戯曲におけるシェイクスピアの狙いであったはずであるし、冒頭に述べたようにそれが強いては彼の究極の人間観であったはずであるからである。そうしたなかで、勧善懲悪という月並みな観点から離れて、水準以上に深みのある議論を展開しているのは、中野好夫、木下順二、福田恆存、そしてヤン・コットである。

　*　他にＤ．ウィルソン『シェイクスピアの六悲劇』（橘・他訳、八潮出版）所収のマクベス論など。

そのなかで一つ私が完全に脱帽した指摘を見てみよう。それは中野好夫の『シェイクスピアの面白さ』（新潮選書）のなかの一節である。彼は、マクベスとマクベス夫人との関係が戯曲の前半と後半とで「対角線を描いて」逆転するという（p.44）。私は彼のこの指摘に示唆を得て、マクベスとマクベス夫人の二人が一組の対となって劇が進行していること、および、二人の交差・逆転が描く振幅の全体が、シェイクスピアの描こうとしている人間の内面の全体性ではなかろうかと考えるようになった（p.76の図参照）。これを私は〈マクベス夫妻のすれ違い的ないし乖離的二人三脚〉と呼ぶことにしたい。ただし中野氏はなぜか、なぜ二人が「対角線を描いて」乖離していくのかについて述べていない。そこでその点を補うべく、以下私なりの解釈可能性を探っていこう。

IV

　二人の逆転がきわめて象徴的に見て取れるのは、必ず指摘されるのであるが、第二幕第二場と第五幕第一場との、ダンカン王の血が自分の手にべっとりとついているのを見て二人が何というか、その交差ぶりにおいてである。まず第二幕第二場で、ダンカンを殺してきたばかりのマクベスは動揺の極致の体で、大西洋の海水すべてをもってしてもこの俺の手の血糊は洗い落とせまい、と呻く。それに対して自分の手も血染めになった夫人は「ほんの少し水があればきれいに消えてしまいます、簡単なことじゃありませんか」と夫を軽蔑したふうにいう。その夫人が第五幕第一場では、夢遊病のまま手を洗う仕草をしながら「まだ血の匂いがする。アラビアじゅうの香料を振りかけてもこの小さな手のいやな匂いは消えはしまい」と、

悲痛に嘆く。この印象的な逆転は何を示しているか。

　ヤン・コットはマクベス夫人について「この女には想像力が欠けている」という（前掲書 p.96）。この言葉自体は当たっていると思うが、問題は何についての想像力かという点にある。夫人に欠けていたのは、暗殺の場面などをまざまざと想起するという意味での想像力というよりも、その行為の持つ意味を洞察する力だったというべきではないだろうか。即ち、目の前の御馳走にとにかく飛びついてしまう、その限りで「悪」をも顧みない、という態度である。つまり、彼女には価値観に対する深い直観力が欠けていた、ということ。その限りでの Foul is fair. でしかなかったのだ。したがって当初第二幕第二場の夫人は、マクベスが口にした「この手がむしろ……大海原を朱に染め、緑を深紅に一変させるだろう」という類の描写についていけるほどの想像力がなかった（ヤン・コットの論）というよりも、これで私たちは王位に就くことができる、という現実的期待の方が強烈だったのだ。

　それに対してマクベスには価値に対する根本的な節操があった。だから、人を殺すことがいわば商売である彼が、たった一人の老人を、しかも寝ているところを（いとも易々と）殺すことにあんなにも躊躇したのであるし（Fair is foul. p.55 参照）、夫人の打算的な促し（And foul is fair.）に後押しされてやってしまった直後にも、やらないほうがよかったのではなかったかと暫くは反芻しつづけるのだ。

　結局二人の関係はこうだ。夫人ははじめ（深い浅いはどうであれ）人間が至りうる悪の極北に位置していたのに対し、マクベスは（意識のうえでは）汚れのない良心の地平にあってそこから跳躍することに躊躇していた。しかるに戯曲の大詰めでは、夫人の方が良心の

地平に降下してきてその呵責に耐えきれなくなり、夢遊病から狂死へとたどるのに対して、マクベスの方はもはや迷うことなく断固として悪の立場を選択しきっている。——中野氏がいうように、この「対角線」の交差するさまがまさにこの戯曲の演劇性の在り所というべきであるが、以下まずマクベス夫人の方にやや重心を置いてこの点を追跡してみよう。

　まだダンカン殺害を実行する前、第一幕第五場で夫人は「悪魔よ、わたしを女でなくしておくれ」という。これは彼女の悪魔的な決意の表明であるとともに*、そこには、女のままでは悪魔になれない、しかるに実際には彼女は女でなくなることはできない、という絶対矛盾が内在している。また、仮に百歩譲って彼女が何らかの手立てで女でなくなることができたとしても、それは永久に続くはずもなく、したがって夫人が元の女に戻ったとき彼女はどうなるか、という仄めかしもこの台詞から読むことができるだろう。ところで、女でなくなるとはどういうことか。悪魔になるということだろうか。そうではあるまい。人間はあくまで人間にとどまるからだ。そもそもシェイクスピアが悪魔の存在などを信じていたということは完全にありえない。彼ならこういうだろう、「悪魔？　それは人間のことではないのかね」。とすると彼女はここで女から男になりたかっただけの話だ、ということが理解されるであろう。人間、女でなければ男でしかありえないからだ。ところでなぜ彼女が男になりたかったかといえば、旦那のマクベスがこういうこととなるとまるで男らしくなくなるのが彼女には目に見えているからだ。

　＊　「理想」と題した詩のなかでボードレールは次のように歌う。「地獄ほど罪深い僕の心が求めるのは、レデー・マクベス、あなたです、罪を怖れぬあなたです」（『悪の華』堀口大學訳、新潮文庫 p.51）。

彼女は本当は女でありたかったのだ。だがもはや夫が自分を女として扱ってくれないことを知り抜いている*。残された道が一つだけある。それは、夫を自分の指図によって「男にしてあげる」ことによって自分が女になることだ。夫を男のなかの男たる王に仕立てあげることによって自分は女のなかの女たる王妃となる。そのためにはまず私が彼の代・わ・り・に男・に・ならなくてはいけない。──以上がマクベス夫人について最初にわれわれが理解しておくべき事柄だと思われる（このあたりのことはおよそのところすでにヤン・コットが述べている）。

　　*　ヤン・コットは「この二人の間にあるのは性的窒息状態、肉体関係における徹底的な失敗である」、「彼女は愛人にも母親にもなり損ねたのを取り返そうとしている」という（前掲訳書〔p.57 注 *〕p.93, 96）。優れた洞察だと思う。

　さて、彼女はどのようにして女から男になったか。その答えは意外に陳腐である。酒の力を借りたまでである。簡単なことである。だがこの事情は彼女の台詞を一回聞いたぐらいでは気がつかない。証拠はただ一箇所、第二幕第二場の冒頭の彼女の台詞二行にある。「あの二人〔ダンカン王のお付きの護衛兵〕を酔・わ・せ・た・ものが私に勇気を与えた、／二人をおとなしくさせたものが私に火・を・つ・け・た・。」その勢いで彼女は、ことの直前になってもまだ逡巡している夫マクベスを叱咤し、ことを仕遂げたあと彼がうっかり持ち出してきてしまった凶器の短剣を彼に代わって自らダンカン王の寝室へと戻しに行くことができたのだ。とすれば、その酒が醒めて彼女が正気に戻ったとき、つまり元の女に戻ったとき、どうであろうか？

　翌朝、王殺害が皆に知れわたって大騒ぎになるが、このときすでに腹を据えていたマクベスは、わ・ざ・と・動転した振りをして、例の二

人の見張りを下手人と断じその場で斬り殺すという「逆上振り」を演じてみせることができた。——それを知ってマクベス夫人が失神する。これについてはいろいろな解釈があるが、私は夫人は（演技でなく）本当に失神して気を失ったのだと取りたい。つまりこのとき、彼女は正気に戻っていたのだ。もはや先ほどの酒も醒めていたはずであろう。それよりも、彼女は自分がへべれけに酔うように仕組んでおいたあの二人の見張りを事後にその場で斬り殺すようにとはマクベスに指図していなかっただろう（そうせずとも凶器の証拠から罪をなすりつけることはできた）。

つまりこのマクベスの蛮勇は彼が夫人のコントロールの手を離れた第一歩を意味する。彼女にはこの意味が直ちに判ったはずだ。彼女の今回の一大芝居の動機に直結することだからだ（私の手で夫を男のなかの男にすることによって、私は再び女に戻ることができる）。私の賭はだめになるかもしれない！　ここでもう一度確認すると、だから彼女は想像力に乏しいのでなく、むしろ自分の利害に関わることに対する直観力は鋭敏だったはずだ。ともあれ、次に彼女はどうなるか。

マクベスは首尾よく王位に就いたものの、眠れなくなる。なぜならば彼は自らの幻聴が囁いたように、（ダンカン王とともに）眠りをも殺したからだ（Ⅱ-2）。その彼を昼夜鼓舞しようとする夫人が（そのこと自体もはやマクベスには何の意味もなくなりかけているということは措くとして）いっそう眠れないのは当然だ。そして彼女には事後的に不安が襲ってくる、「望みを遂げても何の意味もないわ、心に不安のとげがあるあいだは」（Ⅲ-2）。いったい、やる前の不安とやってしまってからの不安とでは、後者の方がはるかに始末が悪い。だから同じ不安といっても、第二幕第二場でのマクベ

スのあの逡巡（p.57-58）と、ここでの夫人の戦き（自分の計画が壊れてしまう）とではまるで重みが違う。果たせるかなマクベスはこのあと夫人に相談なく、まずバンコーに刺客を差し向ける。そしていぶかる彼女に向かって「おまえは知らぬままでよい、／あとで誉めてもらおう」と、打ち明けない（Ⅲ-2）。

　だから、そのマクベスがバンコーの亡霊を見て狂乱するとき、その場では毅然と彼をたしなめる夫人には、バンコーの亡霊が見えていないだけでなく、そもそも夫がバンコーを暗殺させたこと自体まだ知らされていないのだ。彼女は当初何がどうなっているのか解せぬまま、夫に指図し続けたいという彼女の夢、もはやとうの昔に破綻している戦略にそって必死にここでも自分の役を演じ続けようとしていたにすぎない＊。だが彼女にも夫が何に怯えてここで狂乱に陥っているかが分ってくる。そのとき、ようやく見えてきた夫のその秘密（バンコー暗殺）からは複合的な衝撃が彼女を襲ったはずだ。第一に、このバンコー殺しの無謀さである。バンコーはこの時期、表向きだけかもしれないがマクベスを新しい「正統な」王として引き立ててくれる最有力者であったことに間違いないからだ。いうまでもなくマクベスにはバンコー父子を恐れる十分な理由があった（こののちバンコーの家系に王権が移る、という魔女たちの予言）。この事情はマクベス夫人も承知している。しかし何もいま、彼女らの即位にこれほど疑心暗鬼の目が集まっているときにやらなくとも。剰えやってしまったあとに、並みいる貴族たちを面前にしてバンコーの亡霊に怯えながら喚きちらし、みずから事の真相をばらしてしまうとは。——彼女の、自分たちの手に入れたばかりの地位の不安定さへの心配はもはや耐えきれないところまで達してしまったと思われる。

＊　のちにドストエフスキーは、この、夫の狂気を取りつくろおうとするマクベス夫人の姿を、知事レンプケとユリア夫人の関係として『悪霊』のなかで翻案して使っている（江川卓訳、新潮文庫、下巻 p.183, 267）。ドストエフスキーがシェイクスピアの愛読者だったとは、意外かつうれしい発見であった。

　だが第二に、彼女の動機からするともっと大きな意味をもった衝撃が別のところにあった。それはこのバンコー殺しが彼女に何の相談もなしに夫一人の手でなされたという事実だ。彼はもはや私から（再び）遠のいてしまった。つまり夫との（優越的な）連帯感が完全に消滅してしまった（それによって私がかろうじて女でいられたはずの）。私は再び以前のように彼にとって必要のない存在に戻ってしまった。

　すると第三に、あの夜の行為の客観的な意味がこのとき初めて鮮やかに気づかれてくる。私たちは *And* foul is fair.（「だから悪いはよい」）のつもりであれをなしたのだが、実はあれはとんでもない Foul is *foul*.（「悪いは悪い」）だったのではないか、と。その意味は二重である。①あのようなひどいこと（foul）までして得ようとした、私の女としての狙いが結局失敗した（*foul*）ということ（いまの状況と比較するならば、グラームズとコードーの領主の妻でいる方が、平安と名誉に包まれている分、はるかにましだった）。②そもそも私たちは人が foul の極致と呼んでいる悪逆非道な行為をやってしまったのだ！　それも夫は逡巡していたところを私が無理強いにけしかけた形で。今後私たちは人からも神からもけっして赦されることはないであろう。──ここまで思いが進んだ瞬間、彼女の眼裡にあの殺害の情景が蘇ったはずである。ダンカンの断末魔の跡を示す醜悪な死体、手にべっとりついた血！

——夫のバンコー殺しが彼女にも明らかになったとき、マクベス夫人にはこれら三重の衝撃が襲ったと思われる。宴会を混乱のままお開きにするよう指図したあと、二人きりになったところで夫人は「あなたに必要なのは、命を蘇らせる眠りです」とマクベスをいたわろうとするが（III-4）、このあと夫人の方にこそ眠りが訪れなくなったはずである。彼女が夢遊病に陥るまでにこのあとたいして時間はかからなかったはずだ。

　他方バンコーの亡霊に戦いたマクベスは、この場の最後に「俺もまだ悪事にかけては小僧にすぎぬ」とつぶやく（同）。彼はその反省からこのあといっそう確信犯的に Fair is foul, and foul is fair. の世界へと突進する。その手始めに、彼は再び魔女たちに会うべく、彼女らの住む洞窟へ出掛けていく。今度は彼の方から、そしていうまでもなく夫人との相談なしに。彼は魔女たちから新たに三つの予言を与えられるが、そのうちの第一の予言に基づいて貴族マクダフの城を急襲させる。このときマクダフ本人は取り逃がしてしまうが、彼の妻子をはじめ類縁の者および召し使いたちまで皆殺しにしてしまう。

　この暴虐行為をマクベス夫人はあとからぼんやりと伝え聞いたはずだ。先にも推測したごとく、彼女はこのころまったく熟睡していない。そしてもはや夫マクベスを気丈に励ます役割もふつっと絶えていたであろう。一人眠れずに取り残された彼女の胸にこの知らせは何と響いたであろうか。シェイクスピアはのちの夢遊病の場面で彼女に一言語らせているだけだ。「ファイフの領主〔マクダフのこと〕には妻がいた。彼女はいまどこにいるの？」（V-1）。だがわれわれにはこの台詞一つで十分である。この彼女の台詞は次のように読みかえて聞かねばならない。「グラームズの領主には妻がいた。い

まはどこ？」と。——加えて彼女は当然、マクダフの幼い息子たちも殺されたことを知らされたであろう。ところで彼女とマクベスのあいだに子供があったかどうかも解釈の分れるところである。いずれにせよマクベス夫人が再び女に戻りたいと願ったとき、そこには（再び）子供が欲しいという願望も含まれていたはずである（p.62の注＊参照）。その彼女はマクダフ一家皆殺しの報を伝え聞いたそのときに、マクダフ夫人には何人かの子供もいたはずだ、その子供たちもみな夫の指図で殺されてしまったのだ、と推量を巡らせたであろう。私が望んで果たせなかった女としての願いをマクダフ夫人はそれまで二つながら成就していたのだ、ならば彼女をうらやむのではなく、彼女の幸せを祝福してあげてこそ本当ではなかったか、そのためには知っていさえすれば夫の殺戮命令を止めるほどのこともしてあげて当然だったのに、と思い巡らせたのではなかろうか。——このように解釈を進めるのは、前述したようにこのとき彼女は元の〈女であること〉（ただし実質を伴わない）に戻っていたと推定するからだ。とすれば、彼女は「ノーマルな」（ノモス〔規範〕に忠実な）人間に戻っていたはずである。するとこのとき彼女の心には「良心」が蘇っていたことになる。それも、良心の疾しさ、疼く良心、が。

　一度悪の極致をなしてしまった一人の人間が、このような反対の極に戻りついてしかも孤独のただなかに眠れぬまま放置されたとしたら、（女性に限らず）夢遊病に陥ったはてに狂死するのは必然ではなかろうか。それが彼女／彼に一番ふさわしい安楽への道であり、彼女／彼の最後の救済なのであろう（ここにもある種の Foul is fair. がいえるかもしれない）＊。

　＊　死が最後の救済となるという点で、疎外の極みで狂死したリア（さらに

はタイモン)と通じる。本書第一章 p.33 注＊参照。

V

　以上、マクベス夫人の側から二人の乖離的二人三脚の内実を検討してきた。今度はマクベスの方に焦点を移そう。そこで改めて、マクベスが(その外的な態度においてでなく)心のうちで夫人をどう思っていたかを推測してみよう。

　マクベスは実際はたしてダンカン王殺害から一夜明けたあたりから、もはやまったく夫人のことを眼中に置かなくなったのだろうか。(前言を翻すようであるが)そうではなかったであろう。私の見るところ彼は、あの殺人の前には正義と名誉を貫く自分の人生の伴侶として、暗殺の後は最後まで悪事を尽くす(最悪を尽くす)という賭の共犯者として夫人のことをそれでも心中では見なしていたのだと思う。その点を思いながら、夫人の死を知らされたときのマクベスの台詞を検討してみよう。

　腹心シートンから夫人の死を知らされたマクベスは、まず

She should have died hereafter;
There would have been a time for such a word.

という(Ⅴ-5、訳は保留)。これに続く台詞は Tomorrow-speaking として有名である。先にこちらを小田島訳で味わっておこう。「明日、また明日、また明日と、時は／小きざみな足どりで一日一日を歩み、／ついには歴史の最後の一瞬にたどりつく、／昨日という日はすべて愚かな人間が塵と化す／死への道を照らしてき

68　第二部

た。消えろ、消えろ、／つかの間の燈火(ともしび)！　人生は歩きまわる影法師、／あわれな役者だ、舞台の上でおおげさにみえをきっても／出場(でば)が終われば消えてしまう。白痴のしゃべる／物語だ、わめき立てる響きと怒りはすさまじいが、／意味は何一つありはしない。it is a tale / Told by an idiot, full of sound and fury, / Signifying nothing.*」（同）。

* 大西巨人は彼の未完の長編小説『神聖喜劇』の五分冊の各扉うしろに、この英文を載せている（文春文庫）。大西なりの思いがあるのであろう。

さて、最初に原文で示した冒頭の二行であるが、ここには問題が潜んでいる。従来から二つの解釈が対立しているようだ。したがって訳し方も二つある。たとえば、小田島氏は「あれもいつかは死なねばならなかった、／このような知らせを一度は聞くだろうと思っていた」と訳す（p.161）。これに対して木下氏は講談社（1988）の訳では「いずれは死ぬのだ、ただもう少し後にしておいてやりたかった、／こういう知らせにふさわしい時もいずれは来ただろうに。──」としている（p.140）。片方は夫人の死はマクベスにとって覚悟のうえ、もっと以前に死んだとしてもおかしくはなかった、と冷静な気持ちで受け止めている、という解釈。他方は（覚悟はしていたかもしれないが）もっと生きていてほしかった、という解釈。大体は前者のように訳すことが多いようだ（木下風はあと大山俊一と松岡和子）。そして両者を交差させて訳している版はない。

しかし私はある頃からこれら両者の訳に不満を感じるようになった。正解は両者を足して二で割った中間にあるのではないか、と。二通りの訳し方を交差させる仕方には二つの順列があるが、私の理解は一行目を木下氏のように取り、二行目は小田島氏の方でいい、というものである。そこでこの点について暫らく議論してみたい。

まず試みにこの解釈にもとづいて訳してみよう。

あいつにはもう暫らくでも生きていてほしかった、――
だが、こういう知らせをもっと前に聞いたとしても、おかしくはなかったのだ。

二つの英文とも仮定法であることは確かである。つまりマクベスは夫人の死という現実を前にして、非現実的なことを二つ想定しているのだ。問題はその意味とその陰影である。少なくともここでのシェイクスピアの英語が母国人にとっても相当に難しい文であるらしいことは確かである*。

* 私自身ある英国人の女流英文学者に質問したが、結局返答をもらえなかった体験がある。

私がうえのように訳したい理由は三つある。一つは一行目にある hereafter という副詞である。少し調べた範囲では、この単語には「これからのちに」という類(たぐい)の意味しかなくて、どう見てもはっきりとした未来のことにしか使えない。つまり「いつかは死ぬはずであった」などのように、過去のことなのか未来のことなのかあいまいな訳し方ができるとは思われないのである。しかしこの理由はさほど重要ではない。

より重要な理由は、シェイクスピアの戯曲の形にある。彼は何よりも詩人なのであって、詩で戯曲を書いている（否、詩を戯曲で書いているというべきか）。その彼の戯曲の大半は、弱強五脚の無韻詩である（iambic pentameter かつ blank verse）。つまり、台詞の一行が弱強・弱強・弱強・弱強・弱強となっていて、しかも他の行末と韻を踏まない、という形なのである。規則としてはかなり

緩い印象がして、これでも詩というのかな、などと思うのは、詩聖シェイクスピアに対して失礼というものであろう。ともかく、たとえば『ハムレット』の有名な台詞 "To **be** or **not** to **be**, that **is** the **ques**tion."（Ⅲ-1）などを見ると確かにそうなっている（ただしこの台詞の場合 -tion の部分が字余りとなっているが）。

さて、マクベスのここの最初の台詞を見てみよう。

She **should** have **died** hereafter ;

確かに弱強の音律になっているが、三脚半しかないことに気づくであろう。つまり、マクベス役者は次の台詞に移る前にここで一脚半分だけ間を置かなくてはならないのだ。この間は何を意味するか。何かそこで文の流れ、ないし思考や情緒の流れが屈曲するのではあるまいか。つまり、ここの二行のあいだにマクベスの気持はほんの一瞬の間をはさんで微妙に変化しているはずだ（末尾のセミコロンの含意も考えあわすべきであろう）。さて、では二行目はどうかといえば

There **would** have **been** a **time** for **such** a **word**.

となっていて、これは完璧に弱強五脚無韻詩となっている。つまり少なくともここではマクベスは興奮していない。平生の気息である。だとすれば訳し方の順列としてはどちらが妥当であろうか。

すでに答えは出ているようなものであるが、しかし第三に、やはりこの台詞が置かれた前後の文脈から判断して、マクベスの心情を深く了解・共感・共苦するところからシェイクスピアの真意を探り

だしてみたい。この、第五幕第五場はマルカム王子たちとイングランド軍の連合軍をダンシネン城の前に迎えて、マクベスが最後の乗るか反(そ)るかの決戦に打って出ようとしているところである（第三章扉写真を参照）。だから場面は騒然としているわけだし、マクベス自身かなり殺伐とした、ほとんど自暴自棄といっていいほどの心理状態である（たとえば第五幕第三場の冒頭「もう報告はいらぬ、逃げたいやつは逃がしておけ」）。だからこそこのときのマクベスとしては、狂気に陥って以来自分とも会話すら久しく交わしていないとはいえ、これまでの唯一の同志であった夫人に、せめてこの最後の一戦の果てを見届けてほしいという気持ちだったのではなかろうか。マクベスはまだ魔女たちの呪文を信じて自分が不敗であることを確信しようとはしている。が他方で、そろそろ自分の最期が近いことも深く感じ取っている（たとえば先の引用の直後で「思えば長いこと生きてきたものだ、おれの人生は／黄ばんだ枯れ葉となって風に散るのを待っている」と独白する*）。とすれば、滅びるのなら共に滅びよう、と思うのが自然であろう。あるいは逆に、魔女たちの「予言」の通り、自分が数と戦意に勝る敵に返り討ちを食らわせて、かえって王位を安泰とするかもしれないではないか。そのときには妻が快方に向かって再び正気に戻り、二人で老後に至るまで心安らかにスコットランドの王と王妃であり続ける、ということも考えられるではないか。——現にこの場面の直前、例のマクベス夫人の夢遊病の場面に続くところでのマクベスの台詞から判断すると、彼は夫人の精神錯乱の様子を正確に知っている。知ったうえでマクベスは、彼女の夢遊病の様子を垣間見てしまった医者にむかって、何とかあいつを治してやってくれ、という（V-3）。このことからも、ここではマクベスは死ぬも生きるもあいつといっしょと覚悟してい

た、といえないだろうか。──と、そこに女どもの騒ぐ声が聞こえ、腹心シートンから「お妃様がお亡くなりになりました」と伝えられるのだ。マクベスは、座っていた玉座から荒々しく立ち上がり、「あいつはまだ死んではならん。俺が許さぬ！」と叫んだとしてもおかしくはないはずだ。あの台詞の一行目は「彼女はもっとあとで死ぬべきであった」とも訳せるのだが、とすればうえのように訳す方がこの荒々しい、悲しみと憤りの混じった口調の味がよく出ているかもしれない。だからここは知らせを持ってきたシートンに向かって、玉座から立ち上がり加減で一気に怒声でもって喋りつけなくてはいけない、と思う。だが、そのように短く怒鳴りつけたとたんに、このころのマクベスの胸に去来していたもう一つの思いが、これまでよりもいっそうまざまざと彼の意識を襲ったと思われる（空白の一脚半）。人生には意味はない、というあの深い諦観が。それがあのTomorrow-speakingである。とすればTomorrow-speakingに移る前のいわば導入としてのあの二行目は、もはや（言葉の真の意味での）諦めのニュアンスで語られているのではなかろうか。「だが」（これは一脚半分の空白を言葉にしたもの）「こういう知らせをもっと前に聞いたとしても、おかしくはなかったのだ。」

　＊　余談ながらヴェルディのオペラ『マクベス』のなかでこの台詞に作曲されたアリアは、ヴェルディの数あるバリトンの名アリアのなかでも最も味わい深いものである（第四幕第三場）。

だから、この二行目でマクベスは夫人のあの精神錯乱と病状ではいつ死んでもおかしくなかったのだと冷静に思いが至った、というだけでは解釈として浅い。彼はここで自分の運命についても（こそ）こう語っているのだ。なにしろ夫人とは、たとい対角線のすれ違いの関係だったにせよ、二人で一人の複合人格を形成していたのでは

2　マクベス夫妻の乖離的二人三脚　73

なかったか。あいつに当てはまることは俺にも当てはまるはずだ。あいつよりも早くとうの昔に俺がくたばっていたとしてもおかしくはなかったのだ。—— だが解釈はここにも留(とど)まらない。この真理はすべての人間に、否、この世界自体に当てはまるはずだ。どんな人間でもいつくたばったとしてもおかしくはない、それどころかこの世界自体がとっくに崩壊してしまっていたとしても何の不思議もないのだ、そうマクベスはここで悟ったのだと思う*。

  * だから、「彼が死ぬ前にできることはただ一つ、生きている人間をできるだけ多く、無の世界へ道づれにすることだけである。これが世界の不条理さの最後の決着なのだ」(ヤン・コット、前掲訳書〔p.57 注*〕p.100)。

そのように三層に聞きとったうえで、先に引用しておいた Tomorrow-speaking をもう一度味わって見てほしい。時間の流れとの対比で人間存在の無常であることを深い諦観と共に確認したあと、重ねて人生を一場の舞台に喩え、最後に、マクベスは力なく吐き捨てるように Signifying nothing. という*。人生に「意味などは何もない」。これは凄まじいいい切りだ。だが、これは誰も否定できない真理でもある。マクベス一人に限ってみれば、もうここですべては語り尽くされているのであって、このあとは不要とも思う。後続の場面で彼が魔女の予言にどう裏切られるかなどということは、事の本質上どうでもいいことなのだ**。

  * この一行が二脚半しかない点についての演出上の議論を読んだことがある。ならばどうして誰も、ここの冒頭の一行が三脚半しかないことに注目して議論しないのか、これも不思議である。

  ** ただし、ヤン・コットやポランスキー(次章 p.94 二つ目の注*参照)の『マクベス』観からすると、このあとの展開と終結部にも別の観点から深い意味が見いだされるのであり、私もそれには全面的に共感するのであるが。

以上がここの二行の台詞に関する私の解釈である。くどいようであるが、小田島氏などの通常の訳ではマクベスとマクベス夫人との上述の「同志愛」が無視されている、ないしは、夫人の死の知らせを受け取る前にマクベスはすでに Tomorrow-speaking で表明される境地に浸っていた、ということになって場の流れにそぐわないし、木下訳では Tomorrow-speaking の思想への繋がりが唐突である、ということになる*。

* これとは別に、われわれとはまったく異質な（理解しがたい）解釈を述べているのが D. ウィルソンである。彼はこの二行に、妻の死に面してのマクベスの「面倒臭さとやりきれなさ」を嗅ぎとる（前掲訳書〔p.58 注*〕p.57）。このくいちがいは、元をたどれば彼がこの劇を「世界最大の道徳劇〔つまり勧善懲悪劇〕の一つ」（p.59）と見なすところに由来すると思われる（本章 p.58 本文参照）。

VI

　ここでこれまでわれわれがたどってきた考察を、マクベスとマクベス夫人との対角線をなすすれ違いとして図示してみよう。

　この図においてもっとも大事な点は、（前述したように）この二人がたどった両極端の全体の幅が人間の可能性の全振幅を意味する、ということである。二人はけっして瞬間たりとも人間でなかったことはないからである。つまり、彼らのなしたこと、たどった心理、苦悩、絶望はすべて人間的なものであったのである。

　ここで若干の補足を述べたい。一つは、この二人三脚は二次平面上に表現される限り一点で交わっているように見えるが、その実その時点においてもけっして二人は一体化してはいなかったということ。つまりこれを三次元的に表わすならば、二人の軌跡はどこにお

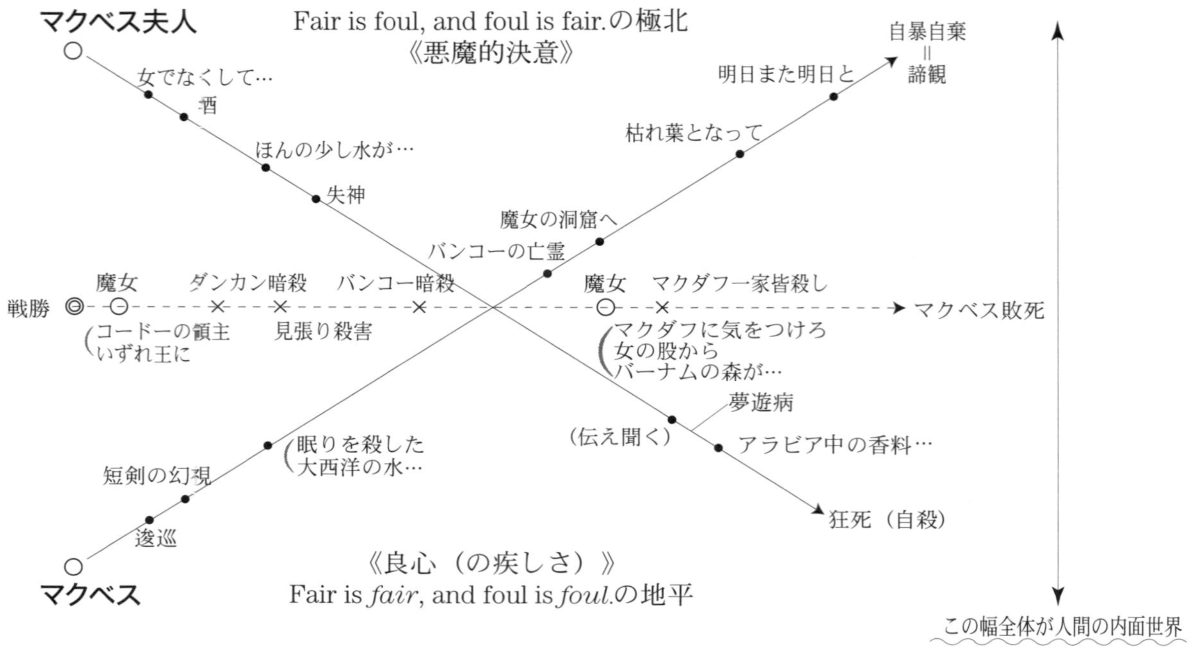
マクベス夫人
Fair is foul, and foul is fair.の極北
《悪魔的決意》
自暴自棄
=
諦観
女でなくして…
酒
ほんの少し水が…
失神
明日また明日と
枯れ葉となって
魔女の洞窟へ
バンコーの亡霊
魔女
ダンカン暗殺
バンコー暗殺
魔女
マクダフ一家皆殺し
戦勝
マクベス敗死
コードーの領主
いずれ王に
見張り殺害
マクダフに気をつけろ
女の股から
バーナムの森が…
夢遊病
(伝え聞く)
アラビア中の香料…
眠りを殺した
大西洋の水…
短剣の幻視
逡巡
狂死（自殺）
《良心（の疾しさ）》
Fair is fair, and foul is foul.の地平
マクベス
この幅全体が人間の内面世界

【図　マクベスとマクベス夫人の乖離的二人三脚】

いても触れ合っていない。ダンカン王殺害において最接近した、というにすぎない。なぜならば、確かにダンカン殺害という行為は二人の共同作業であったが（外面）、その動機を比べてみると（内面）、夫人の方は単に個人的・世俗的な利害に関わるものであった（夫との絆を回復したい、地上における最高の栄誉を得たい）のに対し、マクベスの方は上記したように（事態的・本質的には）世界観的な跳び越えにあったからである。主観的にはいまだ逡巡しているとはいえ、客観的にはここでマクベスは夫人とは別の世界へと突き抜けたのであり（次章参照）、二人が最も近づいたと見えたとき、二人の別離は決定づけられたのだ。第二に、とはいえ二人は乖離したまま一つの複合人格をなしている。そういうものとして二人はこの戯曲を一貫するのであって、けっして片方のみではこの戯曲は成立しないということ。第三に、そうとはいえあくまで二人は二個の異なった他者同士なのであって、けっしてたとえばユング説に倣ってマクベス夫人はマクベスの深層心理上の「影」である、などと捉えてはならないということ。さもなければ、シェイクスピアは人間と人間との間の葛藤、社会・歴史の弁証法を生き生きと把握した、とは読み取られなくなるであろうからである。

　さて本章で残された課題は何であろうか。一つは、彼ないし彼女のなしたことは本当に悪事であったか？という問題である。第二に、魔女たちは人間を悪へと誘惑する悪魔的な存在であろうか、非人間か？　第三に、結局 Fair is foul, and foul is fair. という言葉をわれわれはいかに受けとめるべきであるか？　これらの点については次章に期そうと思う。

【補記】　ウィーンにカント研究で滞在中に（1987）、思いついて

『マクベス』の独訳を求めてみた（レクラム文庫 Nr.17、D.Tieck 訳）。本章で問題にしたマクベスの二行の台詞が独訳ではどうなっているか、ふと確かめてみたくなったからである。それ以前から先に述べた解釈に私なりの確信はあったのだが、このレクラム文庫の当該の箇所を一目見て、自分の顔に会心の笑みが浮かびあがってきたことを覚えている。独訳は次のようになっていた。

Sie hätte später sterben können; — es hätte
Die Zeit sich für ein solches Wort gefunden. —

試みに（直訳風に）訳すと、

彼女はもっとあとで死ぬことができたはずだ。このような
言葉を耳にする時が〔とっくに〕あったとしてもよかったはずだ。

もっと別様に訳すことができるかもしれないが、少なくともこのTieck の歴史上有名な独訳が先の本章での解釈を支持していることは確かである。これによってあの解釈がけっして奇を衒ったものではなくて、かえってごくまっとうな読み方のはずだ、ということに確信が与えられたことの安心感も大きかった。

3

魔女の誘惑のゆくえ
―― 『マクベス』試論（Ⅱ）――

スコットランド・ダンシネンの丘（マクベスが最後に敗死した古戦場）
（著者撮影）

前章で残された課題は三つあった。第一に、マクベスないしマクベス夫人がなした所業は本当に悪事であったのかどうか。第二に、あの魔女たちは人間を悪へと誘惑する悪魔と同等な存在なのだろうか、彼女らは非人間なのか。第三に、結局 Fair is foul, and foul is fair. という言葉をわれわれはいかに了解すべきであるのか。本章では順序を入れ替えて、直ちに第三の課題に取りかかろうと思う。その行論のなかで、あとの二つの課題にも自ずと解決が与えられるであろう。

　Fair is foul, and foul is fair. という魔女たちの台詞（『マクベス』Ⅰ-1）が訳者によっていろいろに訳されていることは、前章で比較的詳しく紹介した（p.51）。それらは大きくいって四つに分類された。いわく、「よいは悪いで、悪いはよい」、「きれいはきたないで、きたないはきれい」、「明るいは暗いで、暗いは明るい」、「光は闇よ、闇は光よ」。

　ところで fair と foul という対語はそれぞれ実に多義的であるから、ここで試みにこの命題をさらに様々にいい換えてみたい。思いつくままに列挙してみると、「希望は絶望で、絶望が希望」、「正気は狂気で、狂気が正気」*、「生は死で、死こそ生」、「喜劇は悲劇で、悲劇は喜劇」、「王様は道化で、道化が王様」（王様と乞食でも可）、「現実は夢・幻で、夢が現実」、「純愛は獣愛で、獣愛が純愛」、「真理（ほんとう）は誤謬（うそ）で、間違い（うそ）が正解（ほんとう）」、等々。さらには、合理と非合理、高貴と下賤、成功と失敗、若者と老人、是と非（「是是非非」でなくて「是非非是」！〔非を是とし、是を非とする〕）、味方と敵、勝ちと負け**、男と女、嫡子と庶子、忠臣と佞臣、玄人と素人、信頼と裏切り、愛と憎しみ、順境と逆境、親孝行と親不孝、偽善と偽悪、といくらでも挙げることができよう。

80　第二部

「誰とでもの友達は誰の友達でもない」という格言も、また大乗仏教の「色即是空、空即是色」もこれの一例と見なしうるであろう。私としては総じて「天国が地獄で、地獄が極楽」を締め括りとしたい。——このように並べてみると、瞬時には納得のいかない組合せもいくつかあるだろうが、昔から人々に馴染みの深い〈入れ替え〉も意外と多く見られることに気がつく。

＊　魯迅『狂人日記』（各種）、ドストエフスキー『二重人格』（岩波文庫）、ディドロ『ラモーの甥』（岩波文庫）、芥川龍之介『歯車』（各種）、ゴーゴリ『狂人日記』（岩波文庫）、参照。これら狂人を主人公とした作品を比較検討することも面白い作業であろう。

＊＊　「きみの勝利は、実のところ敗北なんだ」（M. エンデ『はてしない物語』岩波書店 p.439。この作品のなかでエンデはシェイクスピアの魔女の呪文の応用を十回繰り返している）。さらにヘーゲルも『精神現象学』で「最高の正義が却って最高の不正であり、自分の勝利が却って自分自身の敗北である」と述べている（「人倫」章、岩波書店、下巻 p.772）。

疑わないでいただきたいのは、上記したすべての組合わせの転倒がシェイクスピアの戯曲のなかのどこかに描かれている、ということだ。私は前章の冒頭で Fair is foul, and foul is fair. という命題が『マクベス』一篇のみならずシェイクスピアの全戯曲の根本思想となっている、いい換えれば彼の人間哲学そのものを示していると述べたが（p.48）、これを別言すれば、シェイクスピアの全作品にわたるこれら様々ないい換えはすべて『マクベス』におけるあの主題から展開された変奏曲と見なすことができるということである（『マクベス』を軸としてシェイクスピアの過去・未来の双方に放射する変奏曲＊）。つまり、それぞれの矛盾の両契機（たとえば、正気と狂気）が自ずと転倒していくさまに人間模様の実相、歴史の真実を見る、というのがシェイクスピアの根本思想なのではあるまいか。こ

こに文学における人間描写の究極のリアリズムを見ることができるであろう。

  * 2001年7月にオックスフォード大学の演劇部の学生たちが埼玉大学を訪れ、『恋の骨折り損』を上演した。そのおりの公演案内に寄せた私の短文をここに再掲する。

「……さて、ちょっと調べたところ今回の『恋の骨折り損』にもこの〔魔女たちの〕呪文のヴァリエィションが見つかった（創作年代はこちらの方が早いのだが）。それは第四幕第一場にあるフランス王妃の台詞である。試みに訳すと；

> チップをはずむとブスでもきれいって誉められるんだわね。
> ……では慈悲〔深い私〕が〔鹿を〕殺しに出かけましょう。
> だから上手に仕留めても、悪口いわれるに決まっているわ。

原文を示すと；

> A giving hand, though *foul*, shall have *fair* praise.
> ……Now mercy goes to kill ;
> And shooting *well* is then accounted *ill* ;

ここをしっかりと聴き取ることが今回の上演での私の期待の一つである。皆さんもどうぞここの台詞に耳を傾けてください。」

　話を『マクベス』に戻そう。第一幕第一場末尾で三人の魔女が例の呪文を唱えたのち、第一幕第三場でようやくマクベスが登場する。その彼の最初の台詞が So foul and fair a day I have not seen.（「こんなにも気味が悪く、しかも気持ちのいい日というのは俺の生涯でも初めてだぞ」）であったこと、したがってマクベスは魔女たちに遭遇するときからすでに彼女らの論理の磁場のなかにはまっていたこと、についても前章で論じた。最大の焦点は、マクベスがどのよ

うな経緯と葛藤を経て Fair is *fair,* and foul is *foul.*（「よいはよいで、悪いは悪い」）という世の常識的な道徳観から、魔女のいう Fair is foul, and foul is fair.（「よいは悪いで、悪いはよい」）という世界観へと宙返りするかにあった。このことを魔女の呪文自身を用いて次のように理解することができる。試みに "Fair is foul, and foul is fair." という命題の前半の主語の Fair に "Fair is *fair,* and foul is *foul.*" という命題（既存のノモス、整合論）を代入し、後半の主語の foul に（当の）"Fair is foul, and foul is fair." という命題（魔女の世界観）を代入してみよう。すると「『よいはよいで、悪いは悪い』は悪い（嘘、ペテン）で、『よいは悪いで、悪いはよい』がよい（真実、本当）」となる*。

* この操作は数学でいう再帰関数に似ていなくもない。

　この文脈上で改めて注目するべきは、マクベスがダンカン王を殺した直後に耳にする幻聴である。「マクベスは眠りを殺した」、「したがってマクベスにはもう眠りはない」（Ⅱ-2）。いったいマクベスがダンカンとともに殺してしまった「眠り」とは何だったのか。祝宴のさなか夫人に暗殺の決行を迫られたマクベスは、「人間 man にふさわしいこと」なら何でもやるが、それ以上のことはしたくない、といったんは決行を拒否する（Ⅰ-7）*。事をなしたのち、マクベスは犯行の直後に「アーメン」という言葉が咽に引っかかってどうしてもいえなかった、と夫人に告白する（Ⅱ-2）。これら三つを総合すると、マクベスが「殺した」眠りとは「人間にふさわしいこと」一般だったのであり、「アーメン」に通じるものでもあったはずだ。即ち、あの「眠り」とは、"正常な" 人間が安心して（心安らかに）社会生活を営むことができるための土台であり栄養源で

もあるところの、根本的な"倫理観""正邪の基準"だったのではなかろうか**。ここで「人間にふさわしいこと」を社会規範に、「アーメン」を"良心"の拠り所としての宗教に結びつけて考えることも解釈として許されるであろう。いい換えれば、それらは（前章から繰り返し対比的に示してきた）Fair is *fair*, and foul is *foul*. というものの考え方である。要するに、善悪に関する整合論であり、勧善懲悪の思想である。

　*　この台詞の二義性（man＝人間、男）については多くが指摘するところであるが、ここでは触れられない。前章 pp.61-62 参照。
　**　土台 Grund（独）がはずれる ab- と、あとは深淵・地獄 Abgrund（独）に墜ちる他はない（もちろんこれは世の常識に従ったもののいい方であるが）。

つまりマクベスはこの時点で通常の規範意識（ノモス）を殺してしまったのであり（Fair is foul. 良心は邪魔だ）、もはやこれを再び取り戻すことの不可能な地点に立っている。だがまだ彼はそれと対極的な Fair is foul, and foul is fair. の世界に全面的に突き進む覚悟ができていない。ところでこの魔女たちの論理自体が（ノモスからすると）foul を意味する。いい換えると、マクベスは未だ And foul is fair.（だからこそ、魔女の世界観はよい、なのだ）をわがものとしていない。彼の逡巡は、まさにこのとき彼が二つの世界観の両岸のまん中に立って迷っていることを示している。

それではマクベスが逡巡しながらもこちら側から向こうへと越えていった*、その Fair is foul, and foul is fair. という世界観から眺めた世界とは、いったいどういう風景だったのだろうか。それは奇妙な風景だったに違いない。"正常な"（fair）論理に慣れた目にこの"異常な"（foul）世界が奇妙に見えることは当然であるという

に加えて、この魔女たちの世界がそれ自体でまたいくつもの様相の重なりとして見えてきたはずだからだ。以下、この幾重にも異なった色あいの衣をまとった世界を一つ一つ解きほぐしていくことにしよう。

 ＊ 「血の流れにここまで踏みこめば、渡り切ることだ」（Ⅲ－4）。

Ⅰ

 第一にこの命題は、二つの別々の事象のfairとfoulの組合せが交差する、と理解することができる。話を判り易くするために、二つの事象を人事（人間に関わる事象）と自然（人事の及ばない事象）に取ってみよう。前章でも述べたが、『マクベス』に即していえば戦さ（という事象、即ち人事）の勝ち（fair）負け（foul）と、戦さの決着がついたあとの天気（自然）のよし（fair）あし（foul）である。マクベスの最初の台詞のそのまた冒頭の部分 So foul and fair a day（「こんなにも気味が悪く、しかも気持ちのいい日」）といういい回しのうちには、上記の二つの事象（戦さと天気）のfairとfoulの組合せが含意されていたことは確かである。即ち不利と見えた戦さに勝ったことと、いま天候はおぞましい雷雨であるということとの組合せである。ところでこの組合せは奇妙な（したがって不当な）組合せではないだろうか。少なくともマクベス自身は、無意識なりともそのように感じていたはずだ＊。

 ＊ そこが魔女たちの付け目だったわけである。だとすれば、この雷雨そのものも彼女らのしわざだったのかもしれない。ただしここからさらに推測をたくましくして、そもそもマクベスの戦勝自体が彼女ら魔女による演出・企みであった、とまで考える必要はないであろう。

通常、人間は自分が関係した事象（人事）が吉（fair, good）であれば、そのときの他の条件（例えば天候）も同様に吉であってほしいと願うものである。もっと端的にいえば、自分の気持ちが晴れやかであれば、まわりも（自然・人事の区別なく）晴れやかであってほしいと思うものだ。逆もいえる。つまり人事が凶（foul, ill）であれば、まわりや自然も同じく凶が似つかわしいと願わないだろうか。

　こうした人間の気持ちは、それはそれとして実に自然なものである。加えてここから、「そもそも二つの事象の組合せはそのようであるべきである」という風に当然視するようになるのも、自然な傾きといえるであろう。つまり人間は己れの自然(human *nature*即ち、人間性）を無批判に基準としてそこから当然を導き、さらに究極的には人間の行為の基準、即ち当為（べし）を導く。繰り返すと、自然（自ずと然り）から、当然（まさに然るべし）へ、当然から当為（まさに為すべし）へとことをずらす（verstellen〔独〕ヘーゲル）のである＊。

　＊　これが当為の二つの由来のうちの一つである（ピュシスから生まれるノモス）。もう一つの由来はもっと意識的なものであって、即ち社会を維持するに必要な規範の定立である（ピュシスに対向するノモス）。とはいえ、この二つのノモスは分かちがたいし、相互に食いこみ易い（後者は前者を縦横に活用する、とか）。H. マルクーゼ『一次元的人間』生松・三沢訳、河出書房新社、参照。なお「ずらす」については第一章 p.23 注＊参照。

だがこうした当然視、規範化には根拠があるであろうか。第一に、人事がこうだからといって、自然はそれに相応しい（当う）方の様子でもって応じてくれるだろうか。自然は必ず人間の意を迎えてくれるものだろうか（逆に自然の fair, foul に応じて人間が態度を決

めることはできる)。そもそも自然自体にfair, foulはいえるのだろうか。自然現象自体には「よい」も「悪い」もないのではないだろうか。第二に、組合せ（順列）は〈fairとfair〉〈foulとfoul〉の二つ以外にも〈fairとfoul〉〈foulとfair〉があるのではなかろうか。それも、可能性としてあとの二つがあるというのでなくて、事実として前二者と同じ確率で（否、それ以上の確率で）われわれの眼前に見られるのではないだろうか。だとすれば、「めでたいときには(例えば婚礼の日)、五月晴れが相応しい」といった価値観（むしろここは価値感）は無根拠であり錯誤である。婚礼の日が五月晴れとなることに文句はないが、他方同じ日に（日本に限っても）何十人もの人間が交通事故で命を落とすという現実がある。その家族にとってこの日はSo foul and fair a dayなのだ。ちょうどマクベスにとってあの日がそうであったのと同様に（吉凶は逆だが）＊。

＊　すでにお気づきのように、マクベスたちに敗れた反乱軍にとってはあの日はSo *foul and foul* a dayであった（俗にいう「泣きっ面に蜂」あるいは「弱り目に祟り目」）。

結局（1）それ自体にfair, foulは語れないところの自然についてfair, foulを語ろうとするのは、人間の都合、勝手、恣意によるのであり、総じて人間の主観的な判断であるにすぎない。(2)ましてや、人事のfair, foulと自然のそれとがキチッと対応するべきであると願うのは、（自然に対する）人間のわがままというものである。以上が魔女の呪文の意味の**解釈相その1**である。

とはいえ考えてみれば、この解釈相その1はFair is foul, and foul is fair.の読解としてはあまり深味のあるものではない。元来無関係な二つの事柄のfairとfoulの組合せが交差することもある、と改めて認識したにすぎないからだ（しかも未だ形式論理の枠内で

あって、弁証法とはいえない）。

　それでもこの指摘は重要な意義を持つ。即ち、これほど単純で明白な真実をも、人間は性(さが)として容易に見失うものだからである（それほどに人間は愚かなのだ）。マクベスにしてもこの日はじめてこの真実を実感したのであり、この真実に目を開いたのである（「俺の生涯でも初めてだぞ I have not seen.」）。したがってわれわれの解読の作業もここから始めなければならなかったのである。

Ⅱ

　魔女たちの命題の最も表層的な意味は、主に人事と自然との組合せの問題として解釈された。また厳密にいうと、Fair *is* foul, and foul *is* fair.（「よいは悪いであり、悪いはよいである」）という主述関係の解明というよりも、（無関係な）二つの事柄の fair と foul の同居・並立（So foul *and* fair a day「こんなにも悪く、かつよい日」）という点に焦点があった＊。だから控えめにいえば、解釈相その１は未だ魔女たちの命題の解明になっていなかったともいえよう。

　　＊　初等数学の集合論の記号でいえば「∩」に当たる。これを使って解釈相その１全体を記号化すれば、(fair ∩ foul) ∩ (foul ∩ fair) となる。

　だが、それにも独自の批判的な重要性があったことは前節の最後に確認した。加えてこのあとのさらなる吟味の確実な足掛かりを与えてくれるという意味で、欠くことのできない解釈相であった。そこで今後は検討の対象を人事に絞りつつ、あの命題における「善が悪であり、悪が善である」とはどういうことか、に議論の焦点を移していこう。

　解釈相その２は、一つの事象に対する人間界と魔女界との善悪の

判断が百八十度対立する、と表現される。たとえば、人間どもが平和に暮らしていると（人間にとってfair）、それは魔女たちにとってはいまいましく映るであろうし（魔女にとってfoul）、人間が不慮の事故で死ねば人間は悲しむであろうが（foul）、魔女にとってはそれは喜ぶべきことである（fair）、という具合である。およそ魔女とはそういう存在である、と古来見なされてきた。彼女らは善悪に関して、よくいって天邪鬼もしくはへそ曲がり、悪くいえば悪魔の手先、というわけである。

　確かに『マクベス』に即して考えてみても、随所でそのことが読みとれる。第一幕第三場で魔女１はある船乗りの遭難を楽しみにしているし、第四幕第一場では「腐った臓物」や売春婦が堕胎した赤子の指（いずれも人間にとってはfoul）などから霊験あらたかなスープ（魔女にとってはfair）を煮こんでいる。およそ人間が抱く価値観を逆なでするように振る舞っている。そもそもこの戯曲の全体から判断して、マクベスが魔女たちから二度にわたって聞かされる謎掛け言葉に己れの名誉・栄達の一切を賭けて、その結果その謎の二枚舌に欺かれて敗死するという顛末を、魔女たちが喜んで仕組み、かつ楽しんで眺めていた、という解釈に反対する者はおるまい*。それほどに魔女とは性悪な存在なのだ。

　＊　ただし、まさにこの本質的把握自身が両義性を持つことに注意したい。これについては後に検討する。

だが解釈相その２をここで留めたのでは実も蓋もない。しかるに事実としては、ほとんどすべてのマクベス論、解説の類がここに留まるのである。つまりあの命題は、マクベスの勝ち戦さと天候の悪さの組合せを導入的に意味させつつ（解釈相その１）、そこから魔女たちの価値観が人間のそれとちょうど逆であり、邪悪な価値観で

あることを示している、と。たとえば大山俊一はその翻訳の解説で、ジェイムズ一世（シェイクスピアが『マクベス』を捧げた相手。当時イングランド王に着位したばかり）自身が著した『悪魔論』に依拠しつつ（「魔女は……自分の魂を悪魔に売った女のことである」）、件(くだん)の命題について「これはすべての価値の転倒した悪魔の世界のモットーであ」り、マクベスはこの呪文に縛られることによって「正常な思考、選択ができないような状態」に陥ったのだ、という（旺文社文庫 p.202 以下、p.210）。剰(あまつ)え これらの解説者はこうした解釈に安住したうえで、次のような教訓を垂れるのを常とする。「マクベスの罪業は、……それを犯した者は必ずその報いを受けなければならないという点で、或る真実を示しています」（平松秀雄訳『マクベス』千城、訳者解説 p.203）。ゆえに、マクベスを悪の道に誘った魔女たちの戯言(たわごと)も、断固として人間によって拒否されるべきだ、というわけである。かくして戯曲『マクベス』は、勧善懲悪の結末（悪玉マクベスが善玉マクダフらによって結局は滅びるという）によって、勧善懲悪の規範（Fair is *fair,* and foul is *foul.*）が地上に復興する、めでたし、めでたし、というところに主題があるとされる。なるほどめでたい解釈である＊。

＊　野上豊一郎と D. ウィルソンの同様の文言・解釈については、すでに前章で触れた（p.58 本文および注＊、p.75 注＊）。これらの論者はぜひ一度、S. ジョンソン（著名なシェイクスピア評論家）の陳腐な勧善懲悪論に対する次のようなショーペンハウアーの痛罵を真剣に検討するべきであろう。「悲劇に詩の正義〔勧善懲悪〕を要求するのは，悲劇の本質を見誤っているからであり、いなこの世界の本質をさえも完全に見誤っているからである」（前掲訳書〔p.39 注＊〕p.472）。

こうした常識的な解釈は次の三点から成っている。①マクベスは

魔女たちのあの論理を信じたからこそ滅びた。②ゆえに彼はそれを信じるべきではなかったし、③魔女のあの命題も、人間の採るべき規範ではない。——①に異存はない。だが、なぜ滅びていけないのか。そもそも滅びない人間などいるのか、というのが私の疑問である。したがって②③には賛成し難い。

ここで先に注で触れかかった、戯曲における・魔・女・た・ち・の・役・割・の・両・義・性について考えてみよう（p.89注＊）。確かに彼女らはマクベスを誘惑して彼を悪の世界（ここでは一応そういっておこう）に転落せしめた。だが勧善懲悪論者はこのことをもって彼女らを邪悪な存在と決めつけることができるのだろうか。そう決めつけたとたんに彼らは自家撞着に陥らざるをえない。というのは、魔女たちは（先述のように）たぶんこのマクベスの破滅に拍手喝采したと思われるが、とすると彼女らは同時に、マクベスを倒したマクダフやマルカムの勝利を（ある程度）仕組んでいたことになるからだ。つまり、勧善懲悪論者の論法をたどっていくと、魔女たちは善の成就（勧善懲悪）の手助けをしたことになるのだ！　したがって彼らが彼女らについていえることはせいぜいのところ、人間の世界にお節介を焼くな、という程度に後退せざるをえないであろう。最後は帳尻を合わせてくれるとはいえ、お前らのせいで（一時的にであれ）悪が人間世界に吹き荒れるのは迷惑千万である、と＊。

＊　このあとに続く論点を先取りしていえば、問題は果たして魔女たちが誘惑しさえしなければマクベスのような存在は一人もこの世に登場しないのだろうか、逆にいえば、かつて実在しいまも実在するマクベスのような「悪人」ども（一例としてヒトラー）は、皆魔女たちにかどわかされたからあのような「悪」業をなしたのか、という点にある。

見られるように、魔女の役割のこの両義性、そこから暴露される

3　魔女の誘惑のゆくえ

常識的な魔女評価の自家撞着からだけでも、〈魔女、ゆえに全的に悪、ゆえに全的に否定されるべき対象〉という先の③の把握には大きな疑問符がつくのである。

　では、そもそも魔女とは何であったのか。歴史上（主に西洋の中世から近代初頭にかけて）魔女の嫌疑を受けた人々（たとえば天文学者ケプラーの母もその一人であった）、魔女裁判に懸けられて火刑に処せられた者たち（例えばジャンヌ・ダルクが代表。犠牲者はヨーロッパ全体で三百万人にものぼったと推測されている）についてここで詳しく省みる余裕はないが*、西洋の歴史において魔女と呼ばれた女性たちが実際は人間だったことだけは確かであろう**。それも日本でいえば、歴史的に社会的身分的な差別をうけてきた人々のような存在だったと推測される***。

＊　文献としては K. バッシュビッツ『魔女と魔女裁判　集団妄想の歴史』（川端・坂井訳、法政大学出版局）が優れている。

＊＊　私が 1985 年にスコットランドを初めて訪れたとき、フォレス（地名）の歴史資料館でもらった説明資料に次のように書かれていた（マクベスが三人の魔女に出会ったのはこのフォレス近くの荒野だった、とシェイクスピアは設定している）。「……〔実在の〕マクベスが 1057 年に死んでからのちも、この地方には数世紀にわたって魔女が見うけられた。18 世紀に入ってからでさえこれらの不幸な女性たちは、釘を打ちつけた樽に押し込められ、クラニー・ヒル〔フォレス近くの丘の名〕の上から転がり落とされたあと、火あぶりにされた」。別の記事によれば、それはちょうど三人だったそうだ。

＊＊＊　コリン・ウィルソンの『殺人百科』（大庭忠男訳、彌生書房）に、14 世紀のスコットランドに実在した「旅人を常食とする山賊一家」の話が出ているが（pp.149-150）、一族が捕えられたのち、そのうちの女どもは火刑に処せられたという。おそらく彼女らは魔女と見なされたのであろう。

　ここでコリン・ウィルソンのこの本の助手を勤めた女性の弁が傑作なので、紹介する。「私はウィルソン氏とは意見を異にする。……私たちが殺人犯に

好奇心をもつのは、私たちと共通点が多いからではなくて、私たちとまったく異なった人間であるためだ。……殺人犯の中に自分の姿を見ようとする欲望ではなく、自分には思いも及ばない空中ブランコのスリルに魅せられるのに似ている」(pp.229-230。ただし訳者による要約)。想像力の欠如も、幸福でいられるための重要な条件なのかもしれない。想像力の欠如という点で前章 p.60 参照。

とすれば、魔女は人間であり、ゆえにわれわれがいつ魔女(ないし悪魔の手先)と見なされるかもしれない、ということになる。すでにこのもののいい方が半分程度 Fair(人間)is foul(魔女), and foul(魔女)is fair(人間). という命題を示唆していることを見落とさないでいただきたい(お望みならば、人間＝foul、魔女＝fair としてもよい)。

東洋(日本を含む)であれ西洋であれ、階級社会においては一定の階層(被征服民とか社会の最下層の人々とか)が社会的に苛酷な差別を被るのは必然(必要)であったし、いまもそれに変わりはない、というのが歴史の示す冷厳な事実である。彼ら／彼女らには社会的な力がない。即ち、自分たちに加えられる迫害に対抗する有効な防御策がない。とすれば彼ら／彼女らには、辺境の地に退いて(ヒース生い茂るスコットランドの荒野)、「善良な」人間に対してせいぜい呪い*とか、ちょっとした嫌がらせとかを投げ帰すことができるにすぎなかったはずだ。そしてときおりそうした「善良な」人間どもの不幸を見て溜飲を下げたであろう(ニーチェのいう「ルサンチマン〔逆恨み〕」参照)。村の農民の婚礼を祝う教会の鐘の音を、山一つへだてて耳にする魔女たちはいまいましく思うであろう。一月後に急死した花嫁を悼む(同じ)教会の弔いの音を、魔女たちはほくそえんで聞くであろう。——これが魔女たちの呪文 Fair is foul, and foul is fair. の解釈相その２である。

* 本書第六章参照。

　この解釈相を一般化するとどうなるであろうか。利害・立場の相反する者どおしにおいて、同じ一つの事象に対して価値判断が正反対になる、となろう。つまり「一方のよいは他方の悪いを意味し、一方の悪いは他方のよいを意味する Fair *means* foul, and foul *means* fair.」ということである（これを**解釈相その２ｂ**とする）。歴史的・社会的な例を挙げるとすれば、資本家階級と労働者階級の対立、先進国と発展途上国の間の軋轢、（国家としての）イスラエルとパレスチナ人民との死闘、等々である。身近な例としては、男と女、学生と教師、等々がある。「職場ではお茶は女が入れるもの」という慣習を打破しようとするか否か、試験は厳しく採点するかそれとも甘くするか、という具合だ*。

* 福沢諭吉はこの真理を簡明に次のようにいい表わす。「城郭は守る者のために利なれども攻る者のためには害なり」（『文明論之概略』岩波文庫 p.16）。

　戯曲『マクベス』に戻って考えても、この種の対立は（既述の人間と魔女、および王軍と反乱軍の対立以外にも）マクベスを中心にいくつか指摘できる。マクベスとバンコー（魔女の予言によれば彼の子孫がスコットランドの王となる！）の対立、もちろんマルカム、ドナルベインの二人の王子たち*とマクベスとの対立、そして基底にはスコットランド王国とイングランド王国との対立。

* ポランスキー監督は映画『マクベス』の最後の情景描写で、この二人の王子のあいだの反目の必然性をも見事に描いていた（そのために用意周到な伏線──弟の方のドナルベインに片足をひきずらせることによって──を張っていた）。兄貴のマルカムに王冠がめぐってきたのであれば、俺にも可能性がないはずはない、と（本章 p.104 一つ目の注 * 参照）。ポランスキー

はさらに、ロスをはじめとするスコットランドの貴族たちのあいだの利害の対立、野心、寝返りをも巧みに描いていた。彼らのあいだにも Fair is foul, and foul is fair. は貫かれているのである。

　するとわれわれはある任意の人間関係のなかで、必ず何らかの程度相手に対して魔女なのではなかろうか。さきほど、われわれはいつ魔女と見なされるかわからないといった。実は見なされなくとも、そもそもはじめから人間は他者に対して魔女性を帯びているのではないだろうか。なぜならば多くの場合、他者にとって私の存在は最初から何らかの程度foulであることを免れられないから（たとえば、定員の限られた大学の入試における受験生同士の関係）。少しきちっと表現すれば、利害が百八十度対立する相手に対しては私は完全な魔女であり、六十度のずれで立場が不一致の相手に対しては三分の一だけ魔女である*、ということになろう。魔女とは私であり君なのだ**。

　*　あるいは、半円の直径上で考えてみれば、六十度のずれは四分の一の魔女性を意味する。
　**　残念なことに木下順二でさえ次のように書いている。「マクベスは魔女ではないが、人間として可能な限り魔女に近づこうとした」（木下順二訳『シェイクスピア　マクベス』講談社、所収「『マクベス』試論 歴史というもの」p.396）。ここを厳密に取ると、木下氏は魔女は人間でないと考えている。

　以上が解釈相その2（および2b）である。われわれとしてはあくまで解釈相その2が人間をめぐる一つの真実をいい当てている点を軽視してはならない（それを一般化したのが2bであった）。それは、身近な人間同士のあいだに、また広く人間社会・人間の歴史に連綿と続く否定面としての対立、葛藤、疎外をいい表わしていたのだ。

　とはいえ、この解釈段階もまた限界を持っている。つまり、よく

考えてみるとこれはまだアリストテレス流の整合論の枠内で理解できるのである。どういうことであろうか。この解釈相では、問題は価値観の異なる二つの立場の対立にあった。だからこの対立を棚に上げて考えてみると、一方の立場の内部では依然として Fair is *fair,* and foul is *foul.* が成立しており（整合論）、他方の立場の内部でも同様である。それが、ある条件の下で二つの立場が現実に遭遇・激突すると、そこではじめて一方の fair が他方にとって foul を意味し (mean)、逆もまた然りであることが判然となるのだ。だから、魔女たちが遠い僻地に押し込められて「善良な」人間どもと一生のあいだ出会いさえしなければ、人間界も魔女の世界もそれぞれの Fair is *fair,* and foul is *foul.* という規範のなかで安穏と暮らしていけるわけである*。

*　アメリカ合衆国でのインディアンの居留地区とはそういう意味なのだ（ヨーロッパでのユダヤ人ゲットーも同じ）。ただしその場合「善良な」人間どもは、必ずやまた別の「邪悪な」魔女どもを傍らに仕立て上げるであろう。アメリカにおける黒人奴隷の「輸入」と彼らの子孫のいまに至る境遇を見よ。

つまりこの解釈相の枠内においては、価値をめぐる整合論、世の常識としての勧善懲悪論は、潜在的には温存されたままなのである。われわれはマクベスとともにさらに前進しなければならない。

III

前述したように、解釈相その 2 まではたいがいのマクベス論および訳者解説に述べられていた。さらに、ときおりは 2b も見られる議論であった。しかしここから先は、大げさにいえば前人未到の解釈世界に突入するわけであるから、われわれはある種のめまいを覚

悟せねばならない。それはちょうどマクベスその人が覚えた眩惑と同種のものであるだろう。

解釈相その3を定義風に呈示するならば、次のようになるだろう。同じ一つの事象がfairな状態からfoulな状態へと転化し、また逆にも転化する、と。英語で表わせば、Fair *turns* foul, and foul *turns* fair. となるだろう。つまり、is（である）のところをturn（に転化する）の意味で読み解くのである。そこには時間の経過がある（サイン・コサインの波型曲線を思い描いていただけばよい）。

格言に「勝って兜の緒を締めよ」というのがある。ということは、何事でも勝つと兜の緒が弛みがちであって、そののちかえって前の勝ちを台無しにしてしまうほどの敗北を喫することが多い、ということである（日露戦争に勝って、のちにノモンハンで大敗する、とか）。つまりこの格言は Fair *turns* foul. を警戒するように戒めているといえよう。他方、「禍転じて福となす」とか「艱難汝を玉にす」という諺がある。これらが Foul *turns* fair. を意味することは明らかである。

昔、プロ野球のある球団に若いエース・ピッチャーがいた。彼は高校三年の夏の県大会の決勝で惜しくも破れて甲子園に行けなかった（foul）。だが*次の年にプロに入った彼は、(そのときの悔しさをバネにしたのと、甲子園で肩を磨り減らさなかったことが幸いしてか) 一年目でたちまち十六勝をあげて十八歳のエースとなった（fair）。だが（だから）、肩の酷使と慢心からか（彼がプロのスポーツ選手にしてはめずらしいほど重度の愛煙家になったのは有名）、数年で急激に衰えて登板の機会を失ったのち（foul）、三十歳直後に引退した。こうした例は他にいくらでも見られるだろう**。

  * この「だが」は、むしろ「だから」の方が相応しい。この点については

3　魔女の誘惑のゆくえ　　97

第四節で触れる。

＊＊　「七転び八起き」ともいう。だがこれを逆にして「七起き八転び」といっていけないはずがあろうか。

マクベス自身についても、当然この解釈相での fair と foul の転回（展開）を指摘することができる。即ち、彼は類い希な武勲を挙げた（fair）が、その直後に王殺しという「人も神も自然までもこれを許さない大罪」（三神勲・訳者解説、角川文庫 p.172）を犯した（foul）が、ともかくそののちいったんはスコットランドの王位に就くことができた（fair）が、しかし最後は「深い呪詛」（V-3）に取り囲まれて敗死した（foul）、というのがこの戯曲の概要だからだ。

だから、マクベスにとってもわれわれのような平凡な人間にとっても、魔女たちの命題「よいは悪いで、悪いはよい」は異世界の論理として無縁であるどころか、解釈相その3の意味においてもわが身の真実なのである。この真実相は個々人の人生の起伏、集団の消長、歴史の変転のなかにあまねく読み取られるものである。そしてそれは「……娑羅雙樹の花の色、盛者必衰のことはりをあらはす」という『平家物語』の冒頭の名句によって、日本人に身に滲みた「諸行無常」の仏教思想にも通じるものである。世界史を少し眺めるだけでも、そこには国家・民族・文明の絶え間ない盛衰が繰り返されている。

この解釈を人間（の性格）自身に当てはめてみるとどうなるであろうか。すると「善人が悪人となり、悪人が善人となる」という変形が得られる。これもまたまわりを見渡せば、頷けるところがありはしないか。前半の「善人が悪人となる」という命題＊は、世の常識を基準として判断すればマクベスその人にも当てはまる。だがこ

こではドストエフスキーの『カラマーゾフの兄弟』のなかで次兄イワンが弟のアリョーシャに語り聞かせる〈セヴィリアの大審問官〉の話を思い起こしてみたい。彼はほとんど九十歳に近い老人だが、枢機卿として異端審問に辣腕を揮っている。それは、どこまでも奴隷根性から抜けられない圧倒的多数の神の小羊たち（愚鈍な人間ども）に、地上の安心とパンを確保してやるためである。彼とてもはじめは熱烈な神の僕(しもべ)であった。今では断固として悪魔の僕であることを（再臨した）イエスの前で断言する。これは「神の僕が、（その熱意のあまり）悪魔の僕となる」と言い表わすことができる**。ここには深い内面的な必然性が潜んでいると思われる。最も意味深い点を一つだけ述べるならば、この大審問官は依然として神とその御子イエスを愛している、ということだ***。

* これと似た諺として「君子豹変す」というのがある（ただしこの諺は元来「君子は誤ってもすぐに改める」の意とのこと〔易経〕）。

** ここから「神は悪魔で、悪魔が神」というところまでは紙一重である。なおこの箇所にはもう一つ、「自由は不自由で、不自由が自由」という真理がこの大審問官によって語られている。もちろんこれら二つのテーゼは密接に連関している。だからドストエフスキーがここで大審問官にマクベスと同じような思想を抱かせているのも、偶然ではないだろう。マクベスは最後の出陣の際に、「この世の秩序など闇に飲まれて崩れてしまえ」と叫んでいた（Ⅴ-5）。大審問官は「そのためには嘘と欺瞞を受け入れ、人々を今度はもはや意識的に死と破壊へ導かねばならない」といい放つ（原卓也訳、新潮文庫、上巻 p.503）。なお前章 p.74 一つ目の注*のヤン・コットからの引用も参照されたい。さらに p.64 注*参照。

*** イエスを裏切ったユダの行為もイエスへの愛のゆえであった、とする太宰治の小説『駆込み訴へ(うった)』にも同質の説得力と真実性がある。あるいは太宰はドストエフスキーのここから着想を得たのだろうか。

この、ドストエフスキーがイワンの口を通して大審問官に語らせ

ていることは、まさに現実に歴史的事実として見られる。たとえば、労働者階級の解放のために純粋に活動していたマルキストが、のちに指導的な立場に立つ頃には確信的なスターリニストになっている、とか*。そこまでいかなくても、革命の功労者が革命の成功後、政府の高官として汚職にまみれるというケースもありふれた話だ。

* これはスターリン自身についてもいえるであろう。最近の例でいえば旧東ドイツのホーネッカー元書記長、ルーマニアのチャウシェスク元大統領などが思い浮かぶ。

逆に「悪人が善人になる（生まれかわる）」という方はどうであろうか。ここで親鸞の悪人正機説（「煩悩熾盛(ぼんのうしじょう)の悪人こそが阿弥陀仏に救われて往生できる」）やパウロの回心を例に持ち出すのは場違いであろうし、理解としてもずれているであろう。思うに、まずは善人であることは易しいのに対して、いったん悪人へと転化するとそこから善人に戻ってくることは難しいのであろう。つまり悪はいわばブラックホールであって、そこから抜けでることは容易でないと思われる。―― 確かに、ようやく諦念へと至りついたマクベスに、もう一度無邪気な「善人」に戻りなさいといっても無理であろう。

というわけで、ここで少し表現を改めて、「悪人こそ人間味を解するようになる」としたらどうであろうか（この場合もちろんこれに、「善人は人間味が解せないままである」が対応する）。これは結構通用するのではないか。マクベスにしてもそうだ。しかし彼のことはまた後に触れるとして、われわれのまわりにも「いい子ちゃん」でいて人間味の点でまったく融通の効かない人というのも多いし（p.92注***に紹介した女性の助手の場合もこれか）、反対に相当の「悪(わる)」で悪(あく)の道の方の研鑽を積んでいると思しきひとが、な

かなか人間についてよく知っているという例も存外多い。

　議論が冗長になってきたので、このへんで再び引き締めよう。さて、この解釈相その3がもつ、通常の価値観に対する批判的役割はどこにあるであろうか。それは、世の常識的な人々がそう思い込みまたそうであってほしいと願っているように、同じ状態が永続し恒久的であることはない、ということである。つまり「よいはよいのままで、悪いは悪いのままだ Fair *remains* fair, and foul *remains* foul.」は嘘であり、ありえない、ということだ。事態は必ず逆転するし、それに伴って価値（善悪、正邪、好悪、美醜、等々）も転倒するのである。この考え方を整合論に対比して（一応）弁証法と呼んでよいであろう。

　だがよく考えてみると、この段階の弁証法も整合論を内に許容しているといえそうである。つまり、本当に弁証法といっていいかどうか怪しいのだ。アリストテレスの論理学のうち同一律（「AはAである」）と矛盾律（「AはBでありかつ非Bであることはありえない」）を合わせて考えてみると、確かに Fair is foul, and foul is fair. という魔女のテーゼは矛盾律を犯している（故に整合論に反する）。だが解釈相その2の吟味の最後で触れたように、〈立場〉とか〈観点〉を違えて事態を眺めるならば、「AはBでありかつ非Bである」という命題も充分に意味を持つのであった。同様にここで〈時間の経過〉という要素を導入すると、「AはBであったが、のちに非Bになる」と、ごく平凡にいうことができるのである。つまり、解釈相その2（ないし2b）も解釈相その3も勝義の矛盾律を犯すことにはならず、広義の整合論の枠内に収まるのであって、弁証法とはいえないのである。したがって、魔女の命題の解釈としては、未だ中途半端な段階といわざるをえない*。

＊　前章で山崎正和の戯曲『世阿弥』に触れたとき、「光はじきに闇となる。闇はじきに光となる」という巫女のもののいい方には問題があると述べたが（p.52注＊）、それはこうした意味においてであった。

そこでわれわれはまたここから立ちあがって、再び前進（＝後退？）を続けなければならない。

IV

解釈相その3で、私は善が悪へと、悪が善へと転化するとした。ではなぜ善悪はそのように転化するのであろうか。**解釈相その4**はこの点に関わる。それを一言で表現すれば、同じ事象自体においてはじめからfairとfoulとが同時に併存している、ということである。たとえば、圧倒的にfairと見える事態にも幾分かのfoulがすでに潜んでいる（それも同じ観点からいって）、という具合に。このように考えを進めることによってはじめて、解釈相その3の善と悪とのturnの真の動因が判明する。つまりある事象がfairからfoulへと転化するのは、それ自身のうちに（目に見えずとも）はじめからfoulの芽が伏在していたからだ、と。

前の節で使った格言をもう一度ここで思い起してもらいたい。あの場合、戦さに勝った武将はなぜ兜の緒を弛めがちになるのであろうか。彼は勝利ののち暫くしてから次第に（徐々に）油断しはじめるのだろうか。それとも勝敗が決したその瞬間に、同時に油断の芽が芽生え始めるのではないだろうか。

マクベスの場合に照らして考えてみよう。彼の場合は、勝ってのち油断したという例ではなく、武勲を挙げたのちに謀反を起こした（その意味でFair *turns* foul.）、というものであった。戯曲の冒頭（I

-2)の緊迫した戦況報告によれば、このたびの戦さは圧倒的な反乱軍の前にダンカン王の軍勢の方がほとんど必敗の形勢であった。それが二人の将軍、マクベスとバンコーの獅子奮迅の活躍によって形勢が逆転し、勝利を得たのだという(もちろんこの報告には、二人の将軍の活躍を王の前で無意識にでも誇張しようとする伝令役の将校の主観が働いている、という解釈も成り立ちうるだろうが)。とすれば、次のようにいえぬか。ダンカン王は(老人の身とて)戦場から遠い陣地にいて、伝えられる戦況に一喜一憂するのみで、彼自身は一人の敵も倒していない。もしマクベスたちの活躍がなければ、彼は反乱軍に捕えられて処刑されていたであろう。その彼が王位を保てたのは、二人の将軍のおかげである。だから実力と手柄からすれば、マクベスあるいはバンコーが王位に就いたとしても不思議ではない、と。これは第三者の立場から冷静にかつ論理的に眺めた場合にいえることである。これをマクベスの胸中に置き換えてみるとどうなるか。「ダンカン自身には何の戦功もなし、もし自分が活躍せずば奴は敗残の身となって逆賊に首を刎(は)ねられていたはずだ。そのダンカンの王位が守られたのはひとえに俺の力だ。ならば俺が奴の首を刎ねて王位に就こうとも文句はあるまい。奴としては、俺がいなくて戦さに負けたと思えば同じことではないか。」*

* この心理過程は、奴隷あるいは有能な部下が主人ないし無能な上司に反抗心を抱くときのそれと同じであろう。ここで「主人は奴隷で、奴隷が主人」という新しい応用例が得られた(ヘーゲル『精神現象学』「主と奴」の節を参照)。本章 p.80 参照。

前章で私は一応、マクベスには魔女たちに出会う前までは野心はなかったと述べた(p.54)。だがうえのように考察してくると、彼の王殺し(foul)は戦さに勝った(fair)時点から(論理的にも心

3 魔女の誘惑のゆくえ　*103*

理的にも）芽生えていたといえないだろうか。もう一度繰り返すと、So foul and fair a day ... という最初の台詞において、マクベスは単に天候と勝利の組合せの違和感だけでなく、それ以上のものを予感していたはずだ。そして、魔女が消え去った直後の Cannot be ill; cannot be good.（「悪いはずはない、だがいいはずもない」）という台詞では、すでに彼は暗殺の情景を脳裏に描いているのだ（前章p.55）。だとすれば、のちの暗殺という仕業は、この胸中を明るみに出した、即ち現実化したにすぎない*。

＊ 史実としてのダンカン王は兄王を殺してその地位を奪ったのだという。その兄王というのがほかならぬマクベスの父なのだ（『ハムレット』との類似に注意）。とすれば彼が以前から秘かに、父の仇としていずれ叔父のダンカンを倒すという復讐心を抱いていたということはありうる（マ・ク・ベ・ス・は・ハ・ム・レ・ッ・ト・だった！）。

したがって魔女たちの命題 Fair is foul, and foul is fair. は、解釈相その４において Fair *proves* foul, and foul *proves* fair. といい換えることができるであろう。即ち、善・は（元来）悪・であったことが判明・し、悪・は（元来）善・であると判明する、と。turn（になる）は prove（と自証する）なのだ*。

＊ 解釈相その２、その３、その４で be の代わりに用いた mean, turn, (remain), prove は、それぞれ自動詞として S＋V＋C の第二文型を取ることができる。

この解釈視点から、マクベスについて先の事情とは逆に Foul *proves* fair. は語りえないであろうか。だがそれは戯曲『マクベス』の悲劇という根本性格からいって、無理な注文である。というのは、Fair *turns* foul. の契機の・みを描出するのが悲劇の本質だからである。とはいえここでやや強引かもしれないが、次の二点を指摘して

おこう。まず第一に、実は暗殺を決行すること自体が、眼前の夫人に対して彼が真に男であることを証ししてみせる（prove）、という意味をもっていたはずであるということ（本章 p.84 注＊の man の二義性を参照）。第二に、戯曲の後半でマクベスは自暴自棄になりつつも己れの没落の運命を予感し、究極の諦念に達したかのような境地に至る。ならば、彼ほどの「悪」党にしてはじめて、人間が到達しうる最高の諦観（悟り）の境地を垣間見ることができたといえないだろうか。仏教ではこれを「証する（prove）」という＊。

＊ 「幸せのまっ只中で善人ぶっているお前たちこそ、偽善者即ち悪人なのであって、不幸と不遇の極致に陥れられたわれわれこそが、すべての真実を見通せる境地に立っているのだ。」リア王、タイモン、イアーゴゥ、そしてマクベスを一つにして受けとめてみれば、じわっと了解されてくる心境ではないだろうか（第七章 p.222 以下の〈形而上学的な嫉妬〉を参照）。

以上の解釈の背景をなす思想として重要なのは、世のなかには「絶対」とか「完全」とかというものは（絶対に）存在しないだろう、ということだ（この真理自身を除いて）。価値についていえば、人間に関わる事柄で 100% fair なもの、あるいは 100% foul なもの、というものはありえないということである。たとい 0.01％であれ fair には必ず foul が付きまとい、どんな foul にも fair が含まれているのだ。だからこそ時間の経過とともにそれが成長して、fair が foul へ、foul が fair へと転化しうるのだ（矛盾の内在）＊。たとえば、fair のなかの 1％の foul が成長して、あるとき 50％を越えるときがやってくる、というふうに。つまり、（もう一度繰り返すと）turn（になる）は prove（と判明する）なのだ。──革命の変質の裏には、実は革命の成功が同時に新たな抑圧の出発でもあった、という真相が隠れていたのだ。これも解釈相その 4 を支持する有力

な一例となるであろう。

 ＊ 前節 p.97 注＊で「だが」は「だから」と理解すべきだといったのは、こうした意味においてであった。

　他の例で考えてみよう。恋人を得た若者は、同時に何かを失う。その恋人以外の他のもっと素敵な異性を恋人にする機会が失われた、という指摘はここでは論外とする（とはいえ、これはこれで結構実存的な問題を孕んでいるのだが）。では、それによってたとえば彼／彼女の素質が持っていた偉大な芸術家への道が閉ざされたかもしれない、という指摘はどうであろうか。こういうことは大いにありうることだ。ダンテはベアトリーチェへの恋が（彼女の死によって）最後までプラトニックなそれでありつづけたからこそ『神曲』をものすることができたわけだし、たいがいの偉大な芸術家は実生活では不幸だった（許嫁（いいなずけ）に去られ、梅毒で若死にしたシューベルトを見よ）。だがよく考えてみると、この例もまた矛盾律を犯していることにならない。つまり、特定の異性を我がものとする（fair）という話と、彼／彼女が偉大な芸術家になれない（foul）という話とは（確かにはじめから併存するとしても）観点が異なるからである＊。

 ＊ この例は、解釈相1と解釈相3の混合形と見ることができるだろう。

　そこで同じ男女の例によりながらさらに厳密に考え直そう。すると次のようにいえないか。ある異性と相思相愛の仲となり、かつ初めて心身ともに一体化した瞬間、人は愛の極致というだろう。しかし前に確認したように、純粋にして完全というものはこの世にありえないのであるから、そこに相手に対する愛ならざるもの、即ち憎しみが（たとい愛に比較して一億分の一であったとしっても）同時に芽生えるのではないだろうか。「憎しみ」といって悪ければ、「い

や」な面、「嫌い」になる芽がこのとき同時に生まれる、といい直してもよい。この例証は多くの人が納得するであろう（でなければ、世の多くの男女関係は、それがいったん成立したうえはもう少し永続きしそうなものではないだろうか）。

いま解釈相その1からその4までたどってきて確認できることは、どの相を見ても人間は魔女であり魔女は人間である、即ち価値に関する魔女たちの命題は実はそっくり人間界に貫かれている論理である、ということである。このことは、前章でマクベスとマクベス夫人の二人の乖離的二人三脚の軌跡の幅全体が人間の世界であるとした（p.75）のと、まったく同じというわけではないがほぼ同じ真理を意味する。このことを確認したうえでわれわれはもう一歩、総仕上げに向かって前進しよう*。

* ここで次節に移る前に、予め一言記しておきたい。それは、少ないながらも過去の経験からいうと、私のマクベス論を解釈相その4までは（何とか）納得して聞いてくれたひとの大半は、次の話に拒否反応を示す、ということである。それに対して、ここまでずっと疑惑の眼で聞いてきたひとのうちの少数の貴重なひとが、以下の話で（意外にも）膝を打って納得してくれるのである。私としてはどちらがうれしいかをいうことは難しい。

V

前節までで私は、人間をめぐる価値に絶対的で不動な善悪というものはなく、たえず善と悪とは流動していくのだと論じた。つまり、善と悪とは立場・観点の違い、時間の経過、善悪の（はじめからの）併存、という三つの意味で相対的である、と。では善と悪とは相対的であるというとき（例えば〈70%の善:30%の悪〉が〈20%の善:

80％の悪〉へと転倒するとき)、少なくともそのあいだ善悪の基準は不動のままに留まっているであろうか。それともむしろ、それもまた流動的なのではないだろうか。そのことは個人の世界観・趣味の変遷を例にとっても、文明・道徳・芸術の歴史的な範例（パラダイム）の転換を例にとっても明らかである。するとこうなる。ある基準によって測られた善悪が prove しながら turn していくあいだに、当の基準も turn しつつ prove していく、と。愛が憎しみに転化していく経過のあいだに、その愛憎の基準（質）自体が変質していくということは多いにありうることだ。――第三節の冒頭で、このあと「われわれはある種のめまいを覚悟せねばならない」と述べたが (p.96)、ここまで思考を巡らせたとき、あの言葉が嘘ではなかったことが実感されるであろう。

　このめまいから魔女たちの究極の真意にまではあと一歩である。即ち、善とされ悪とされるものが流動的であるうえにその基準までもが曖昧であるのならば、本当のところはそもそも善悪なるものはいっさい存在しないのではなかろうか、と考えてみたらどうであろうか。はじめからよいとか悪いとかは夢・幻であったのだ、と。

　これを数学で考えてみよう。まず fair = x とし、foul とは fair にマイナスを掛けたものと理解したうえで、Fair is foul. を数式として表わすと

$$x = -x$$

と表記することができるだろう（呪文の後半も同然の式となる）。奇妙な式に見えるが、これにも解答は立派に存在する。計算するまでもなくそれは

x = 0

である。つまり、善（fair）も悪（foul）もゼロであり無（nothing）であるときにだけ、否そのときこそ、あの魔女たちの命題は文句なく成立するのだ*。

　＊　この説明のところで、（前述したように）私の話に初めて納得してくれる人が少数ながらいた。しかし私としては痛し痒しなのだ。というのも、この（数学的な）説明の仕方はまったくの整合論的な思考法を借用しているのであって（われわれが教わる程度の数学はいまだ整合論の優等生の範囲内に留まっている）、私の本意ではないからだ！

　魔女たちの Fair is foul, and foul is fair. という命題ははたしてこの〈善＝悪＝ゼロ〉という価値ニヒリズムまでも含意していたのだろうか（ニヒリズムとは原義からすると「ゼロ主義」という意味である）。ここではただ、同志としての妻の死を知らされたときに呟いたマクベスの言葉、「人生は……白痴のしゃべる物語だ、……意味は何一つありはしない Signifying nothing.」（V‑5）を思い起こすにとどめよう。確かにこの諦観は、魔女たちの論理に宗旨替えしたマクベスの、その行き着いた果てのものだったに違いない。ここに至って私は、魔女たちのあの命題の究極の法式として、Both fair and foul *signify nothing*.（善も悪もともに無にすぎない）を提案したい。これが**解釈相その５**である。

　ではわれわれが日頃口にする（あらゆる語義・語感を網羅した意味での）fair もしくは foul とは元来何であったのか。それらは人間によって同時に産出される二つの原範疇（ものごとを大きく区分するのに使われる最初の思考の枠組）である、と思われる。もう少

3　魔女の誘惑のゆくえ　　*109*

し詳しくいうと、それは、好悪の感情（これは原始生物にないのは当然として、昆虫類・爬虫類・両棲類にもなく、中古脳をもつ鳥類・哺乳類一般にだけ可能と考えられる）と論理的な思考力（これは地球上では人類だけが有するといってよい）の両方をたまたま先天的に備えて生まれてきたホモ・サピエンスという高等霊長目の一つの種に特有な、〈世界に対する身の処し方〉なのであろう。ついでこの自然な恣意性が社会形成の必要性（これは単なる動物としてのホモ・サピエンスには相当な無理を強いたし、いまもそれに変わりはない）から強制されてノモス化される様を追跡する必要がある。それが人間の善悪をめぐる社会的・歴史的・階級的な恣意性・人為性・規範性ということである（p.86 注＊参照）。われわれがはるか以前第一節の解釈相その１で確認した人間のわがまま（p.87）は、ここにまで及ぶのである＊。

＊　こういったからといって、人類に世界を客観的に把握する能力がないといっているのではない（一例として現代天文学を考えてみよ）。ただし、客観的な認識能力と主観的な価値意識を切り離して考えることは間違いである。両者は相互浸透するし、そもそも後者に誘導されないでは前者は少しも発達しなかったであろう（まずは「面白い」と興味をもつところから科学は出発する）。なおここで語られた恣意性は人間の言語能力の恣意性とも密接しているはずであるが、本章では触れられない。本書第六、七章参照。

規範というからには整合論でなければならない（前後の辻褄が合っている、ということ）。上述したように幸い（!?）人類は先天的に物ごとを二分法で把握する能力を有していたので（たとえば、敵か味方か、食べられるか食べられないか）、ここから善悪をめぐる壮大な整合論（fair *or* foul）が構築されることになった（再度例示すると「敵の敵は味方」）。それが先ほど述べた、二つの原範疇と

しての fair と foul ということの意味である（だからこれらが「同時に産出される」のも当然であった）。人間が自然のなかで、かつ社会を形成しながら生存していく際に、このことは必要かつ必須なことであったし（規範のない社会とは形容矛盾であろう）、実際に絶大な有効性を発揮したことをわれわれは沈着に評価すべきである。

　問題は、これがこうした必要性・必然性の産物であるにすぎないことを人間は通常は見通せないこと、あるいはいったんは見通したとしてもたいがい直ちにそれを忘却してしまう、という点にある（地動説を頭で理解することはできても、目と体感はすぐに天動説に戻ってしまう）。それもまた人間らしいのであって、致し方ないというべきかもしれない。なぜなら、この必然性の形成は長い目でいえば数百万年という時間幅にわたる人類形成史を貫くものであるのに対して、一人一人の人間は既存の社会のなかに生まれ落ちてせいぜいのところ百年弱の人生を送ったのちまた闇に消えていくからである。気づきようがないのだ。そのような個々人が、親や教師や社会から語りかけられ優しく強制される既存の（それなりに有効な）規範をとりあえず（といいながら一生のあいだ！）絶対視することは、これまた極めて必然というべきである*。人類が自分たちの都合と必要から生んだ恣意的な規範（ノモス）を、永久不変で絶対的な天与の価値基準と思いこむこと（「自然法」！）、これを私は人類に固有な類的自己欺瞞と呼ぶことにしたい。

　＊　これを敢然と打ち破ろうと試みて失敗すれば極悪人ないし狂人とされる（マクベス）。これに例外的に成功すれば、それは英雄である（ナポレオンとその名を冠した法典）。

　『旧約聖書』は面白い書物だ。その面白さの一つに、これまで述べてきた、人間に固有な〈価値をめぐる自己欺瞞・疎外〉が明瞭に（と

私には見えるのだが)書き記されているという点がある。冒頭の『創世記』を読むと、殺人、近親相姦、謀略とありとあらゆる「罪業」が恣(ほしいまま)に描かれていて、しかも彼らはけっしてその行為ゆえに神から罰せられることがないのだ！　神が唯一厳罰を下すのは、自分を唯一神と崇めることをないがしろにする者たちに対してだけである。いい換えれば、ヤハウェの神を自分たちユダヤ民族の唯一絶対なる神と崇めていさえすれば、『創世記』の世界では人間は何をしても大目に見てもらえるのである*。それが次の『出エジプト記』になると、少し様子が違ってくる。例のモーゼによる十戒が出てくるからである。その第一が、自分（ヤハウェ）以外の神を神としてはいけない、というものであることは『創世記』にあったたった一つの戒め（契約）を継いだものであることは明白だ。ところで十戒のうち後半の六つには、一般の社会規範（ノモス）が列挙されている。「あなたの父と母を敬え。……あなたは殺してはならない。あなたは姦淫してはならない。あなたは盗んではならない。……」というあれである（第20章）。

* アダムとイヴですら例外ではない。というのも、彼らに対する罰は永遠の楽園たるエデンの園からの追放にすぎなかったからだ。べつに命を奪われたわけではない（弟を殺したカインも同様）。ただし別の意味でこの二人の話は特別な意味をもつ。それは彼らに対する「善悪を知る木からは取って食べてはならない」（第2章17節）という禁止を二人が破ったことが、次の『出エジプト記』で神が人間に十戒を授ける（授けざるをえなくなった）伏線となっていると理解しうるからだ。── いずれにせよ、魔女たちの命題に導かれて善悪の本質を暴こうとする本章の試みが、〈神も許さぬ暴挙〉であることは確かである。

これを整理すると次のようになる。即ち、神は人間にまず自分のいうことを何であれ守れと命じておいて、ついで社会生活において

守るべき善悪の基準を人間に指図した、ということである（後者の指示は、アダムたち二人が禁断の実を食べさえしなければ、元来必要のなかった手間だったはずだ）。さてここで、まじめに次の問いを立ててみたい。では、もし神というものが本当はいないのであれば、この神話の示すところはどういう意味を持ってくるであろうか、と。この問いは仮定法の下に立てられているのであるから、キリスト教徒（あるいはユダヤ教徒）であれ無神論者であれ、同じ答えになってもおかしくはない。即ち論理的に考えれば、仮に神がいないとすれば、人間の世界自身にはもともとそのような善悪の絶対的基準、不可侵の掟というものは備わっていなかった、という結論で一致しないであろうか*。

* だから神にいらしてもらわなくては困るのだ、というもののいい方を信者がするとしたら、彼は測りしれないほど不純な信者である。神の存在を功利的・便宜的に考えているからである。

神の存在・不在はあくまでそれぞれの個人的信仰の問題である（神の存在・不在についての自分の確信を、いずれの側も他に向かって証明することはできない）。そこで以下は単に私の信仰告白にすぎないのだが、『創世記』『出エジプト記』のこの絶妙な機微から判断して、①社会の掟の絶対性はもともと存在しないこと、②神とはこの掟の相対性（これは社会を不安定にする）を何とか絶対化するための装置として登場願った存在である、と私には思われるのである*。人はあたかも社会規範は絶対であるかのように（as if〔英〕, als ob〔独〕）思い込む、なぜならばそれは「神」が命じた掟であるから。——これほど手が込んでいて壮大かつ見事な自己欺瞞の装置は人間以外の動物には逆立ちしても出来っこあるまい、と同じ人間として自慢したいくらいである。われ無神論者（唯物論者）なるがゆえ

3　魔女の誘惑のゆくえ　　113

に神を承認す‼ これが（シェイクスピアに代わっての）私の信仰告白である。

　＊　神に期待される役割がこれに尽きる、というのではない。これについては拙著『新版 逆説のニヒリズム』花伝社、第二部を参照されたい。

　以上で魔女たちの命題についての長い解釈の旅を終えたいと思う。最後は彼女らの退場の仕方と同じく、霧のなかにぼうようと消え去った印象はぬぐえないが（「価値とは空無である」）、それもまたよし、として頂きたい。

第 三 部

4

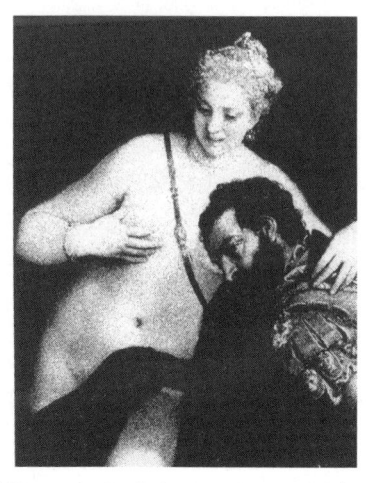

シェイクスピアにおける男と女
―― 純愛と獣愛の弁証法 ――

ヴェロネーゼ「キューピッドに結びつけられたマールスとヴィーナス」（部分）

> 愛というものはもっとも敬虔な愛でも肉体を離れてはありえないし、どんなに肉欲的な愛であっても、そこには一片の敬虔さがある。
>
> トーマス・マン『魔の山』より
> （高橋義孝訳、新潮文庫、下巻 p.436）

　シェイクスピアは生涯に書きあげた三十九本の戯曲のなかで、男女の仲をさまざまに描いている。それらは大別して、結末が悲劇的なものと喜劇的なものとに二分することができる。前者は主人公の男女が劇の末尾でともに死ぬものである。『オセロー』でのオセローとデズデモーナ、『ロミオとジュリエット』の二人、『ハムレット』のハムレットとオフィーリア、『アントニーとクレオパトラ』の二人、が代表格であろうか。他に『マクベス』とその夫人もそうであったし、『リア王』での（主人公ではないが）リア王のうえの二人の娘ゴネリル、リーガンと私生児エドモンドとの三角関係も悲劇的な結末であった。他方喜劇的なものとは、要するに二人の仲が幸せな結末で終わるもののことであるが、『じゃじゃ馬ならし』『夏の夜の夢』『ヴェニスの商人』『から騒ぎ』『お気に召すまま』『十二夜』『終わりよければすべてよし』『あらし』等がこれに当たる。

　では、〈悲劇〉において主人公の男女が（ともに死ぬという）悲劇的な結末を迎えなければならないのはなぜだろうか。これに対して、〈喜劇〉ではどうして男女は幸せな結末に終わることができるのであろうか。

　この疑問を、悲劇であれ喜劇であれ一つ一つの戯曲に即しつつ、主人公の男女の台詞、行動、性格に照らして、またこれに絡むまわりの登場人物や状況設定に照らして検討することが本章の目的なの

ではない(これについて部分的には本書の他の章を参照)。そうではなくて、シェイクスピアの戯曲における男女が悲劇ないし喜劇に終わる理由を、男女の間柄一般に潜む本質的な契機のなかに探ってみたいのである。確かに悲劇と喜劇とではその結末において百八十度の違いがある。だが、結末を除いて考えてみた場合、そもそも悲劇と喜劇とで男女の関係にどのような相違があるのだろうか。むしろ相違は見当らないのではなかろうか。これが本章の問題意識である。

I

　シェイクスピアの戯曲のなかには、主人公の男女の名前がそのまま作品名になっているものが三つある。そこでまず、そのうちよく知られた二本を取りあげ、それぞれの主人公たちの愛の具体相を見ておこう。その二本とは『ロミオとジュリエット』と『アントニーとクレオパトラ』である。ともにシェイクスピアの代表作であり、悲劇に分類される作品である(もう一つの『トロイラスとクレシダ』についてはのちに触れる)。

　『ロミオとジュリエット』については大概の人が粗筋を知っており、舞台、映画(ないしTV)、原作(の翻訳)等で一度はじかに触れているであろう。シェイクスピアが三十歳を越えた頃に書かれたと推定されており、彼の作風が初期から円熟期に移る際の記念碑的な作品であって、瑞々しい情熱のあふれる〈純愛の悲劇〉である。

　イタリアの北部ロンバルディア平原の中央部にあるヴェローナの二つの旧家、モンタギュー家とキャピュレット家は町を二分する仇敵同士であったが、互いの一人息子と一人娘が秘かに恋に陥り、密

かに結婚の契りを交わし、たった一度だけ結ばれたのち二人一緒に死ぬ。ジュリエットは十四歳、ロミオはおそらく十六、七歳であろう。お互い初めての異性との体験であったことはいうまでもない（だろうと思う。確証はない）。だから本章においてこの二人を以後、〈純愛〉で結ばれた男女の代表として扱っても異論はないであろう。

　これに対して、プルタークの『英雄伝』に依拠しながらローマ時代の史実を題材として書かれた『アントニーとクレオパトラ』は、熟年の男女のあいだに結ばれた多分に打算と肉欲の勝った関係を描いた作品である。作者が四十二、三歳の頃に書いた作品であろうといわれている。

　誰もが知るように、エジプトの女王クレオパトラはかつてローマの将軍ジュリアス・シーザーに処女の身を戦利品として捧げ、そのごポンペーや他の多くの男たちと交わったと噂され、いま（最後に）アントニーと関係を結んでいる。それもこれもローマの強圧を前にして祖国エジプトを滅亡させないためである。一方、いわば占領軍司令官としてエジプトに配されたアントニーは、いま若造の小シーザー（オクタヴィアヌス）に牛耳られているローマ帝国を我がものにしたいという野望を抱いている。その橋頭堡としてまずエジプトの王を名乗るべく、クレオパトラを（事実上の）妻としているのだ。だが二人の連合（野合?!）軍はオクタヴィアヌス率いるローマ軍に敗れ、アントニーは剣で自害、クレオパトラは乳房にコブラをあてがって果てる。

　見られるように、二人の関係はそれぞれの政治的な思惑によって、しかも互いに相手の思惑を見透かしたうえで成立している〈不純な愛〉である。だからこそこうした関係をいったん結ぶ以上は、いっそうクレオパトラは初老のアントニーがもつ男の練達さを、アント

ニーはクレオパトラの熟れきった肉体の魅力を貪るのである(毒を喰らわば皿まで)。これを私は本章で以下〈獣愛〉と呼ぶことにしたい。

II

いまわれわれは『ロミオとジュリエット』から〈純愛〉を、『アントニーとクレオパトラ』から〈獣愛〉を、いわばイデアール・ティープス Idealtypus(理念型)として抽出した。ではそれぞれの愛の特質はどこにあるであろうか。二つの型を対照的に規定してみよう。

〈純 愛〉		〈獣 愛〉
the only one	⇔	one of them
唯一絶対的	⇔	比較(相対)的
代替(だいたい)不可能	⇔	代替可能
ほかの誰でもな・い・あなた	⇔	ほかの誰でもい・い・誰か
「必然」(偶然の必然化*)	⇔	偶然(あくまで偶々(たまたま))
理想・清楚・純粋	⇔	現実・円熟・打算
心の ideality	⇔	肉体の reality

* これについては、拙著『新版 逆説のニヒリズム』花伝社 p.144 を参照されたい。

二つは愛の両極端である。だからこれらがそのまま実際に見られるというわけではない。理念型とはそういうものである。したがって実際の愛の形態は、うえの二つの極端のあいだのどこか中間に位置するであろう。それを承知で対照してくだされば、上記の対照図式は納得してもらえるのではないだろうか。

いま、二つの愛の形態はそのまま実際に見られるわけではない、といった。ということはいい換えれば、『アントニーとクレオパトラ』でいえば、二人の愛にも幾分かは〈純愛〉の要素が含まれていたはずだ、ということである。このことは第三節で作品に即して少し立ち入って検討するが、この戯曲の内容を知る人はこの時点ですでに頷かれるであろう。

　では『ロミオとジュリエット』の方はどうであろうか。あの二人のこのうえもない〈純愛〉のなかに幾分かでも〈獣愛〉の要素が混じっていたとでもいうのか。まさかそれはありえない！──そう反駁されそうである。また、シェイクスピアを離れていっても、ひとそれぞれジュリエットやロミオの年ごろに体験した初恋のことを思い出してみた場合、〈純愛〉の方の理念型はそのままこの世に実在する(した)、と反論したくなるであろう*。── 私としては個々人の貴重な体験とかけがえのない記憶に再反論するつもりはない。ただここで戯曲『ロミオとジュリエット』について二人の〈純愛〉ならざる側面について、若干の確認をしてみたいだけである。

*　二十年以上前になるが、ある新聞の投書欄に「清らかな恋」と題して次のような文章が掲載されていた。ラジオ番組で「シェークスピアのロミオとジュリエットの物語を聞いたが、その純で清らかな恋物語は、いつ聞いても人の心を打ち、しっとりとさせます。それに比べ、現代のローティーンはドライで味気ないと思いました。いつの時代もロミオとジュリエットの愛のように美しくと願うのは、はかない夢でしょうか」(1985.9.9 毎日新聞〈マイクへ一言〉欄)。投書の主は横浜市に住む（当時）五十四歳の主婦とあるが、すると、仮にこの主婦がジュリエットと同じ年に「純で清らかな恋」を味わったのであるならば、それはちょうど日本の敗戦の年に当たるはずだ（このような投書一つからでも想像は尽きない）。

　まず最初に、そもそもロミオにとってジュリエットは初恋の相手

ではなかった、という物語上の事実を確認しておこう。彼にはロザラインという別の思いびとがあった（劇の冒頭）。それは儚い片思いにすぎなかったとはいえ、ロミオにとってだけ初恋が片思いであったわけではない。つまりたいがいの場合、初恋とは片思いなのだ。ともあれ、劇の筋書き上見落としてならないのは、彼が危険を冒してまで（親友たちといっしょに）仇敵のキャピュレット家での仮面舞踏会に乗り込んだのは、その娘ジュリエットに求愛するためではなく、ロザラインに一目会いたかったからだということだ（彼女たちは親戚どうし）。

　この事情を前提したうえで、ロミオの台詞に当たってみよう。従兄のベンヴォーリオに「どうだ、その人〔ロザライン〕のことを忘れてしまっては。……ほかの女のもつ美しさをよく見るのだ」（Ⅰ-1）と諭されたロミオは、次のように反論する。

ロミオ　すぐれた美人とやらをおれに見せるがいい、
　……ただこのおれが
　そのすぐれた美人よりすぐれた人を思い出すだけだ。
　さようなら、〔ロザラインを〕忘れる方法を教えることはできまい。
　　　　　　　　　　　　　　　　　　　　　　　　（Ⅰ-1）

　ロミオのこの拒否にもめげず、ベンヴォーリオは彼にロザラインを諦めさせるべく次の手を打つ。そしてそれは成功し、結局それがロミオ（とジュリエット）の死を導くことになるのだが。——　まず、キャピュレット家の舞踏会にロザラインも参加するからと誘いをかけ、ついで、そこにはヴェローナ中の美人が集まるからそれを見たら「きみの白鳥をカラスと思えるようにしてやるよ」と挑発する（Ⅰ

-2)。ロミオは友のこの言葉を、「あまねく照覧する太陽も、／この世の初めからあの人に並ぶ美人を見てはいない」と（再度）否定しながら、あくまでロザラインの姿を一目見るためだけに出かけることを承諾する。

このときベンヴォーリオは次のようにいい放つ。「あの人を美人と見たのは、そばに美人がいなかったせいだ」（Ⅰ-2）。この言葉がロミオに関して真実であることは、ロミオ自身が直後に証明する。またこの言葉が普遍的な真理であることは、いずれ別の戯曲に触れる際に明らかとなる（第四節）。

さて、キャピュレット家の舞踏会に紛れこむことに成功したロミオは、最初から次のように洩らす。

ロミオ　あの人は松明（たいまつ）に美しい輝きかたを教えているようだ。
　夜の頬にきらめくあの姿は、まるで
　黒人娘の耳にきらめく美しい宝石。　　　　　　　　　　（Ⅰ-5）

さてここで「あの人」といわれているのはすでにロザラインではなく、初めてその姿を眼にするジュリエットなのである！（ただしこのときロミオは彼女の名も素性も知らない）。続いて彼は次のようにいう。

ロミオ　あの人が友だちのなかにあってひときわ輝くさまは、
　雪とまごう白鳩がカラスの群れにたちまじるおもむきだ。
　……
　この心が恋をしたことがあるか。ないと誓え、目よ、
　今夜このときまでまことの美人を見ていなかったのだから。

(Ⅰ-5)

　ここで「カラスの群」といわれている「友だち」のなかには、当然その場にいるロザラインも入っている。──ベンヴォーリオが予告したとおり、あれほどまでにロミオの心を虜にしていた「白鳥」が、一瞬のうちに「カラスの群」の一羽に貶められ、代わってジュリエットという「雪とまごう白鳩」がロミオの心を占領したのである。

　これがロミオの側の〈純愛〉の実情である。先にまとめた〈純愛〉の特質──唯一絶対的、代替不可能、等──が大いに怪しくなってきてはいまいか。

　だがジュリエットはどうであろうか。──彼女の側にもいろいろあるなかで、一箇所だけ見ておこう。有名なバルコニーの場面で、二人は手も触れあわせないまま愛の言葉を交わし（ただし口づけは舞踏会で済ませている）、明日の結婚式を約束をしたうえで別れる間際、ジュリエットはロミオに次のようにいう。

ジュリエット　まもなく朝、あなたをお帰ししなければ。
　でも遠くへはいや、わたしってまるで、いたずら娘のよう、
　自分の小鳥の脚に囚人の鎖のような絹糸をつけて、
　ちょっと手から飛ばしては、また手もとに引きもどしますわね。
　わたくし、あなたを行かせたくもあり、行かせたくもないのですの。
ロミオ　あなたの小鳥になりたい。
ジュリエット　そうしてあげたい、
　けれどかわいがりすぎて死なせるかもしれなくてよ。　　（Ⅱ-2）

4　シェイクスピアにおける男と女　　125

ここのジュリエットの台詞が含みもつ情欲的な（極度に鄙猥な）意味については、あらためて確認するまでもないであろう。このとき彼女はまだ処女であるはずであり、ロミオとも抱きあっていないにもかかわらず、このような言葉を口にすることができるとは！

　これがジュリエットの側の事情である。すると、彼女においても〈純愛〉の純粋・清楚という特質が疑問となり、代わって〈獣愛〉の側の円熟、肉体の reality、といった特質が忍びこんできはしまいか。

　―― 以上で『ロミオとジュリエット』といえども〈純愛〉の理念型のまま、というのでなく、幾分かは〈獣愛〉の要素が指摘できる、ということが明らかになったのではないだろうか。

　だがだからといって、なるほどこの二人の愛は〈純愛〉ではなかったのか！と性急に全否定するには及ばない。そうではなくて、われわれはあらためてロミオとジュリエットの関係は〈純愛〉の典型であるといい直せばよいのだ。どういうことかといえば、理念型がもともと実在しえない（極端な）ものとして想定されているのに対して、現実においてそれに最も近い姿で見いだされる実例を典型というからだ。ところで『ロミオとジュリエット』は戯曲であって、創作物（虚構）である。だがシェイクスピアの作品ならどれをとってもいえることであるが、その創作性は現実の人間模様から（さらにいえば、シェイクスピア自身の実人生から）写しとられた、普遍的なリアリズムに依拠している。その証拠に、誰もがこの作品を観る（読む）とき、自分にもこういう心地のした時代があった（ないし、いままさにそれだ）という感慨を得るであろう。とすれば『ロミオ

とジュリエット』の二人の関係を〈純愛〉の典型と呼ぶことが許されるであろう（以下も同様）。

　ここまでの『ロミオとジュリエット』の検討から得られる帰結をテーゼ風にまとめるとすれば、次のようにいえるだろう。

【テーゼ１】　男女の間柄の目覚めは〈純愛〉から出発する。それは、人間の観念的（理想・理念を夢見る）性格に根ざす。

【テーゼ２】　だが、〈純愛〉は〈純愛〉としていわば天空（観念の世界）にとどまりえず、絶えず〈獣愛〉という地上（肉体の論理）へと墜ちようとする。いうまでもなくそれは、人間が肉体をもった獣の一種だからである。

　するとこの二つのテーゼから、第三のテーゼが予感されないだろうか。即ち、

【テーゼ３】　とはいえ、男女は〈獣愛〉を土台としつつ、〈純愛〉の方向へ（再び三度び）飛翔しようとする。このこと自体、人間の本来的な契機としてある。それは、(【テーゼ１】に戻ることになるが) 人間はどこまでも観念的性格を有するからである。

　この【テーゼ３】を確証すべく、節を改めて『アントニーとクレオパトラ』における〈獣愛〉の内実を検討してみよう。

III

　アントニーは、クレオパトラとのいまの生活が「自堕落な」ものであると自覚している（Ⅰ-2）。また、自分たちの関係が半分騙し合いであることも承知している。「あの女の芝居のうまさはわれわれの想像を絶しているのだ」（Ⅰ-2）。これに対してクレオパトラは、正妻のことでアントニーに当てつけながら、彼に面とむかってこういう。「きっと／みごとなお芝居を見せてもらえるでしょう、いかにも／まことらしく見せかけて」（Ⅰ-3）。

　場面が下って海戦に惨敗したあと、クレオパトラは勝者の〔小〕シーザー（オクタヴィアヌス）に媚を売る。シーザーからの使者；「シーザーはご存じです、アントニーを抱かれたのは／あなたが愛したからではなく恐れたからであると」。クレオパトラ；「シーザーは神様か、真実をよく／見抜いておいでだ。私の女の名誉は捧げたのではなく、／奪いとられたものだと」（Ⅲ-13）。これを、本心を隠したうえでの敵との政治的駆け引きとして聞くにしても、なおアントニーに対する彼女の愛情を疑わしめるものが残るだろう。

　他方、うえのやりとりを腹心から告げ口されて怒りに逆上したアントニーは、クレオパトラにむかって次のように悪口を浴びせる。「おまえは昔からふしだらな女だった、／……おれがはじめて会ったとき、／おまえは死んだ〔大〕シーザーの皿の冷たい食い残しだった、／いや、ニーアス・ポンペーのこぼした食いかすだった、……」（Ⅲ-13）。女にとってこのうえない侮辱である。それにしては当のクレオパトラがこの言葉を平然と聞き流しているように見えるのは、すべて身に覚えのあることだからであろうか。

だが、このように「恐れ」から「奪いとられ」、「食いかす」をあさった関係の二人は、互いに嫉妬心を抱く関係でもあった。そもそも直前のアントニーの悪口は、クレオパトラに欲望を抱いていることが見え透いている若いオクタヴィアヌスと、彼からの誘いにまんざらでもなさそうなクレオパトラの二人に対する嫉妬の気持ちがいわせたものであった。他方これよりも前、アントニーの正妻が病死したあと彼はオクタヴィアヌスの姉を後妻に迎えるが（政略結婚）、このときのクレオパトラの嫉妬と落胆ぶりは尋常でなかった（II-5）。このような二人の〈獣愛〉関係は、最後にどのような結末を迎えたであろうか。

　アントニーの許に、クレオパトラが自害したという報せが入る。

アントニー　死んだと？
マーディアン　はい。
アントニー　鎧を脱がせてくれ、イアロス、長い一日の仕事ももう
　終わった、あとは眠るのみだ。……
　すぐに追いつくぞ、クレオパトラ、その上で泣いて
　許しを乞おう。……
　待っていてくれ、魂が花の上に憩う天国で、おれたちは
　手に手をとって陽気にふるまい、亡霊たちを驚かせよう、
　……
　　　　　　　　　　　　　　　　　　　　　　　　（IV-14）

こういってアントニーは手許の剣で自害するが、息が絶えぬうちにクレオパトラはまだ生きていることが知らされる。さきほどの報せは、オクタヴィアヌスと通じたと疑われた彼女がアントニーの愛を確かめるべく仕組んだ（最後の）芝居だったのだ。だが、アントニー

はもはや怒らない。瀕死の身体を彼女の前に運ばせ、かえって彼女と王子たちの行く末、エジプト王国の存続を案じながら息絶える。

　アントニーの死によって、クレオパトラも死を覚悟する。あいだにもう一波乱ありはするが、彼女の決意はもはや揺るがない。

クレオパトラ　私は夢を見た、アントニーという皇帝の夢を。
……
　あの人の顔は大空のようだった、そこには
　太陽と月がかかり、軌道をめぐり、小さな丸い
　この地球を照らしていた。　　　　　　　　　　　　（V-2）

最後にコブラを手許に取り寄せ、忠実な女官たちを前に次のように語るとき、彼女の心にはアントニーしか存在しない。

クレオパトラ　……ほら、アントニーが私を
　呼んでいる、私のりっぱな行為をほめてやろうと
　身を起こして。……
　……いま行くわ、私の夫、
　私の勇気があなたの妻の名を辱しめぬように！　　　（V-2）

　はたして【テーゼ3】は確証されたであろうか。この二人の関係が〈獣愛〉の典型でありつつ、二人は最後には〈純愛〉へと飛翔したことが確認できたであろうか*。

　*　〈獣愛〉同士のもう一つの典型と思われる関係に、『ハムレット』におけるハムレットの叔父クローディアスとハムレットの母ガートルートがある。ところが鑑賞すればするほどに、この二人の関係はこのうえなく〈純愛〉の

関係だったのではないか、と思えてくるから不思議である。

IV

これまでに〈純愛〉と〈獣愛〉の典型を検討してきた。そのあいだに、男女の間柄に関する三つのテーゼを得ることができた。それは一言でいえば、男も女も〈純〉と〈獣〉のあいだを遊動するということである。

するとここで発想が一つ進んで、一対の男女が常に二人とも同じ程度に〈純〉で同じ程度に〈獣〉であるとは必ずしも限らないのではないか、ということに気づく。極端にいえば、男が〈獣愛〉の典型で女が〈純愛〉の典型という組合せもありうるし、逆に、男が〈純愛〉なのに相手の女は〈獣愛〉を求めるという例もあるであろう。

そう考えながらシェイクスピアの他の作品を思い浮べてみると、驚嘆することに、これら二つの組合せを描いた作品がちゃんとあるのだ！　オセローとデズデモーナの悲劇を描いた『オセロー』が前者に当たり、後者にはトロイア戦争に材を採った『トロイラスとクレシダ』が該当する。

そこで、四つの組合せを図示してみよう（次ページ）。

『オセロー』については本書の第七章で詳しく検討する。そこではイアーゴゥの華麗な悪事の手管と、その背後に読み取ることのできる悪の哲学とを中心に論じる予定であるが、論考の合間にオセローとデズデモーナの〈獣愛－純愛〉関係についても触れるので（とくに p.211 参照）、ここでは割愛することにする。

さきにシェイクスピアには主人公の二人の男女の名を戯曲の表題にした作品が三つあると述べたが、その第三の戯曲が他ならぬ『ト

〈純愛〉

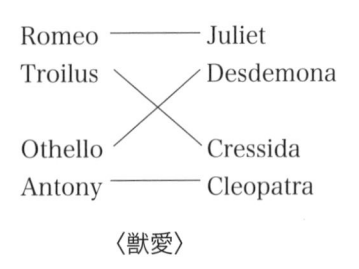

```
Romeo ──────  Juliet
Troilus        Desdemona
         ╳
Othello        Cressida
Antony ──────  Cleopatra
```

〈獣愛〉

ロイラスとクレシダ』である。しばらくこの作品におけるトロイラスとクレシダの〈純愛‐獣愛〉関係の様子を伺ってみよう。ひとこと予め私の個人的な感想を述べておくならば、この戯曲は男の立場からして実にほろ苦い味のする作品である。シェイクスピア自身の過去の個人的な恨みがこもっているのではないか、とも想像される。つまり男にとって「女とはどういうものであるか」を知るに適した作品である。が他方で、クレシダの言動にどこか軽妙な爽やかさも感じられる奇妙な作品である。

さてトロイラスはトロイアの王子で、プライアム王に五人の王子がいるうちの末子である。次兄のパリスがギリシアの絶世の美女ヘレナをその夫メネラオスから奪ったことからトロイア戦争が始まったという。他方、クレシダはシェイクスピアが下敷きにしたチョーサーの物語詩ではやもめということになっているそうであるが、ここではきゃぴきゃぴした浮気心たっぷりの若い娘として登場する。その彼女にまだ少年らしさの残るトロイラスが熱い恋心を抱いたのである。この二人の様子を察知したクレシダの叔父パンダラスのとりなしで*、二人は熱烈に結ばれる。

* 女衒(ぜげん)のことを英語でパンダー pander というのはここに由来する（これ

も中世イギリスから)。ギリシア神話ではパンダラスはトロイア軍方で重要な役割を担う戦士である。

　トロイラスがどういう異性観をもった青年であるかということは、彼女との初めての出会いでの次の台詞から察せられる。彼はこれまで、「女の貞節は容貌の美しさよりも寿命が長く、／若い日の誓いはいつまでも守られるもの、血は老いても／心は日々若返るものと思っていた」というのだ (III-2)。ロミオ以上に男性の側の〈純愛〉の典型であることが明らかであろう。

　他方相手のクレシダは、「トロイラス様、わたし王子様のことを昼も夜も／ここ何か月ものあいだお慕いいたしておりました」と告白し、彼にむかって次のように「若い日の誓い」を立てる。

クレシダ　万一このわたしがあなたを裏切ったら、
　髪の毛一筋ほどにも誠実にそむいたら、
　……不実な恋をする娘さんのあいだに、
　口々にわたしの不実が次から次へといい伝えられ、……
　「クレシダの不実のように」ときめつけても、本望です。(III-2)

この言葉のかぎりでは彼女もジュリエットと同じぐらい〈純〉なように聞こえる。トロイラスは当然それをつゆ疑わない。

　だがこの初対面の愛の語らいのあいだに交わす言葉のなかに、クレシダの問題発言が隠されている。いったん「今日はこれでお別れします」と若者の気をもませたあと、

クレシダ　あなたのおそばには、もうひとりの自分がつきっきり、
　でも、それは自分を離れて、他人のおもちゃになりたがっている

不実なほうの自分ですわ。……　　　　　　　　　　　　　(Ⅲ-2)

と口走る。彼女自身、直後に「まあ、ばかなことを！　自分にもわからないことを口走っているんです」と釈明している。この台詞は一見、第二節でみたジュリエットの〈純〉な成熟ぶりと相似のようにも思えるが、よく考えてみると似て非なるものがあることに気づく。ここでいう「他人」が当のトロイラスのことか他の男のことか、どちらともとれるが、すでにこの時点で彼女が「不実」であることをこの発言は暴露している。　ともあれこの夜、二人はパンダラスのけしかけで初めて一夜を共にする。

　あくる朝クレシダは、父カルカスのいるギリシア軍の陣地へ捕虜の身代わりとして出向く。そのさいトロイラスとの別れを心底悲しがっているようにも見えるが、ギリシア方の陣地についた早々、ギリシアの武将ユリシーズに、「ものいいたげなあの目、あの頰、あの唇。／いや、足までがなにやら話しかける。淫奔な性質が／からだの節々や、なにげない身のこなしにさえ顔をのぞかせている。／おお、ああいう浮気女ときたら、口も軽いがお尻も軽い、／自分のほうから誘いかけ、／好きそうな男と見れば、だれかれの区別なく、／みだらな思いを書きつらねた胸の手帳を開いて見せる。／機会さえあれば、喜んで男とたわむれるいたずら娘だ」と、本性を見抜かれてしまう（Ⅳ-5）。

　案の定クレシダは、ギリシア軍のなかでひときわ男前の（だと思う）ダイアミディーズに即日流し目を送り、彼の方も一目で彼女にメロメロになってしまう。ある晩、ダイアミディーズに夜訪ねてくるように誘惑したあと、彼女は次のように独り言をいう。

クレシダ　トロイラスさま、さよなら！　片方の目はまだあなたから離れないのに、もういっぽうの目が心といっしょに別のほうを見ている。
……目がいけないのね、
目のまちがいが心を指図する、
指図がまちがってたんじゃ、心もまちがうのは当たりまえ……
(V-2)

　ここで第二節でのベンヴォーリオの台詞を思い起してほしい。あそこで彼がロミオについて語ったことは、男女の区別なく妥当する普遍的な真理だったのだ。それにしてもこのクレシダのいい訳は何と見事で立派な理由立てであることか。そもそも論理的にいってきわめて説得的である。これを聞くものは(トロイラス一人を除いて)みな感嘆したうえで納得してしまうに違いない。ともあれこう自分にいい聞かせたクレシダは自己説得に成功し*、トロイラスへの誓いの言葉をきれいに忘れてしまう。──この彼女のことを〈獣愛〉の典型呼ばわりするのは、彼女にとって残酷であろうか。しかし第二節の冒頭に示した〈獣愛〉の諸特質のうち、少なくとも「代替可能」「ほかの誰でもいい誰か」は当たっているといえるだろう(先の引用のなかでユリシーズは「だれかれの区別なく」といっていた)。
　*　次章でのヒポリタの自己正当化を参照 (pp.155-157)。

　真に残酷なのは、この情景をはじめからトロイラスが(ユリシーズの導きで)天幕の外から覗き見し、上記のクレシダの独り言も全部盗み聞きしてしまったことだ。「一が二でなく、同じ人間が二人いるはずがないなら、／あれは断じてクレシダではない。……あれ

4　シェイクスピアにおける男と女　135

はクレシダであり、クレシダでない」（V-2）。世の大概の男性が一度は呟(つぶや)かねばならない台詞を、いまトロイラスが呟くことになった。戯曲のこのあとの展開は省略しても構わないだろう。

　以上でわれわれは、男女のそれぞれに〈純愛〉と〈獣愛〉のどちらかが配される四通りの組合せ（p.132 の図）を、シェイクスピアの作品に即して検討しおえた。このあとはこれを踏まえて、第二の課題、男女の関係の悲劇性と喜劇性のゆえんについて考察を加えてみたい。

　　V

　すでにお気づきのことと思うが、これまでに取りあげた四本の戯曲はすべて悲劇であった。『トロイラスとクレシダ』については、二人とも死んでいないではないかといわれるかもしれないが、二人の結末が悲劇的破局であることに間違いはない。—— ところで本章の冒頭で、悲劇においてなぜ主人公の男女は悲劇的な結末を迎えなければならないのだろうか、という疑問を出しておいた。いまこれに対する解答を、これまでの検討の延長線上で試みてみよう。

【解答1】　ロミオとジュリエットは、二人が二人とも〈純愛〉であったがゆえに悲劇となった。
【解答2】　他方アントニーとクレオパトラは、二人が二人とも〈獣愛〉であったがゆえに悲劇となった。

　いかがであろうか。こういわれれば、そうかなとも思えなくもないであろう。あるいはなるほど！と直観的にぴんときてくれる読

者もいるかもしれない。例えば【解答１】でいえば、そもそも〈純愛〉というものが本来的に悲劇性を帯びているものなのだ。それが彼らの場合二人合わせて二乗されていたのだから、悲劇にならない方が不思議なくらいだ、と。戯曲に即してみても、どちらかがほんのちょっと状況に即して妥協的に、つまり〈不純〉に対処していたら、あのような悲劇に陥らずに済んだものを、とは誰しもが感じるところだ。—— これと対照的に、しかし同じことがアントニーとクレオパトラについてもいえるであろう。そもそも〈獣愛〉というものが本来的に悲劇性を帯びているものなのだ、云々、と。

だがちょっと冷静になって考えてみるとどうであろうか。はたして読者はこの解答で納得するであろうか。この解答はどこかおかしくはないであろうか。—— すると二つの点で批判が湧くだろう。まず第一点から。

（ア）この論法でいけば、男と女が〈純愛〉であろうと〈獣愛〉であろうと、どんな組合せでも「ゆえに悲劇となった」といえるのではないか。とすれば、うえの「解答」は先の疑問に解答したことに全然なっていないではないか。

この批判は正しい。つまり、【解答１】でいえば、あの「解答」は①『ロミオとジュリエット』がなぜ悲劇となったのかの十分な答えになっていないのだ。加えて②一般に男女の悲劇はなぜ起こるかの十分な解答にもなっていないのである。

だが、だからといって先の「解答」が間違っていたことにはならない。つまりそれが（二重の意味で）「十分な解答」ではないかもしれないが、命題としては正しい、のである。いい換えれば、ロミオとジュリエットはなぜ悲劇に終わらざるをえなかったかという問いと、一般に男女の間の悲劇はなぜ起こるのかという問いに対する、

答えの一端は担っているのである（【解答2】についても同様）。その意味合いは、四段落前に（簡潔に）叙述したとおりである。そこで開き直りついでにあと二つの「解答」を提示してみよう。

【解答3】　オセローとデズデモーナは、男が〈獣愛〉で女が〈純愛〉であったがゆえに悲劇となった。
【解答4】　他方トロイラスとクレシダは、男が〈純愛〉で女が〈獣愛〉であったがゆえに悲劇となった。

　いまそれぞれの作品の悲劇性の根拠に関する問いは措くとして（そのためには、本章のはじめで述べたように、個々に緻密な作品分析をしなければならないだろう）、これら四つの解答の総体が一つとなって、男と女のあいだの悲劇はなぜ起こるのかという疑問に対する答えとなってはいないだろうか。その際、この見解が先の批判点（ア）の主張をそっくり生かしているという点を見落とさないでいただきたい。つまり、〈純愛〉と〈獣愛〉のさまざまな組合せは、それぞれその組合せであることが内的で本質的な理由となって、すべてが悲劇になりうるのである。これが本章の第一の結論である。この命題をこれ以上具体的に得心するためには、この観点に立ちながらシェイクスピアの戯曲をはじめとするさまざまな芸術作品をじっくり味わうか、あるいは自分で実地にそのような男女関係を体験すればよいであろう。
　──だが安心するのはまだ早い。このような解答の仕方にはもう一つ、もっと致命的と思われる批判点があるからだ。即ち第二に、（イ）そもそもこの論法でいくと、同等の権利ですべての組合せが「……ゆえに喜劇となった」といわれうるのではないか。とすれば、

これらの解答は何もいっていないに等しく、無意味である。

　実はこの批判も正しい。ただし上記の解答群が無意味になるということではなく、逆に解答を拡大すればよいのだ。すると本章のもう一つの疑問、〈喜劇〉ではどうして主人公の男女が幸福な結末に終わるのか、に対する解答が得られるだろう。くどくなるが、それを列挙してみよう。

【解答5】　ある男女関係において男女共に〈純愛〉である場合、そのゆえに彼らの関係は喜劇（幸せな結末）となる。（『あらし』のミランダとファーディナンド）

【解答6】　反対に、ある男女関係において男女共に〈獣愛〉である場合、そのゆえに彼らの関係は喜劇となる。（ちょっと無理っぽいが、『から騒ぎ』のベアトリスとベネディック）

【解答7】　これとは別に、男が〈獣愛〉で女が〈純愛〉の場合、そのゆえに彼らの関係は喜劇になる。（『じゃじゃ馬ならし』のペトルーチオとキャタリーナ）

【解答8】　逆に、男が〈純愛〉で女が〈獣愛〉の場合、そのゆえに彼らの関係は喜劇になる。（実例は世に満ちている）

　つまり、〈純愛〉と〈獣愛〉のさまざまな組合せは、それぞれその組合せであることが内的で本質的な理由となって、すべてが喜劇になりうるのである。これが本章の第二の結論である。

　二つの結論は一つにまとめることができる。

【結論】　男女における〈純愛〉と〈獣愛〉の組合せは四通りあるが、いずれの組合せもその組合せであることが内的で本質的な理由

なって、悲劇にもなりうるし、喜劇にもなりうる。

　もしこのようにいうことができるとすれば、男女の関係というものは、結末が正反対ということさえ除けば、喜劇も悲劇も内実としては大差ないのではなかろうか、とも思えてくる。これは本章の冒頭に示唆したことであった。また、〈純愛〉と〈獣愛〉の区別も、男女関係においてそれほど決定的ではないのではないか、といえないだろうか。

　前者の傍証として、次のような事実があるという。解説によれば、当のイギリスで『ロミオとジュリエット』の結末を書き替え、二人が幸せに結ばれて終わるようにした改訂版があるとのこと。同様の改訂上演は、百年以上ものあいだ『リア王』でもなされていたという。

　こうした改作は、それぞれの原作の質をめちゃくちゃにするという点からいえば改悪・改竄（ざん）以外の何ものでもないが、筋を少々変えれば、悲劇が喜劇に転じうるということの傍証にはなるであろう。逆に、シェイクスピアの作品に関してその例は聞かないが、喜劇を少しいじることによって悲劇とすることも当然可能であろう。つまり、〈悲劇と喜劇の相互転化〉ということである。

　ではもう一つ、〈純愛と獣愛の相互転化〉はいえるであろうか。まさにそのことをわれわれは第二節の末尾で【テーゼ２】【テーゼ３】として確認したのであるし、『ロミオとジュリエット』と『アントニーとクレオパトラ』に即して検討してきたのである。結局〈純愛〉と〈獣愛〉を重層的に全肯定することが、透徹した男女観にほかならない（本章冒頭のトーマス・マンの言葉を再度参照）。〈純愛〉のみが男女関係の真実というわけでないのと同様に、〈獣愛〉のみと

いうのも真実ではないだろう。また、男女関係は一路〈純愛〉⇒〈獣愛〉への下降が真実なのでもない。真実なのは、〈純愛〉⇄〈獣愛〉の全範囲における遊動する男女関係なのである。

　前章でわれわれは『マクベス』の魔女たちの呪文 Fair is foul, and foul is fair.（「よいは悪いで、悪いはよい」）をさまざまな解釈相をたどりながら検討した。その書き出しで、この呪文を試しにいろいろに訳しておいた（p.80）。そのなかに「喜劇は悲劇で、悲劇は喜劇」、「純愛は獣愛で、獣愛こそ純愛」の二つがあった。これまでの議論によって、この二つの弁証法的な命題はある程度市民権を得ることができたであろうか*。

　*　〈純愛〉の裏には無意識的な〈獣愛〉の欲動（ほかの誰でもいい誰か、相姦関係）が潜んでいることについては次章 pp.155-157 参照。

　以上を踏まえて、ここで一つの思考実験をしてみよう。君が男であるとしよう。そして君に彼女がいるとしよう。君は〈純愛〉の状態にいるかそれとも〈獣愛〉かのどちらかである。いずれの場合も、相手の彼女も〈純愛〉か〈獣愛〉かのどちらかである。するとここまでで君は四通りの男女関係の可能性を得た。しかもそれぞれは、いずれ悲劇に終わるか（ただし君たちの場合、死ななくてもよい）それとも喜劇に終わるかのどちらかである。―― 見られるように、君は合計八通りの可能性を獲得した（【解答1～8】）。これら八通りの可能性を君の人生においてすべて実際に体験するとすれば、君の人生は何と豊かなものになることだろう。しかもすべてが可能なのだ。遠慮はいらない*。

　*　大学の講義でこの話をしたら、一人の女子学生が感想用紙に、悲劇の方の四通りは返上します、と返事をしてきた。なるほどとも思いかけたが、このいい分はちょっと図々しいような気もする。人生まったく悲劇や挫折（失

恋など）を経ずに全うすることなど可能であろうか。

　二点、補足がある。まず、さきほど私は、人間は〈純愛〉と〈獣愛〉の両極端のあいだを遊動するといった。すると、うえに述べた思考実験で得た八通りという数は、この両極端だけを取った場合の組合せの数であるから、実際には男女の間柄には（悲劇、喜劇の区別は考慮せずとも）このほかに無数の組合せが可能なのだ。一例だけいえば、君が83％〈純〉で17％〈獣〉であるのに対し、彼女は46％〈純〉で54％〈獣〉という場合、とか。

　すると第二に、次のような心配（期待？）が湧くかもしれない。即ち、僕／私はそんなにたくさんの異性と付き合いきれないよ／わ、と。

　心配はいらない。誰も〈純〉と〈獣〉の割合の組合せを変えるごとに相手も替えなさいとはいっていない。ひと組の男女も永い付き合いのあいだにさまざまな〈純愛〉と〈獣愛〉の割合の変化、悲劇と喜劇の変転を味わうことができるはずだ。そして双方の割合は人生において微分的に変化する。その一齣一齣が積分的な内容の豊かさを包含している！　実際問題としては、それっきりの失恋とか裏切り、永遠の別離とかがあるだろうから、一生のあいだに数人の異性と男女関係を結ぶのが平均的なのであろう。

　「世のなかは結局、男と女の関係に尽きる」というような述懐をときどき耳にすることがある。そんなものかもしれない、とも思われる。第一、日本語で「世」とは（半分隠語風に）男女の仲を意味してきた（『源氏物語』等）。とすれば「世のなか」が「男女の仲」を意味するのは当然すぎるほど当然なことなのだ。その、「世のなか」のことを一番よく弁えていたのみならず、それを芸術の最高水準へと形象化してくれたのが、ほかならぬシェイクスピアだったのでは

あるまいか。

5

二つの『夏の夜の夢』
—— ウィーンでの演劇とバレーの鑑賞記 ——

映画『夏の夜の夢』(ドイツ、1925 年)

1987年から88年にかけてウィーンに研究滞在していたあいだ、『夏の夜の夢 A Midsummer Night's Dream』を二度観る機会を得た。一度は演劇で、もう一度はシェイクスピアを原作にした（あの結婚行進曲で有名な）メンデルスゾーン作曲のバレーによって。この間私は（殊勝(しゅしょう)にも）日記をつけていたのだが、このときの感想も結構まじめに認(したた)めてある。そこでこの日記を基にして二つの『夏の夜の夢』の鑑賞記を以下に綴ることにしたい。内容は〈男と女〉を中心としたものとなるであろう。最初にこの戯曲の粗筋を確認しておこう。

【粗筋】　舞台は古代のアテネ。数日後にアテネの公爵シーシュース（テセウス）とアマゾンの女王ヒポリタの婚礼を控える。式部官フィロストレートはその準備の指揮に忙しい。

　ハーミア（乙女）とライサンダー（青年）の二人は互いに愛し合っているが、ハーミアの父親イージーアス（アテネの貴族らしい）はこれを許さず、もう一人の青年ディミートリアスとの結婚を命じる。ディミートリアス自身は以前はヘレナという女性と愛しあっていたのだが、今は彼女を捨ててハーミアの魅力に取りつかれている。一方ヘレナはいまだにディミートリアスを心から愛している。ところで、（ややこしいことに）ハーミアとヘレナは幼な友達で、いまでも親友である。

　さてライサンダーとハーミアは駈落ちを決心して、アテネ郊外の森のなかで夜中に落ち合うことを約束する。季節はちょうど六月の末、夏至の頃である（Midsummer Night）。ハーミアからこの計画を打ち明けられたヘレナは、このことをディミートリアスに伝えてしまう。というのは、そうすればきっとディミートリアスはハーミアを止めようとして森に行くだろうが、自分もそこに行けば彼に会えると思ったからである（こ

のへんは少し了解に苦しむところ)。

　他方、機屋のニック・ボトムをはじめアテネの職人仲間六人は、シーシュースとヒポリタの結婚を祝うべく、宮廷で芝居を上演する相談をする。演目は「世にも悲しき喜劇〈ピラマスとシスビーの悲恋物語〉」と決まり、配役も決まったところでその夜、練習のために例の森に集合することを約束して散会する（この六人は徹底的にお道化た役）。

　夜の森は妖精の王様オーベロンと女王タイテーニアの支配する世界だ。ところがいま彼らはたわいのないことで仲違いしている。オーベロンはタイテーニアに意趣返しをするべく、手下でいたずら者の妖精パックに命じて「恋の三色すみれ」を摘んでこさせる。その汁を瞼に塗られた者は、目が覚めて最初に見たものが何であれそれを熱烈に恋してしまうという。オーベロンはタイテーニアが寝ている間にまんまとこれを彼女に塗りつけることに成功する。

　ところでいたずら者のパックは、仲間と芝居の練習にやってきたボトムの頭を驢馬の格好に変えてしまう（驢馬は愚鈍と淫欲の象徴）。それを見て仲間はボトムを置き去りにして逃げてしまう。ちょうどそのときタイテーニアが目を覚まし、この化物を愛してしまう（本章扉の写真参照）。

　他方ライサンダーとハーミア、ディミートリアスとヘレナの二組の男女も前後して森にやってくる。ディミートリアスがヘレナを邪険に扱っている様子を目撃したオーベロンはヘレナに同情する。そこでパックに例の汁を寝ているディミートリアスの瞼に塗り、彼が起きたときに最初にヘレナの姿が目に入るようにしておくようにいいつける。

　ところがパックは間違えて汁をライサンダーに塗ってしまう。しかも目が覚めたライサンダーは最初にハーミアでなくヘレナを見てしまうので、突如心変わりをしてヘレナを口説き始める。この間違いに気づいたオーベロンは、それを正すべく自から改めてディミートリアスに恋薬を

塗る。すると彼はライサンダーに負けずに激しくヘレナに求愛し始める。そこへハーミアがやってきてライサンダーの心変わりをなじる。一方急に二人の青年からいい寄られることになったヘレナは、喜ぶどころかこれはハーミアを含めた三人によるいじめに違いないと思い込み、怒りつつ悲嘆にくれる。ハーミアとヘレナはつかみあいの喧嘩となる。ライサンダーとディミートリアスは（森に来るまではハーミアをめぐって争っていたのに、いまや）ヘレナをめぐって剣を抜いての決闘となる。

　結局はパックがライサンダーの目に治し薬を塗って、彼は元通りハーミアに気持ちを戻す。一方ディミートリアスはそのままヘレナを愛し続け、こちらもうまくいく。ところでタイテーニアも溜飲を下げたオーベロンに治し薬を塗ってもらい、馬鹿げた恋の迷いから醒め、二人は仲直りをする。ボトムは寝ているあいだにパックに驢馬の頭を外してもらい、元の姿に戻る。

　明けてシーシュースとヒポリタの婚礼の日、シーシュースの発案で三組の合同の結婚披露宴となる。式部官フィロストレートのとりなしで、彼らを前にしてボトムたちによるどたばた芝居が演じられる（劇中劇）。夜も更けて、オーベロンとタイテーニアと妖精たちの見守るなか、三組の男女はそれぞれ新婚の新床に向かう。The End.

　ここでこの戯曲の一般的な評価を予め紹介しておこう。それは、この喜劇は題名の通り夢のような劇であり、妖精のいたずらによって若い男女がいったんはもつれ合うが、最後には二組とも元の鞘に納まってめでたく一件落着、というものである。そして見どころは、森のなかで繰り広げられる幻想的な場面とボトムらの底抜けのどたばた劇とのちぐはぐさにある、とされる。さらに、この作品ではシェイクスピアの詩が他の作品にもまして美しい、という定評がある。

一言でいえば、見て楽しく、聴いて心地よく（ただしこれはイギリス人の話）、無邪気な美しい幻想劇、といったところであろうか。この作品をすでに実際に観たことのある人、ないしは読んでいる方は大方同じ感想だと思われるがどうであろうか。

I

まず『夏の夜の夢』を演劇で観たのは1987年10月14日であった。場所はウィーンのブルク・テアーテル（城の劇場、の意）。この劇場はウィーンのリンク（環状道路。一九世紀まで城壁だったところ。この内側が一番古くからのウィーン市街）のちょうど真西に位置し、華麗なウィーン市庁舎と向かい合わせに建っている。建物自体も立派だが、演劇の水準としてもドイツ語圏で随一、世界でも有数の水準という定評のある劇場である。ところで私はこのときドイツ語はほとんど聞き取れない頃であった（今でもあまり変わりはないが）。それがどうしてのこのこと出かけたかというと、シェイクスピア好きの私はそれまでに何回かこの戯曲を翻訳で読んでいて、ほぼ筋の流れを覚えていたからである。ちなみに料金は立ち見で十五シリング（当時約百八十円）。以下、当日の日記に少し手を加えながら論じたい。文体は日記のままとする。またときおり性的に露骨な表現が出てくるが、前もって了承しておいていただきたい。──

10月14日　シェイクスピアにおける男と女、あるいは純愛と獣愛、という僕の解釈にぴったりの演出だった。実にその点での真実の姿、つまり純愛と獣愛の相互転化の弁証法（どちらかといえば前者の後者への転化の強調）がよく描出されていた。

冒頭、幕が開いてシーシュースの宮殿のなか、台詞もなく動作もないままだいぶ長い時間奇妙な場面が続いた。ヒポリタや大勢の女官たち、つまり女たちは皆ときおり「あー」というやるせない溜息を吐き、シーシュースをはじめ男どもは「ハッ！」という軽い雄叫びを連発していた。当初これは何の意味だろうと訝しかったが、そのうちだんだん解ってきた。①最初に気がついたのは、これは明日の結婚式をただ待つだけの退屈さを表しているのだろうということ、であった。②次に、同時にこれは宮廷生活というものの退嬰的な雰囲気を象徴しているのだろうと感づいた。③最後に、まさにこれは文字どおり性的快楽の頂点の声（女）と射精の瞬間の叫び声（男）でもあると気がついて、なるほどそうかと感心した次第。

　この溜息と叫び声は、その後の場面でも随所で洩らされていた。その最たる代表は、頭を驢馬の怪物に変じられたボトムであった。彼は男性の象徴もどきの大きな角を頭につけ、これまたそれを連想させる巻き物（練習中の芝居の台詞が書いてある紙の意）をときには振りかざしときには股間に挟みながら、この雄叫びを繰り返していた。また、この醜悪な化物を（オーベロンとパックのいたずらによる薬のせいで!?）熱愛してしまうタイテーニアが、あの溜息を幾度となく洩らしていたのはいうまでもない。

　舞台装置としては、第二幕から第四幕までの森の情景が優れていた。たぶん紗幕を使っていたのだろうが、全体が深くて柔らかい緑色に支配された舞台に、これまた緑色の、一辺が 7 〜 8m ぐらいありそうなマット（ベッド？）が設えてある。そのまわりには幹だけが剥きだしの奇っ怪な木立（やはり緑色）が配されている（ど真中のひときわ大きい木立は明らかにもう一つ別の意味を担わされていた）。

この森の場面で使われていた乳白色の大きな風船（直径１mぐらいか）も実に印象的であった。たぶん薄く蛍光塗料が塗られていたのであろうこの風船が、妖精の手で空中に放たれると舞台の中空にゆっくりと舞い上がりまたのんびりと落下してくる情景は、まさに夢幻の境地を堪能させてくれた。
　これは評判を呼ぶに値する公演である。――

　以上が日記からの再構成であるが、事実この公演は（後で知ったのだが）ウィーンで大評判であった。演出：アルフレート・キルヒナー、舞台：ゲッツ・レペルマン。
　この公演にはもう一つ重要な工夫があった（あとになって気がついたのであるが）。それは役の重複である。第一幕でシーシュースを演じた同じ男優が第二～四幕ではオーベロンを演じ、第五幕では両方を演じる（場が違うので可能）という具合である。同様に一人の女優が第一幕でヒポリタを、第二～四幕でタイテーニアを、第五幕では両方を演じていた。さらに第一幕と第五幕のフィロストレート（式部官）役の男優が第二～四幕では何と妖精パックを演じていた。この、役の重複の意味については、次のバレーの鑑賞記で触れるので、そこで合わせて論じたい。

Ⅱ

　メンデルスゾーン（ならびにリゲティによる十二音階）の音楽によるバレー『夏の夜の夢』を見たのは、約二十日後の1987年11月2日であった。場所はヴィーナー・シュターツオーパー、いわゆるウィーン国立歌劇場である。この歌劇場は毎上演年度中（9月1

日から翌年の6月30日まで）ほぼ毎日なんらかの公演が見られる、世界でほとんど唯一の歌劇場である。だいたいがオペラの上演であるが、ときおりバレーも掛かる。私はけっしてクラシックバレーの愛好者というわけではないが、原作がシェイクスピアだということもあってものは試しと脚を運んだわけである。以下、日記から。──

　11月2日　高をくくって六時少し前に下宿から国立歌劇場に出かける（人気のあるオペラだと当日の立見席の券を手に入れるためには開演三時間くらい前から列に並ぶ必要がある）。確かに六時半ごろ（開演一時間前）で一階の平土間の立見席（正面最後部）の券が買えたのだが、立見席のなかでもほとんど一番後の列であった。しかしなんとか全景を見ることができたのでよしとすべし（ちなみに平土間の立ち見は二十シリング、つまり二百四十円弱）。

　同じ立見席でT氏（ウィーン国立歌劇場で研修中の若い指揮者）、F嬢（ウィーンに半年以上音楽鑑賞に来ている優雅なお嬢さん）の二人連れに会う。それから開演前のロビーで、以前日本にいるときT氏の指揮で合唱曲を歌ったことがあるというA氏と、その友人I氏に偶然出会う。A氏も今は指揮者志望という。I氏は就職が決まったのでヨーロッパに旅行に来ているとのこと。かくして今日は都合五人で見ることになった。

　ある一点を除いて（後述）思ったより比較的原作に忠実な筋の展開であって、しかもその解釈の視点も10月14日に観たブルク・テアーテルの公演と共通していて頷けるものであったので*、なかなか面白いなと思って見ていたのだが、第一幕終了後T氏たちと話してみると、皆口をきわめて「ひどい出来だ」という。棒振り（指

揮者のこと）が総譜に首を突っ込んだまま指揮をしており、それかあらぬか踊り手たちも全然統整感がなくずれっぱなし（ここまではT氏の談）、またそもそもこれぞと思う踊り手は一人もいないという（これはF嬢の説——彼女の妹さんがバレーをやっており、昔この『夏の夜の夢』のパックを踊ったとか）。いわれてみればもっともで、踊り手は二年前ミュンヘンで見たチャイコフスキーの『オネーギン』のときよりも劣るし、オーケストラ（天下のウィーン・フィル！）も最後まで盛り上がりを見せなかった。

* 公演案内書の見開きにあった謳（うた）い文句が「夢とエロス」。

思うにこのバレー公演の振り付け師兼演出家のジョン・ニューマイアー（John Neumeier、独語風に読めばノイマイアー）の「夢とエロス」（上述）という解釈視点に強く規定されて、他の音楽的要素とかバレーそのものの優美さや技とかは二の次になったのではなかろうか。そう考えればT氏、A氏、I氏（ずっとブラスバンドで金管を吹いていた由）の三人がこぞって指摘していた、大団円での有名な〈結婚行進曲〉の演奏の下劣さ加減（とくに金管が下品な音を出していた由）も逆に意図あってのことかもしれないと思えてくる。

つまり本公演において、人生最高に純粋な愛に結ばれる瞬間（結婚のことを独語で die Hochzeit というが、これは「高い、たけなわの hoch 時 Zeit」「最盛期」の意味である）こそあの赤い花（原作では妖精パックが運んでくる惚れ薬）のいたずらによって偶然そこにいた異性に愛を認め、かつ肉体的には獣愛の必然性に支配されたにすぎない二人の醜くも愛すべき瞬間であって、しかもあの花は現実には存在せず、それが存在せずともあの四人の男女をめぐる

exchangeable な（相互互換的な、入れ替え可能な）相関関係（つまり相姦関係）は厳然とした現実なのだ、という〈男と女〉の間柄へのシェイクスピアの「讃歌」*は、ニューマイアーによって鋭く描出されていたというべきである。またそれをこのバレーの終幕で表現するには、舞台上はなるほど（外見上）煌びやかでこのうえなく純潔な結婚式が繰り広げられながらも、音楽は下劣でグロテスクな行進曲が奏でられる（なぜならば音楽は内面の本質を曝けだす芸術だから**）、というのが正解なのかもしれない。だから僕としてはあの〈結婚行進曲〉の愚奏は、指揮者に対するニューマイアーの意図的な要請の結果であったと考えたい（考えすぎか？）。

* この点で是非彼の『ソネット集』を参照されたい（高松雄一訳、岩波文庫）。これを一読すれば、シェイクスピア自身が実人生においていかに性関係（ホモも含む）における相関（姦）関係の修羅場を体験していたかが否応なく伝わってくるであろう。ところで恋人どおしの取り替えは『恋の骨折り損』でも派手に描かれている（V-2）。そこでは何と四組の男女が交錯する。
** 「音楽は意志全体の直接の客観化であり、……意志それ自身の模写なのである」（ショーペンハウアー、前掲訳書〔p.39〕pp.478-479）。

　喜劇におけるシェイクスピアは男女の関係におけるそうした実相・本質を道学者ふうに否定するのでなく、まさにそれでよしと全面肯定する（悲劇ではまた別）。この喜劇的楽天的精神はあのボトムらの町衆のどたばた劇に象徴されていると見ることができる。つまり、オヴィディウスの『変身物語』にあるピラマスとシスビーのこのうえなく真面目な悲劇をこのうえなく茶化して喜劇化してしまう、しかも本人たちはさほど（自分たちのやっている）この操作に気づいていないのだ！　彼らはこのパロディによって心の底から真面目に三組の男女の結合を祝っているのである。これは、世のすべ

ての(めでたい)男女に対する他ならぬシェイクスピア自身からの祝福の挨拶なのであろう。——

Ⅲ

節を改めて、うえに議論した論点と密接に関係しつつも別な問題について再び日記から。——

演出のニューマイアーは上述のシェイクスピア解釈をさらに鋭く押し出すために、原作に一つの重大な改変を加えていた。それは、あの森のなかの出来事はすべて、結婚式前夜の睡眠中に見たヒポリタの夢であった、とする設定である(『夏の夜の夢』!)。演出も舞台もこの解釈で統一されていた。だからタイテーニアは夢のなかにおけるヒポリタの分身であって、その夢のなかでタイテーニアがボトムの怪物に思い切り奔放なセックスを要求し快楽に溺れるのも、実はヒポリタの意識下の欲望の表われである、ということになる(フロイト)。するとヒポリタとタイテーニア、シーシュースとオーベロンが同じ踊り手によって踊られていたのは必然ということになろう。

ここから直ちに次のような真相(=深層)が明らかとなる。即ち、ヒポリタは表面的には、タイテーニアがその夜夫のオーベロンを避けていたように、明日からの夫たるシーシュースを拒みながらも(これは当然! 彼女はアテネの支配者シーシュースの侵略戦争にあえなく敗れたアマゾネス族の女王だったからだ。つまり彼女は捕虜としてアテネに連れてこられたのであり、明日の婚姻はアテネに対する彼女の部族の服従を完璧なものにするためにシーシュースから強

要された政治的な儀式だったのだ*)、他方肉欲としてはやはり夢のなかのタイテーニアの如く、相手が誰であろうと（たとい化物のごとき男性の象徴そのものであろうと——ブルク劇場の演出を思い起すべし）激しく肉感的快楽を求めているのだ。その矛盾を彼女は夢のなかの妖精パックの赤い花（惚れ薬）によって解決しようとする。それはその実、（括弧付きの）「合理化」「正当化」つまり誤魔化しに過ぎないのであるが。即ち、——私（タイテーニア）がはしなくもあの怪物に肉欲を求めたのはあの花の所為だったのだわ、といういい訳の相（そしてその一瞬の効用はいまは再び消えているはずだわ）と、私（ヒポリタ）が気の進まないシーシュースに今夜身を任せるのも、昨夜夢のなかに出てきたあの赤い花の所為なのだわ（そして彼に今後も身を任せ続けるのも、パックの惚れ薬の薬効がずっと持続している所為なのだから仕方のないことなのだわ）というもう一つの自己欺瞞の相において。

  * ほぼ同様の設定から出発しながらも、そこから徹底的に凄惨な悲劇・残酷劇へと展開していくのが、シェイクスピアの初期の作品『タイタス・アンドロニカス』である。『夏の夜の夢』とこの作品との対照から、本章とは別にシェイクスピアにおける悲劇と喜劇の exchangeability（交換可能性）ということが論じられうるであろう（前章 p.140 参照）。

そこでこの赤い花という重大な架空物（キューピットという神意的なものでもよい）をもたらすパックという媒介者が注目される（彼自身も架空的存在者なのだが）。この点でニューマイアーはもう一つ華麗な工夫を凝らしていた。つまりパック役と、プロローグおよび結婚式の場面に出てくる式部官フィロストレート役を同じ踊り手に踊らせていたのである。フロイトの夢判断論を籍りていえば、パックは夢内容であるのに対してフィロストレートが夢思想にあた

る（フロイト『夢判断』高橋義孝訳、新潮文庫参照）。このことから次の解釈が導かれる。

即ち、ヒポリタは武運拙くアテネに敗れて捕虜としてアテネに連れてこられたのち、何くれとなく自分の面倒を見てくれるこの若い美男子の式部官（原作ではまったく目立たない端役なのだが）に思いを寄せていたのだった（バレーの序幕で確かそんな仕草があった気がする）。それが叶うはずもなく（そもそもそうした役柄はスパイを兼ねて意図的に配されるものである、ちょうど男に美女のスパイがあてがわれるように）否応なくシーシュースと結ばれようとする前夜、そのフィロストレート＝パックが赤い花によって上記した二つの点を一挙に解決してくれるのだ。即ち思いを寄せているフィロストレートその人が、私の肉欲を解放してくれたうえに、気の進まない男との結合を赦してくれたのだ——それも式の前夜に!!

これほど女性の〈無意識の偽善 unconscious hypocrite〉（夏目漱石『三四郎』参照）および「合理化」を抉りだした演出は又とないのではないか。だが、それは少し変更を加えれば男性のそれでもあるし（親鸞が見たという如意輪観音の夢＊）、シェイクスピアの描こうとした男女間の人間模様の実相でもある。

＊　二十年にわたる比叡山での修業に絶望した親鸞が、山から離脱して京都の六角堂に篭もっているとき（1201、28歳）、ある夜、如意輪観音が夢に現れて、「お前に（前世からの因縁で）女犯の欲望が湧いたとしても、そのつど私が美しい処女の身となって代わりに犯されてあげましょう。それでもお前が死ぬときには極楽浄土に連れていってあげましょう」と約束してくれたという。なんと有り難い観音様であることか。親鸞がこの夢を見たという話はどうやら事実である（古田武彦『親鸞　人と思想』清水書院）。これをフロイトが読み知ったとしたら、跳びあがって喜んだことであろう。

これまではもっぱらハーミア、ライサンダー、ヘレナ、ディミー

トリアス*の四人の絡り合い、相互交換という観点だけから、この戯曲における〈男と女の弁証法〉を解読してきた僕にとって、この夜はその解読がヒポリタ＝タイテーニアの深層心理と自己欺瞞へといっそう大きく膨らんだ収穫の多い一夜であった。——

*　よく指摘されることなので日記はあえて書かなかったのだが、最後にめでたくヘレナと結婚することに落ち着いたディミートリアスは、実はパックにまだ治し薬を塗ってもらっていないのである。つまり彼が今後（終生？）抱くヘレナへの熱愛は、いまもって例の惚れ薬の効能の現われにすぎないのだ。この点も、考えてみるとぞっとする話ではないだろうか。

以上が11月2日の日記からの再構成である。このあとは日記を離れて書き進めたい。

IV

私が10月14日の演劇の方でもまったく同じ三組（シーシュース＝オーベロン、ヒポリタ＝タイテーニア、フィロストレート＝パック）が一人二役になっていたことに気がついたのは、バレーを鑑賞してその感想を日記に書きつけた翌日のことであった。つまり、10月14日に演劇を観た時点ではうえに再構成したようなヒポリタをめぐる解釈は私の頭に思い浮かんでいなかった、ということになる（それに、いま思えば演劇のキルヒナーの演出もこの点では必ずしもバレーの方のニューマイアーの意図とまったく同じというわけではなかったはずだ）。とはいえ10月14日の観劇が下敷きになってこそ、ニューマイアーの演出意図に対する上記の解釈が鮮明に意識されることになったのであろう。

これとは別に、1985年に同じくウィーンで二度見たグノーの

オペラ『ファウスト』(ゲーテ原作) の演出が色濃くエロティシズムに溢れていたことを思いあわせてみると、ブルク劇場の公演やウィーン国立歌劇場のバレーの演出の狙いどころは、ウィーンでは一つの常識になっているのかもしれない。それは、表向きはカトリック信仰の町でありながら、また反面フロイト学説を生み出した町でもあるという事情と深く関連していると思われる。他の傍証としては、無条件に面白いので八か月間のウィーン滞在中六回も見に出かけてしまったヨハン・シュトラウスのオペレッタ『こうもり』も、男女のあいだの徹底的な騙し合いをテーマにした実に卑猥な筋立てであるが、これが数あるオペレッタの中でウィーン子の一番のお気に入りなのである*。その証拠に、この『こうもり』は毎年必ず大晦日と元日に、つまり一年のおわりと新年のはじめに国立歌劇場とフォルクスオーパー (民衆歌劇場) の両方が二晩続けて競演するほどの国民的行事となっている。

  * その主因はいうまでもなく、J. シュトラウスの音楽の破格の魅力にあるのだが。

ところで、ここに述べたようなシェイクスピアの戯曲における〈男と女〉に関する私の解釈視点は 1980 年代初頭からのものであるが、この点で共感できたシェイクスピアに関する評論の一つは、やはりヤン・コットの『シェイクスピアはわれらの同時代人』であった (前掲訳書、p.57 注*)。その第二部に「ティターニアとろばの頭 (『真夏の夜の夢』論)」という評論が収められている (pp.207 - 229)。この本を読んだのは 1984 年のことであったが、今回この文章を書きながらふともう一度この評論文を読み直してみた。驚いたことに、そこにはキルヒナー≒ニューマイアー (≒私) の解釈視点がすでに、それも十二分に叙述されていた。それを (再) 発見したときの私の

うれしくも呆れた様子を読者に少しでも伝えるために、彼の議論を少し紹介しよう。

　まず、当然ながらヤン・コットは「恋人たちは互いに入れ替わってもかまわないのだ」といっている。「この暑い夜の事件全体が――この乱痴気パーティで起こったことのすべてが――恋愛の相手を取り替えても少しもかまわないという前提から出発しているのだ。」さらにヤン・コットはパックについても、「彼は〔性欲という〕本能を解放し、……メカニズムを動かしておきながら、同時にそれを愚弄するのだ」という。そしてこの評論の最後の方で、彼はこの戯曲に〈ノモスとピュシスの対立〉までも読もうとする。「夜によって解放されたエロティックな狂気〔ピュシス〕と、すべてを忘れ去るように命じる昼の抑圧〔ノモス〕とを激しく対比させる点で、シェイクスピアは最も現代的で先駆者的だったように思われる。」同感である*。

*　研究社やＮＨＫ発行の原典版の注釈によれば、『ハムレット』でのハムレットとオフィーリアの会話（Ⅲ-2）とか『ロミオとジュリエット』での乳母とジュリエットとのやりとり（Ⅲ-3）において、シェイクスピアはまずnothing（無）という単語に数字のゼロ（０）の意味を持たせ（これは自然）、次いで０の形から女性の陰部を暗示しているという。ところで喜劇『空騒ぎ』のヒロインの名はヒーローというが、そのスペルはHeroである。これをイサベラ・ウィーターという女性のシェイクスピア研究者はHer-oと分解して読んだうえで、この名に「彼女のあそこ」という裏の意味があることを発見する（NHKシェイクスピア劇場『空騒ぎ』p.88. Cf.p.90, 46）。さて『空騒ぎ』の原題は Much Ado about Nothing というが、うえの二つの解釈を合わせると、この表題は「ヒーローという女性のあそこ（Nothing）を巡ってのどたばた騒ぎ（Much Ado）」という意味になる。この劇をご存じの方は賛成してくださると思うが、この解釈視点はこの戯曲の内容にぴったりあっている！　だから、この題がシェイクスピアの意図的なものであったことは明白

である。なおこの題にある nothing にもう一つ「気づく、注目する」の意味が籠められている（noting ← note）点については、小田島雄志訳『から騒ぎ』（白水Uブックス）の解説に紹介されている R.G. ホワイトの画期的研究を参照。——つまり、『夏の夜の夢』と『空騒ぎ』とは男女をめぐる同一のテーマを秘めた姉妹作品だったということができよう。

今回この文章の準備中に私が驚いたのはこれだけではない。ヤン・コットを読み直したあと、国立歌劇場のバレーの案内書をめくっていたら、何とヤン・コットのこの評論が全文独語訳で掲載されているではないか。バレーを観てから五年半後に気づく自分の失態に苦笑するとともに、これですべてが腑に落ちた思いがした。即ち、ニューマイアーはヤン・コットの解釈視点からあの振り付けをしていたのだ‼ 加えて、彼はヤン・コットと同国人であることも発見した（ポーランド人）。つまり、ニューマイアーはアメリカ生まれ（1942）ではあるが、父がドイツ人であるのに対し母はポーランド人なのだ。かくしてすべてがどこまでも符合する！

ものはついでという諺があるので、この機会に『夏の夜の夢』に関するもう一つの文章を読んでみた。それはテリー・イーグルトンの『シェイクスピア　言語・欲望・貨幣』（大橋洋一訳、平凡社）のなかにある「欲望『夏の夜の夢』『十二夜』」という評論である（pp.51-89）。テリー・イーグルトンはマルクス主義者としてはめずらしくオックスフォード大学の教授職にある文芸批評家である（1943生）。

さてその評論であるが、これまた私はびっくりした。内容的に少々異論がありつつも概ね共感できたからだけでなく、その水準がヤン・コットに優るとも劣らず高いものであったからだ。そこでまた少し紹介したい。

イーグルトンはいう。「つまるところ問題になるのは、……イリュージョン〔幻想〕がうまく噛みあうかどうかなのだ。」そしてオーベロンとパックの仕事は「欲望が欺瞞〔つまりイリュージョン〕によって支配されていることをあきらかにする」ことだったのだ*。だから「この劇は、最後をしめくくる結婚そのものも、虚構にすぎないことを暗示せずにはいられなくなる」。だが人間にとって「イリュージョンほど真摯なものはない」のであって、この「虚構」を自然視し、神聖視することが人間の「当然＝自然の natural」営みなのだ……**。

　＊　ディミートリアスとヘレナがイリュージョンによって結ばれたままであることは前節の最後の注で確認したが、ライサンダーとハーミアのカップルとても、互いに他に対して抱くイリュージョンによって結ばれていることに変わりはない。そして、こちらの方がいっそう本質的に欺瞞的というべきであろう。

　＊＊　まったく同じことが宗教的信仰についてもいえるのではないだろうか。その点については本書第三章 pp.112-113 および拙著『新版 逆説のニヒリズム』花伝社、第二部を参照されたい。

　さらに、イーグルトンもシェイクスピアのこの戯曲に〈ノモスとピュシスの葛藤〉を見いだしている（この論点はフロイトと E.H. フロムの延長上にあると思われる）。ただし、シェイクスピア自身は男女の関係に関する考え方としていまだ封建制の伝統的な信念を抱いていたとするイーグルトンの見解には賛成しがたい。この点では、私はシェイクスピアは時代の制約を突き破って普遍的な人間観、〈男女の本質〉を描いていたとするヤン・コットの方に与したい。

　考えてみれば、人間を一つの生物の種として捉えるならば、男女関係が互換的であるのは当然すぎるほど当たり前のことである。なぜならば、それぞれの男女がどれほど特定の異性のことを思いつめ

ようとも、「欲望の方は、その根源において非人格的である」(イーグルトン)からである*。それは、①生物学的にいって交合して子供ができる範囲を種というが、したがって同じ種に属するかぎりどんな男女も可能性として交わり得る、②さらに進化論的にいえば、異性のあいだで選り好みが激しい種では遺伝子プールが狭くなるのでいずれは存続が怪しくなるであろう**。逆にいえば、失恋すれば少しのあいだは悲しみながらもまた別の異性に惹かれるような動物の種こそがより効率的に繁殖できるのである。—— シェイクスピアを味わうのに何もここまで暴露的になることはないとも思うが。

* 同じことをドゥルーズとガタリが語っている。「愛をかわすことは、一体となることでもなければ、二人になることでさえもない。そうではなくて、何千何万となることなのだ。ここに存在しているのが、まさに欲望する諸機械であり、非人間的な性なのである」(『アンチ・オイディプス』市倉宏祐訳、河出書房新社 p.351)。

** メイナード・スミスの提唱した「ESS (evolutionarily stable strategy) 進化論的に安定した戦略」の概念参照(メイナード・スミス『進化とゲーム理論』寺本・梯訳、産業図書 p.11)。ESS と遺伝子プールとの連関に言及したものとしては、R. ドーキンス『延長された表現型』日高・岸・羽田・垂水訳、紀国屋書店 p.200 以下参照。なお、イーグルトン自身がこういう社会生物学的議論をしているというのではない。

10月14日にブルク劇場で求めた案内書の扉に、十七世紀の詩人フォン・ホフマンスヴァルダウの「世界」と題された詩の最終行が印刷されていた。試みに訳すと、次のようであった。「……なぜというに、土塊からは混乱以外の何ものも生まれぬからじゃ。」『創世記』によればアダムこそ「土塊」から生まれ、そのアダムのあばら骨の一本から生まれたのがイヴであった。この詩人はたぶん、人類最初の組合せである彼ら二人のことを念頭においていたであろう

し、またキルヒナーもそのつもりで引用していると思われる。だから、アダムとイヴの子孫であるわれわれ男女の間柄が混乱とどたばたのいたちごっこであるのは神の摂理（つまり、気紛れということ）であって、ゆえにごく自然なことなのだ、と。

第 四 部

6

呪いとは何か
——シェイクスピアにおける呪いの射程——

リチャード三世像

ちょうどいま（1996年4月）、非加熱血液製剤によるＨＩＶ（エイズ・ウイルス）感染の事件が、被害者の血友病患者たちと加害者の薬品会社・厚生省とのあいだの「和解」成立によって一段落しようとしている。この種の犯罪が明るみに出るたびに思うことだが、今回の事件でもあれで被害者の人々の気持ちは納まるのだろうか。納まるはずがないのは尋ねるまでもないのだが、それにしてもどのぐらい納得しどの程度怒りと悔しさが残るのだろうか。

　「足尾銅山鉱毒事件」も「水俣病」も「イタイイタイ病」その他にしても同様だ。ある胎児性水俣病重症患者の祖父にあたる老人が語った、私の頭から離れない言葉がある。「補償も何にもいらねえ。チッソの会長の孫に水銀を飲ませるだけでよい」（大意）というものである。この恬淡と語られた言葉の背後に秘められた思いを想像（共苦・共感）すると、絶句するほかはない。上記のＨＩＶ感染の血友病患者も、実は心の底ではこれと同じ台詞を繰り返しているのではなかろうか（そうでなかったら嘘だ）。従軍慰安婦に駆りだされた朝鮮やフィリピンの女性たちにしても、同じことがいえるだろう。

　このように、われわれが毎日何気なく呼吸しているこの大気中に、過去・現在（・未来）の多くの人々の怨念と呪咀の（言葉にならない）言葉が満ち溢れているのではないだろうか。もし誰かに（恐山のいたこのように）これらの声を感じとり聞きとる能力があるとしたら、彼／彼女はその総音量の大きさに聴力を失うのでなかったら、それらの内容のおぞましさに気を狂わせるに違いない。

I

シェイクスピアの戯曲を読んでいると、誓い・祈り・予言・断言

（証言）・祝福・神への感謝・反実仮想（仮定法）・呪いの類いの言葉の多さに圧倒されることがある。有名な作品では『リア王』がそうであるが、とくに歴史劇の場合にそれが顕著である。まずは具体例を見てみよう。『リチャード二世』第四幕第一場で、英国王リチャード二世は従弟(いとこ)のボリングブルック（のちのヘンリー四世）から無理矢理王位の譲渡を迫られる。

ボリングブルック　王冠譲渡に同意される気はあるのですね？
リチャード二世　あるといえばない、ないといえばある、ここにあるのはないも同然の身、だからないことはない、譲るとしよう。
　……
　あらゆる栄華も威厳も遠ざけることを、私は誓う、
　領地も地代も収入もことごとく、私は捨てる、
　法令も布告も法規もすべて、私は白紙にもどす。
　神が私への誓約を破りたるもの〔目の前にいる従弟のこと〕を
　　赦したもうように！
　神が貴様への誓約を破らざるもの〔自分〕を守りたもうように！
　何一つもたぬ私に何一つ嘆きの種がありませぬように！
　すべてを得た貴様にすべての喜びが与えられますように！
　貴様はリチャードの座に長くとどまりますように！
　リチャードは一刻も早く土のなかに横たわりますように！
　王ではないリチャードは祈ります、王ハリー〔ヘンリー四世〕を
　　守りたまえ、
　そして彼に、多年の輝かしい日々を送らせたまえ！
　まだほかにいうべきことはあるか？　　　　　　　　　（Ⅳ-1）

最後の一行こそ、捨て台詞というものであろう。この後当然、この前王リチャード二世は現王ヘンリー四世によって抹殺される。ところでここに引用した台詞のなかだけで、誓いと祈りが十一回繰り返されている。もちろん初めの三つの誓いを除いて、あとの祈りはすべて皮肉の混じった反語である。初めの三つの誓約にしても自由意志によるものではない。

　われわれはこれらの言葉の羅列に出くわすと、とりわけ当の作品に初めて接するときなどは、正直なところうんざりする。そのような場合、これはキリスト教徒ないし西洋人に特有な習癖なのだからわれわれ非キリスト教徒ないし東洋人はじっと耐えながら聞き流すしかない、と我慢するのも一法である。しかし、これに何か積極的な意味はないか、と立ち止まって考えてみることもできはしないか。誓い・祈り・予言・呪い、等々がもつ人間的必然性＝必要性とは何か、ということである。たとえば「呪いとは何か」と問うことは、意外と「人間とは何か」という問いの一環を担っているのではないか。それは、人間のある種の極限状況における避けがたい「絶叫」なのではないだろうか。―― 以下本章ではこれらの言辞のうち呪いに焦点を合わせて検討してみたい。

II

　シェイクスピアには「歴史四部作」と呼ばれる続き物が二組ある（合わせて八本）。いずれも（わが国に劣らず）血なまぐさいイギリス史においてもとりわけ凄惨なバラ戦争（1398〜1485年）を取り扱っている。ランカスター家（赤バラ）とヨーク家（白バラ）の王位を巡っての血で血を洗う闘いの歴史である。

概略を述べれば、まず有名なブラック・プリンス(黒太子、エドワード三世の長子)の長子リチャード二世から、従弟のボリングブルック(ヘンリー四世)が強引に王権を奪うところから話が始まる(彼の父がエドワード三世の四男で「ランカスター公」)。その後ランカスター家はヘンリー五世(イギリス史における最大の英雄)、ヘンリー六世(愚王)と続く。そのヘンリー六世の時代に、エドワード三世の五男エドマンド(初代ヨーク公)の孫にあたるリチャード(三代目ヨーク公)が「正統」を主張して反乱を起すが、惨めな敗北を喫する。しかしその後彼の息子たちの手によってヘンリー六世は殺され、王権はヨーク家に移る。だがリチャードの長子エドワード四世が病死した後、弟グロスター公は甥であるエドワード五世とその弟を殺してリチャード三世を名乗る。ここに至ってランカスター家から出たヘンリー・テューダーがボズワースの戦いでリチャード三世を敗死させ、ヘンリー七世を名乗る。彼(ランカスター)がエドワード四世の娘(ヨーク)を王妃とすることによってようやくバラ戦争は終結する(テューダー王朝の始まり)。

　ここに私の家内手工業的な統計結果がある。

表　五本の戯曲の「誓い、祈り、呪い」等の回数

	誓い	祈り	呪い	その他	合計
『リチャード二世』	20	36	20	—	76
『ヘンリー四世　第一部』	20	14	1	4	39
『ヘンリー四世　第二部』	11	20	12	7	50
『ヘンリー五世』	27	47	3	9	86
『リチャード三世』	32	65	**82**	11	**190**

注)　数字は数える人ごとに多少の違いがでてくるであろう。

これは、シェイクスピアの二つの歴史四部作から『ヘンリー六世』第一〜第三部の三本を除いたあとの五本の戯曲に出てくる、誓い・祈り・呪い、等の回数の集計である。先述したように、この五作品に出てくるこれらの言葉の頻出度は、他の悲劇・喜劇・ロマンス劇の場合に比べて突出して高い。なかでも『リチャード三世』での数字は異常なほどである。とりわけ「呪い」の数に注目していただきたい（82回）。

　ここでまずこれらの言葉のうち、呪い以外の言辞の典型をいくつか拾ってみよう。当面、先程と同じ『リチャード二世』から引く。

A　嘘の誓い（または二枚舌）

　ボリングブルックは以前リチャード二世からいわれもなく所領を没収されたうえ、イングランドから追放された。いま彼は王を武力で決定的に追い詰めた。そこでノーサンバランド卿を特使に立てて、自分のいい分を通そうと和議を謀る。

ノーサンバランド　　〔リチャード二世に向かって〕ご従弟ハリー・ボリングブルックは陛下のお手につつしんで口づけを贈られます。
　そして、……こう誓われます。
　このたびのご帰国は、正統の王族として
　もろもろの権利をただちに回復していただきたく、
　ひざまずいてお願いすることのみを目的とし、
　したがってそれさえ陛下がお許しくださるならば、
　……ご自分の心を
　陛下への忠勤一筋に捧げるでありましょう。　　　　　　　　（Ⅲ-3）

この誓いを、戦場の名をとって「ドンカスターの誓い」という（史実）。先の引用でリチャード二世が「神が誓約を破りたるものを許したもうように」と当てつけていたのは、この「誓い」のことである。字面上では一見ボリングブルックは我が身の追放宣言の撤回と没収された所領の回復だけを願っているように受け取ることができる。つまり王位は現状どおりリチャード二世のものと認めるといっているように見える（傍点部「陛下」）。

　だがもちろんこのとき彼はそれだけで満足するはずはなく、一気に王位の奪取を狙っている。つまり上記の「もろもろの権利」のなかには暗に「王位」も含まれていたのだ。「それさえ陛下がお許しくださるならば」の「それ」には王権の譲渡も意味されていたのであって、したがってこのへり下った仮定文は本音としては無条件降伏の脅迫なのである。

　だからノーサンバランドの口を介したボリングブルックの誓約は、まるっきりの「嘘の誓い」というよりも、より正確には「二枚舌の誓い」というべきかもしれない。作品を鑑賞するに際して重要なのは、相手のリチャード二世はこの「二枚舌」を最初から承知している、という点である。

B　嘘の祈り

　実は最初に紹介した、ボリングブルックを前にしてのリチャード二世の「祈り」が、本心に反した「嘘の祈り」の典型であった。そのことは直接的に明瞭であるが（乞う再読）、作品をひもとけば前後にその証拠を見いだすことができる。

C　正直な邪悪な祈り

場面は遡るが、摂政で叔父のジョン・オブ・ゴーント（ランカスター公、ボリングブルックの父）が重態に陥ったと聞いて、リチャード二世は神にこう祈る、

リチャード二世　神よ、どうか医師の心に勇気を与え、即刻、
　あの叔父を墓穴へ送りこむ手助けをさせたまえ！
　……
　では、諸君、一同うちそろってお見舞いに行くとするか。
　神よ、どうかいそいで行っても手遅れでありますよう！
一同　アーメン。　　　　　　　　　　　　　　　　　（I-4）

　ほれぼれするほど心のままを正直に祈っているではないか。もちろん狙いは、すっからかんの国庫（＝自分の財布）をしばしのあいだ潤すべく、叔父の所領を奪うことにある。

　D　滑稽な断言（証言）
　ある有力な王族の死（変死）に関して、貴族たちがボリングブルックの前で責任をなすりつけあう。

オーマール　……おれは断言するぞ、おまえ〔バゴットという男〕
　は嘘つきだ、おまえのことばが偽りであることは
　おまえの心臓の血でもって証明してくれる、
　　〔といってバゴットに決闘を挑む〕
　　　　　（中略）
フィッツウォーター　おまえ〔オーマール〕の姿を照らし出す輝か
　しい太陽にかけて断言しよう、

おれはおまえが、グロスター公の死の張本人であると
　そのロで言うのを、……聞いたぞ。
　それを否定するなら、……お̇ま̇え̇は̇嘘̇つ̇き̇だ̇。
サリー　〔あなたのいまの証言は〕偽̇り̇であると証言しよう、真̇実̇
　で̇あ̇る̇天̇に̇誓̇っ̇て̇。
フィッツウォーター　嘘をつけ、サリー。
　　　　　（以下、略）　　　　　　　　　　　　　　　（Ⅳ-1）

　見られるように、ここでは相手の誓̇い̇つ̇き̇の証言が嘘であること
を、誓̇い̇な̇が̇ら̇断̇言̇している。しかもお互いが相手に対してそう断
言するのだから、聞いているボリングブルックがもしこの種の誓い
というものに信を置く男であったなら、混乱するか怒りだすかした
であろう（もちろんそうはならない）。

　E　真実の誓い
　なかには生死を賭けた真剣な誓いというものもある。それはこう
だ。

オーマール　尊い聖職者のお二人にうかがいたい、何か
　この国家有害の汚点をぬぐい去る方法はありますまいか？
修道院長　オーマール卿、
　その件について腹蔵のない意見を申しあげる前に、
　聖餐にかけて、私の意図を他言なさらぬこと、
　および、私の企てがなんであれ、必ずそれを
　実行なさることをご̇誓̇約̇願̇い̇たい。　　　　　　　　（Ⅳ-1）

6　呪いとは何か　　175

つまり、これは共同謀議にあたっての誓いの促しである*。ここで、聖職者が陰謀を企てるとは！などと、的外れなことを気にする読者がいないことを期待する。

＊　だから高潔なブルータスはシーザー暗殺を前にして、「〔仲間うちで〕誓いが必要なのは／あやしげなやからが悪事を企むときなのだ」といって、キャシアスの提案する誓いを拒否するのだ（『ジュリアス・シーザー』II-1）。

　呪いの典型は後に回すとして、ここで中間考察を施してみよう。それは、これらは何に懸けて誓われているか、何に対して祈られているか、という点についてである。拾いだしてみると、「剣に懸けて」「太陽に懸けて」「月に懸けて」「自分自身に懸けて」と色々であるが、主流はやはり「神に懸けて誓う」ないし「神に祈る」である。

　問題は二つある。第一に、敵も味方も双方が同じ「神」に向かって祈る（誓う）とはどういうことであろうか。このとき神とはどんな存在なのだろうか*。第二に、しかもうえに見たように双方の誓い・祈りが欺瞞に満ちたものだとしたら、どういうことになるのであろうか。神はこれらの偽誓や嘘の祈りをすべて嘉するほどに、寛容で慈悲深いものなのであろうか。私にはむしろ、神という存在がいかに人間にとって convenient な（都合勝手な）ものか、と思えるのだが如何であろうか。

＊　神に対してではないが、『リチャード三世』の終幕近くで、敵対する双方が同じ聖者に勝利を祈る場面がでてくる。

リッチモンド　聖ジョージよ、勝利をこのリッチモンドに！
　（反対の陣営で）
リチャード三世　いにしえよりの勇気の合言葉、われらが聖ジョージよ、炎を吐く龍の怒りをわれらの心に吹きこみたまえ！　　　　　　　　（V-3）

この符合がシェイクスピアの意図的なものであることはいうまでもない。

III

焦点を呪いに移そう。それと同時に、出典も『リチャード三世』に移したい。

もう一度数字を確認すると、この戯曲には誓いが32回、祈りが65回、感謝が1回、予言・忠告が10回、そして呪いが82回出てくる（計190回）。さらに呪いの主体の内訳を示せば、マーガレットが24回、アンが22回、公爵夫人が6回、さまざまな亡霊たちが合計で25回、他5回となっている。マーガレットとはグロスター公（後のリチャード三世）に殺されたヘンリー六世の妃であり、アンとはヘンリー六世とともに殺された王子エドワードの妻であり、公爵夫人とは先代のヨーク公爵夫人のことであってグロスター公の生みの母である。不審に思われるかもしれないので念のために確認しておくと、彼女が嘆きながら自分の息子のグロスターを呪うのは、彼が彼女の他の息子や孫たちを謀殺したからである。

なかでもマーガレット元王妃の呪いはすさまじい。彼女はこの劇に登場するやいなや、ヨーク家の主だった連中に向かって立て続けに十以上の呪いの言葉を浴びせるのだが、ここではそのうちのほんの一部を紹介するに止めよう。

マーガレット　〔エドワード四世の妃エリザベスに向かって〕
　いま妃であるおまえは、かつて妃であった私同様、
　落ちぶれて生き恥さらすまで長生きするがいい！
　……

長く引きのばされた悲しみの日々をすごしたあと、
母でも妻でもないものとして孤独に死ね！
　〔グロスターに向かって〕
良心という蛆虫に魂を噛みさいなまれるがいい！
生きているかぎり自分の味方を裏切り者と疑い続け、
裏切り者をもっとも大事な味方と思い続けるがいい！　（Ⅰ-3）

これに比して、アンのグロスターに対する呪いは、「呪われるがいい、この残虐な行為をした心なき心は！」等々と、単純にして純情可憐である（Ⅰ-2）。だが彼女が続けて吐いた「あの男が妻をもつとすれば、私が夫に先立たれ、／お義父様〔ヘンリー六世〕を失って嘆き悲しんでいるように、その女も／あの男に死なれて同じみじめな思いをするがいい！」（同）という呪いは、後になって彼女の身に降りかかってくる。というのもこの後、彼女は自分のこの呪いの言葉を忘れ、グロスターの絶妙な甘言にのって彼の妻となるからだ。しかも彼女は呪いの通りに二度目の夫（グロスター）に先立たれて（再び）未亡人となるのではなく、もっと悪いことに、彼女の存在が邪魔になった彼によって自分が先に消されてしまうのである（「人を呪わば、穴二つ」）。この種の顛末をドラマティック・アイロニー（劇作上の皮肉）というが、シェイクスピアの得意とするところであった。

Ⅳ

考察を一歩進めよう。これまでに一通り実例を見てきた誓い・祈り・証言・呪い、等は、いずれも皆言葉を用いた、そして言葉のみ

による人間業であるという点で共通する。では言葉の本性とは何であったか。私はこれまでの一連のシェイクスピア論のなかでときおり言語について触れてきたが、その一つをいまここで簡単に思い起してみよう。

『リア王』の三女コーディリアは父リアの問いに対して「〔答えるべきことは〕何もございません」と答える（Ⅰ-1）。それは、彼女には「だって〔父に対する〕私の愛情が私の舌よりも重いことははっきりしているのですもの」（傍白）という確信があったからだ（同）。ここでいう舌 tongue とは口に出してしゃべる言葉を意味し、それが間接的には先程の二人の姉の（父リア王に対する）おべっかと偽りの誓いの競いあいを指すことは以前に論じた（第一章 pp.30-32）。ここで、この場が三人の王女への財産分けの儀式の場であったことを思い起す必要がある。このように、言葉はしばしば内面の裏づけを欠いた、ただ外面を飾っただけの美辞麗句に堕することがある。コーディリアは言葉をめぐるそうした宿命を以前から知っていたであろうが、いま眼前にその実例を目撃したからこそ、二度までも "Nothing, my Lord.（何もございません、父上）" としかいわなかったのだ。

美辞麗句がこのように内面との乖離を抱えた欺瞞でありうるのであるならば、同じく言葉を使って発する祈りや誓い・証言の類いが場合によって欺瞞・嘘・虚偽のニュアンスを帯びるとしても少しも不思議ではない。その極端な例が前に見てきたような、相手を陥れる罠を裏に含んだ（謀りごととしての）約束や誓い、あるいは陰謀を目的とした同盟の誓いなのである。

ここに、今述べた二種類の誓いを兼ね備えた興味深い例がある。二重に謀略的な誓いなのである。それは『オセロー』第三幕第三場

にあるイアーゴゥの誓いである。その場は（表向きには）彼とオセローの二人による、キャシオーとデズデモーナを無き者にするという共謀の誓いなのであるが、同時にイアーゴゥの言葉は（裏には）眼前のオセローを陥れようとする欺きが秘められている。そもそもキャシオーとデズデモーナがオセローに隠れて不倫を働いているという情報自体がイアーゴゥのでっちあげなのだが、「イアーゴゥはその知恵と手と心の働きのすべてを、／辱められたオセローのために捧げることを／ここに誓います！」という彼の誓いの言葉は、本当は「俺はすべてをオセローを辱めるために捧げる」の意で吐かれているのだ（第七章 pp.209-210、pp.214-215 参照）。

　思うにそもそも言葉の誕生において、言葉には人間の〈謀りごと〉に加担せざるをえない事情が付きまとっていたのではないだろうか。それは、人間の自由の能力と言語能力の発生とが同時だったからである。人間の自由とは〈はかりごと一般〉であった（第七章 p.209 参照）。〈はかりごと〉＝〈企て〉とはまず予め目的を立て、次いで手段を整え、最後に実行するという人間の行動様式のことであるが、これは回り道によって欲求（目的）を実現するということである。ところで、a) 発端の目的定立の際には、概念と時間意識が駆使される。概念とは言葉の能力のことである。これが先ほど人間の自由と言語とは同時に発生したといった意味である。b) 他面でこの回り道は一つの先取りともいえ（なぜなら最初に目的としての結果を予測しているから）、したがって一種の待ち伏せなのだ。待ち伏せとは陰謀の典型である。a) b) により、言葉が偽りの宣誓などにおいて〈謀りごと〉としての〈はかりごと〉の主役として活躍するのは、その本性のゆえであるといえよう。以上、証明終わり*。

　*　したがって当然、読者はこの「証明」にも落し穴が謀られているに違い

ないと疑わねばならない。なにやら話が「クレタ人の嘘つき」のパラドックスに似てきたようだ。

　この証明を大和言葉の読み方をたどることによって補強しよう。〈語る〉は〈騙る〉であり、即ち〈騙す〉ことなのだ。そして〈騙す〉は〈謀る〉であるが、「謀」の字はまた「たばかる」とも読む。ここでの「た」は「他」を意味する（ともいう）が、するとこれは「他人をハカル」つまり「他者を陥れる」の意となる。他方前にも示したように〈はかる〉は〈企てる〉と同義であるが、「企」の字は「たくらむ」とも読む。すると読者ももう推測が効いたように、〈企む〉とは「他者を晦ます」ことなのだ。少し分析を加えるならば、これは「他人の目を暗（昏）くする」⇒「（言葉によって）相手の判断力を狂わせる」ということである。「狂」の字が出てきたついでに触れると、「言」葉を使って他者を騙す（狂わす）ことをまた「たぶらかす」ともいうが、これは「誑かす」と書く。――このように、やまと言葉と漢字は実に正直だ。

　ということは、舌を使った「語り」が「他昏み」に駆使される事態をいい表わすときに、言葉が陰謀のために利用されるという表現では不正確であって、この事情こそ言葉の本性に属するというべきであろう。

　『ハムレット』に次のようなシーンがある。

ポローニアス　ハムレット様、何をお読みで？
ハムレット　ことば、ことば、ことば。
ポローニアス　いえ、その内容で？
　　（中略）
ハムレット　悪口だよ、悪口。

(以下、略)　　　　　　　　　　　　　　　　　　　　(Ⅱ-2)

最後の「悪口」を「企み」と置き換えてもハムレットの意図にピタッと当てはまる。

　とすれば、これまで述べてきた言葉＝謀りごとという言語哲学は、すでにシェイクスピアのそれでもあったということができよう*。考えてみれば、『リチャード二世』や『リチャード三世』での誓いや祈りのテキストからそのことが直接読み取れはしないか、というのが本章での主張のはずであった。

　　＊　ここに道化の役割の一つが鮮明となる。それは、言葉には（たといそれが誠実に述べられたものであったとしても、また無意識にであるにせよ）常に裏がある、という事情を観客に開示する、という役割である。『空騒ぎ』に出てくる夜警ドグベリーの冗舌ないい間違いがその好例である。

Ⅴ

　だが、誓いや祈りと呪いとでは、大きな違いがある。それを明らかにすることこそが、本章の究極目的である。

　その違いとは、誓いや祈りには未来があるのに対して、呪いには未来がないということである。どういうことか。たとえば、来年は必ず優勝してみせますと、あるプロ野球チームの監督がファンに（オーナーに？）誓ったとすれば、彼の首にはなお一年の猶予がある。それどころかひょっとして本当に優勝するかもしれないのだ。おしなべてこの種の誓いには未来がある、というべきである。祈りについてもほぼ同様であるが、極端な場合を一つ想定してみよう。それは、死の床での祈りである。彼／彼女の命は燃え尽きようとしてい

るのだから、もはや未来はないといえばない。しかし「死んだら天国に生まれ変わらせて下さい」という神への祈りは、やはり一つの未来への期待なのだ。——これに対して、呪いにはもはや未来はない。というよりも、未来がなくなったからこそ呪うのだ。呪いにつきまとうおぞましさ、やりきれなさは、直接その内容に由来するものと、このような事情に絡んでいわば（音楽でいう）倍音として聴こえてくるものとの混合からなっているはずだ。

　未来のあるなしから、もう一つ重要なことが導かれる。それは、誓い・祈りには未来があるからこそそこにぺてんを含ませることに意味が生じるのであるが、未来を持たない呪いには、それによって他を欺こうとすることははじめから無意味なこととして（いわば定義上）排除されている、ということである。戯れに呪う、とか、本当は呪う気持ちがないのに他者を騙そうとして呪う振りをする、ということはまずありえない*。

　　* 実は本心からでない呪いの例があるのだが、割愛する。気になる向きは、ヴェルディのオペラ『シモン・ボッカネグラ』第一幕第二場を見られたい。

　ということは第三に、呪いとは必ずやそれを吐く人間の真実の言葉である。呪いの直接の狙いは、相手への威嚇、ないし、相手をおぞましがらせることによって自分の気持ちを少しでも慰撫するところにあるであろうが、その背後には、いまさらどうにもならない、取り返しがつかない、つまり未来を奪われた怨念、怨恨、怨嗟、憎悪が控えている。もはや己れの行為によっては未来にいかんとも状況の改善・事態の逆転の希望が立たないときに至って、絶望の言葉として吐かれるのが呪いなのである。「口をつつしまれよ」とたしなめるグロスター（のちのリチャード三世）に対して、マーガレットは「……生きていることは私の恥、／その恥の上に私の悲しみの

6　呪いとは何か　　183

炎が怒り狂うのだ！」と答えていた（『リチャード三世』Ⅰ-3）。そしてこれらの情念は他の前向きで肯定的な感情、たとえば快や愛などに比して、絶対値は遥かに大きい（「可愛さ余って、憎さ百倍」）。

　このことを逆にいえば、この種の情念ほど自分の心を欺かない真実な情念は他にないであろう（試みにこれと対照的に、愛という情念が相手を欺く前に如何に自分自身を欺くものか、顧みられたい）。だから呪いが本人にしっぺ返しを食らわせるということはありえない*。それに対して、誓いや祈りはしばしば逆の目に出る（騙したつもりが騙される）。

　　* 第三節で触れたアンの事例は、この反証となるかもしれない。だが、①あれはシェイクスピアが意図的に仕組んだ作劇上の技巧である（ドラマティック・アイロニー）、②あの呪いを吐いた時点でアンにはまだ未来があった（だからグロスターと再婚することにもなった）のであって、だから彼女はまだ呪いを吐くべきではなかった、つまり、彼女はその点で致命的な判断上の誤りを犯した、の二点を考慮すれば上記の行論は揺るがないであろう。
　　── だから恨みを抱いている者でも、これから復讐を果たす余地が残っているあいだは、けっして相手に対する呪いを（少なくとも面前では）吐いてはならない、といえる。

　復讐が果たせない者には呪いしか残っていない。── このことから、誓いや祈りとの第四の対照が導かれる。それはすでに述べた第一の、未来のあるなしと、第二の、他を欺くことが可能かどうかの二つの対照に密接する。即ち、呪いの言葉は〈無力な言葉〉である。つまり、いい表わされた内容が実現することはありえないということである。言葉とは人間の自由を支える最有力の契機だったはずなのに、いい換えれば、言葉は人間のもつ随一の力の源泉のはずなのに（「知は力なり」）、呪いにおける言葉はその点でもはやまったく無力なのだ。

サルトルは欠如者としての人間存在ということをいう(『存在と無』松浪信三郎訳、人文書院)。つまり、何もかも満ち足りた状態(満月)は人間にはけっして訪れないという。たとえばいま十二夜としよう。すると、その十二夜分(これが欠如者)は現実であって知覚を通して認識することができるが、あとの欠けた三夜分(欠如分)はそうはいかないので、想像力によって情緒、夢、イマージュとして補うほかはない、という(『想像力の問題』平井啓之訳、人文書院)。夢・イマージュが未来に期待を漂わせた想像力によって欠如分を補うのだとするならば、呪いとは、いわば凝固した欠如分、満たすことの絶対に不可能な欠如分を埋めるための、最後の絶望的な想像力の発動なのだ。それは、癌の末期症状に伴う激痛を和らげると同時に安楽死に導く最後のモルヒネ溶液に比すことができよう。

　ではどのようにそのモルヒネ溶液を調合したらよいのであろうか。呪いにも上達の秘訣はあるのだろうか。『リチャード三世』の後半に、夫エドワード四世が亡くなった後、義弟グロスター(リチャード三世)に愛息エドワード五世の王位を簒奪されたうえに二人の息子たちを殺されてしまったエリザベス前王妃が、昨日の敵マーガレット元王妃に教えを乞う場面がある。これに彼女がどう答えているか、注目してみよう。

エリザベス　ちょっとお待ちを、呪いの名人であるあなたに
　　私の敵をどう呪えばいいか教えていただきたいのです!
マーガレット　夜は眠りを断ち、昼は食事を断つことだ、
　　過ぎ去ったしあわせをいまの不幸と比べることだ、
　　おまえの〔殺された〕子供たちが実際よりもかわいかったと思い、
　　それを殺した男が実際よりも忌まわしいと思うことだ。

失ったものをよりよく思えば失わせたものがより悪く
思われてくる、それでおのずから呪いかたがわかる。　　(Ⅳ-4)

　この彼女の、呪いを糧として生きる存在仕方のほんの一歩先には、魔女の存在仕方が位置しているように思う（グロスターが彼女のことを魔女と罵っていることとは別次元の意味で）。そしてこの世のなかには、このようなまるで人生のブラックホールに墜ち込んだかのような人々、したがって他者からはその存在が見えず、単にそのまわりに感知されるいわくいいがたい磁場と重力によって辛うじてその存在が想定されるだけであるような人々が、存外多くわれわれの廻りに息を潜めているのではないか。だが、それは他人ごとではない。いつわれわれ自身がそのブラックホールと化すか、それは誰にも分からないのだ。

Ⅵ

　さきほど私は、呪いの言葉は無力である、と述べた。それは、呪うひとはその呪いを自分の力では現実化することができない、そもそも呪いは実現を願って発せられてはいない、という意味であった。
　だが、これまでの議論を引っ繰り返すことになるかもしれないが、ときによって呪いは実現するのである！　呪いにも未来があるのだ。だがもしそうであるなら、それは他力による呪いの実現ということになるであろう。では、その他力はどこからやってくるのか。これまで呪いの真実味 reality について検討してきたわれわれは、（最後に）このあと呪いの実現 realization ということについて考えてみよう。というのも、それが呪いのもつもう一つの真実性

realityを意味するからだ。

　いま、ときによって呪いは実現する、といった。それは何によってであるか、が問題であった。私の見るところ答えは、時によって、である。つまり、呪いを実現する他の力とは、時、時間の経過、歴史の必然なのだ。ただしその呪いが現実化するのは本人の生前であることはめったになく、大概は当人自身が冥途にいってからずっとあとのこととなる。

　一例を示そう。リチャード二世が従弟のボリングブルックによって退位を余儀なくされる場面を第一節に引用した。牢に引立てられる道すがら彼は、今日ボリングブルックの特使を務めたノーサンバランド卿（第二節参照）がいずれボリングブルック（ヘンリー四世）に反旗を翻すだろう、と呪いながら予言する（『リチャード二世』V-1）。粛清によって彼の魂がこの地上から消え去り、さらに八年の時が経過して、いまノーサンバランド卿と大司教との連合軍が大挙してヘンリー四世の城に攻め寄せてくる。

ヘンリー四世　……彼〔リチャード二世〕はなおもことばを続け、
　今日の情勢を、わしとノーサンバランドの友情に
　破綻の日がくることを、はっきりと予言していた。
ウォリック〔ヘンリー四世の腹心〕　……
　……それは、「時」があたため、
　やがて孵化らせて雛にするものなのですから。
　リチャード王〔二世〕も、この必然の理法にのっとって
　みごとに推理なされただけのことでしょう、
　　　（以下、略）　　　　　（『ヘンリー四世　第二部』Ⅲ-1）

この、呪いの非現実的な内容が時の経過につれて現実に転化する、という事態は、われわれに馴染みのある命題を思い起させる。マクベスを二枚舌で拐かした魔女たちの呪文、「よいは悪いで、悪いはよい Fair is foul, and foul is fair.」である（『マクベス』I-3）。気がついてみると、これも魔女たちの人間どもに対する呪いの言葉であった。してみると、マクベスが謀反に成功しいったんは野望を成就するが、ついには妻を失い味方も去って自滅する、というこの戯曲全編の成り行きが、劇冒頭の魔女たちの呪いの実現とも見えてくる。そのマクベスが大詰めの第五幕第三場で、民衆やこれまで彼が手に掛けてきたダンカン王らの「高くはないが深い呪咀の声」を「しりぞけたくとも、この弱い心にはそれはできぬ」と独白するとき、彼は呪われる側の立場から、呪いの歴史的実現の理法を諦め見抜いていたのだ。

　ところで、上記の魔女の呪文を五相に解釈する試みを以前私は試みたが（第三章）、歴史の必然性による呪いの実現、という当面の問題に照らして考えると、そのうちの第三と第四の解釈相がこれに該当する。第三の解釈相とは、「善は（時の経過とともに）悪へ転化し、悪は善へ転化する Fair *turns* foul, and foul *turns* fair.」というものであった。絶望的な呪いが（他力によるとはいえ）のちに日の目を見る、という事態は、Foul *turns* fair. に当たる（これに対して Fair *turns* foul. は、うわべを飾った誓いなどが後で自分に跳ね返ってくる事例に当てはまるといえよう）。人間の歴史を貫く理法をこのような善悪の絶え間ない転倒（turn）として描きだす、というのがシェイクスピアの最重要な主題の一つだったことは確かである。

　だが、なぜ事態はこのように turn するのかといえば、もともと

善に悪の芽が含まれ、悪には善の芽が含まれていたからだ、というのが第四の解釈相であった（もう一度うえに引用したウォリックの台詞を参照されたい）。これを命題化すれば、「善は（元来）悪であったことが証しされ、悪は善と証しされる Fair *proves* foul, and foul *proves* fair.」となる。昔リチャード二世と幼なじみの親友だったノーサンバランドがひとたび彼を裏切ってボリングブルックについたのだから、必ずや彼は再び主君を裏切るだろう、というのが歴史の理法なのだ（他の実例として、p.229 注＊＊のジョセフ・フーシェの例を参照）。「時が雛をかえす」とはそういう意味であろう＊。

＊　それもこれも第五の解釈相に立ってみれば、善も悪もすべては無、なのであるが。なお、呪いの実現の他の典型として、ヴェルディのオペラ『リゴレット』冒頭のモンテローネ伯爵の呪いが、相手のリゴレットにオペラの後半で次々と実現していく様を参照されたい。

VII

では、個々の呪いは単に眼前の敵ないし眼前ならざる敵だけを標的としているにすぎないのだろうか。むしろどのような呪いも、この世における追い詰められた者の絶望的な叫びなのだとすれば、人間をめぐる運命というもの全般、歴史そのもの、ひいては人類全体に対する呪いという意味あいが何らかの程度必ずや含まれているのではないだろうか。絶望とは究極的にはそこまでいくはずだからである。

リア王はまだ劇の序の口で、つい先日の誓いをたちまち破り自分の意に逆らった長女ゴネリルについて次のように呪う。

リア王　……自然の女神、聞いてくれ！
　もしもこの女に子供を生ませるつもりであれば、
　それは思いとどまってくれ！
　……
　ぜひにというなら……
　その子ゆえに若い母親の額に皺が刻まれ、
　その額に流れる涙の溝がうがたれるように！　　　　　　（Ⅰ-4）

　この呪いはどう見てもまだゴネリル一人に向けられたものである。それは、彼はこの時点でまだ「親思いの」次女リーガンが残っておる、と半分安心しているからである。── そのリーガンに長女以上の酷い仕打ちを受けた彼は、間をおかず半狂乱で夜の嵐の荒野に飛び出し次のように叫ぶ。

リア王　……神々に、いまこそ真の敵を見いださせよう。
　……その手を鮮血に
　染めたやつ。偽りの誓いをたてたやつ。謹厳な
　面つきをしながら邪淫にふけるやつ。おびえるがいい、
　……この恐るべき
　神々の呼び出しに答えて慈悲を乞うがいい。　　　　　　（Ⅲ-2）

　ここでリアに呪われている対象はもはや、ただ彼を裏切った三人の（と彼は思っている）娘だけとはいえまい。娘たちと同類の人間どももこの呪いの射程のなかに含まれていると見てよい。とはいえこれらの引用から、リアがすべての人類の運命までを呪っていると解釈するのは強弁にすぎるであろう。

ところで、専門家には『リア王』と双子の作品といわれながら、民衆には最も人気のない作品に『アテネのタイモン』という戯曲がある。劇の後半が主人公のタイモンによる（マーガレット以上に）強烈な呪いの連続、というのもその一因なのであろう。話は、古代アテネの大土地所有者タイモンが前半で底抜けの友情を振りまき、それが因で破産したとたんに友人たちに手酷く裏切られたのを境に、後半では一転して人間を呪う、というものである。とにかくこの戯曲には（『リア王』以上に）救いがないのだ。

　そこで、リアの双子の兄弟タイモンのいい分を聴いてみよう。

タイモン　子供たちはみな親不孝になれ！
　ういういしい処女たちは、即座に売女(ばいた)になれ！
　破産者たちは借金を返すよりも、ナイフを抜いて
　債権者どもの喉笛をかっ切ってやれ！　奉公人たちは
　盗みを働け！　おまえたちのまじめくさった主人どもは
　天下ご免の大泥棒だ。
　……
　……平和も、正義も、真実も、
　親への尊敬も、隣人への愛も、
　教訓も、礼儀も、職業も、商売も、
　身分も、作法も、習慣も、法律も、
　みんな破滅をもたらす逆のものになってしまえ！　　　　（Ⅳ-1）

　ここにはfairをfoulに転倒しようとする強烈な意志、というよりもfairの中に隠されたfoulを暴露しようとする激越な怨念が迸(ほとば)しりでている。人が人を信用しえない状況、人情（ピュシス）の壊

滅、金力の支配、等々といった人類全般に蔓延した疎外状況。お気づきのように、このタイモンの呪いは彼の死後はるかな未来において見事に実現している。その、はるかな未来とは、ほかでもない現代の世相のことなのだが——。これが、歴史の理法による呪いの実現なのだ。

　タイモンはこの一連の呪いの末尾で、次のように締めくくる。

タイモン　神々よ、どうか全アテネ人に破滅をもたらしたまえ！
　　そして、全人類にたいする憎しみが、日とともにますます
　　タイモンの胸の中で増大していくよう祈ります。
　　アーメン。　　　　　　　　　　　　　　　　　　　　（同）

　ここに至ってタイモンはすべての人間を呪いつつ、全人類の破滅を祈っていることは明かである。ここに呪いの究極の理想が示されている。問題は、この究極の呪いもいつの日にか他力によって実現するかどうか、である。——彼は安心してよい。この呪いでさえも遠からぬ日に、歴史の理法によって成就するであろうから（人類の自滅）*。

　＊　百に一つ人類が自滅を避けえたとしても、その場合は超宇宙的に貫かれている物理法則が人類の他滅を実現してくれる（超他力による呪いの成就）。遅くともそれは50億年後より先のことではないであろう（拙著『新版 逆説のニヒリズム』花伝社 p.23 参照）。

　スピノザ（1632-77）というオランダの哲学者がいた。彼は主著『エチカ（倫理学）』の大詰め第五部で、大略次のような思想を述べる。——われわれが自分の感情（受動）をよりよく認識するにしたがって、その感情は受動でなくなる。感情の外部原因を認識

すると、その原因に対する愛や憎しみといった精神の動揺は絶滅され、たとえば「悲しみ」の場合でいえば、それは悲しみであることをやめる。……ここに至ると、われわれのうちに「神への知的愛」が生じる、と（以上『エチカ』畠中尚志訳、岩波文庫、第五部、定理二、定理十八備考、定理三十二系）。

この哲理がそのまま、幾多の迫害に耐えぬいたあとに到達したスピノザ自身の特有な諦念の境地なのであろう。これによれば、たとえば本章で問題にしてきた「憎悪」「怨念」といった情念にしても、その外的必然性を洞察しさえすれば消え去ってくれるというのだ。

だが、それは本当だろうか？　そもそも人間に己れの情念の外部原因を「明晰判明に」認識することは可能だろうか。もし可能だとしても、その場合悲しみは悲しみでなくなってくれるのだろうか。むしろいっそう純然たる悲しみとして悲しまれるのではないのだろうか。——ニヒリズムによる悟りを自称し、またスピノザの賛同者を自認する者にとっても、どうもこの点では彼の思想に納得するのはむずかしいのである。

するといずれ、マーガレット、リア、タイモンを呪いの達人として師と仰ぐ日がわれわれにもくるのだろうか。シェイクスピア自身は死に臨んで呪いを超越したのだろうか。最後にこの二つが疑問として残った。

7

悪の哲学またはイアーゴゥの擁護
―― 『オセロー』試論 ――

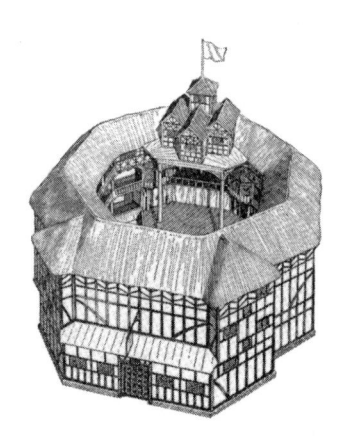

当時のグローブ座（スミスとアダムズによる再現図）

シェイクスピアの作品には、通常の悪人の範疇を越えた超悪人があまた登場する。代表的なところを挙げれば、『リチャード三世』のリチャード三世（前章）、『タイタス・アンドロニカス』のタモーラとその愛人アーロンの一味、『リア王』の私生児エドモンド（第一章）、『オセロー』のイアーゴゥ（本章）、『マクベス』のマクベスとその夫人（第二、三章）。当然シェイクスピアは彼らを一律に描いてはいないけれども、彼らに共通していえることは、皆強固な意志をもって、およそこの世で人間がなしうる悪の極限を実行しているということだ。

　このほかに大物というのではないけれど、気になる悪人というのも多く登場する。たとえば『空騒ぎ』で悪巧みが失敗してとんずらするドン・ジョン、『アントニーとクレオパトラ』でアントニーを裏切るイノバーバス、『尺には尺を』で委任された権力を乱用して己れの淫欲を満たそうとする偽善者アンジェロ（天使！）、『あらし』の大団円において実はいまだに罪を悔いていないアントーニオとセバスティアン、等々。『ヘンリー四世 第一部』『同 第二部』に登場する愛するべき強盗騎士フォールスタッフとそのどじな仲間たちも見落とせない。

　それにしても不思議なのは、純粋無垢の主人公や善良な脇役たちよりも、こうした悪人たちの方が人間として魅力的で印象深いのはなぜだろうか。私だけがそうした思いをもつというのではなく、多くの批評家やこれらの戯曲を鑑賞したひと、読んだひとが同じことをいう。それは、おそらく確かなことだが、そもそもシェイクスピア自身がそのように描こうという意図をもっていたし、その結果事実そのように描かれているからであろう。

　少々その点で具体的に比較をすれば、『ロミオとジュリエット』

に出てくるロミオの二人の親友ベンヴォーリオとマーキューシオのうち、良識的な前者より醜男で露悪趣味の後者の方が明らかに生き生きとした魅力をもって描かれている（マーキューシオはいわゆる悪人とはいえないが）。『リア王』でいえば、グロスター伯爵の二人の息子、正嫡エドガーと私生児エドモンドを比べた場合、私には孝行息子の兄よりも、父と兄を売って国獲りを謀る悪漢エドモンドの方が断然人間が大きいように思われる。またリア王の三人の娘たちを比較していえば、あくまで純真可憐な末娘コーディリアには何の個性も魅力もなく、性と権力をめぐって激しく争う二人の姉娘たち（ゴネリルとリーガン）にこそ人間と女性の真実が描かれている。

『オセロー』ではどうか。この戯曲の主人公は確かにヴェニスの将軍オセロー Othello そのひとである。この悲劇は彼の英雄的にして直情的かつ壮絶な破滅が描かれているからである。だが言葉一つ（とたった一枚のハンカチ）で短時日のうちに彼を破滅に追い込む悪漢イアーゴゥ Iago の躍動的な存在感はどうであろうか。オセローよりもイアーゴゥの方が重量感があるというのではない。むしろ一見すると、相撲に喩えれば体重200kg級の横綱を小結あたりの小狡がしこい小兵が奇襲戦法を用いて打ち負かすという風に見えよう。だが戯曲のなかで、ときに横綱オセローよりも小結イアーゴゥの方に主人公としての風格が感ぜられるのも確かなように思われる。それも、人間としての風格が。己れの哲学を自負し遂行する個性的な人格の魅力が。——本章ではこのイアーゴゥの魅力がどこから湧いてくるのかを探ってみることにしよう。

例によって、議論の前にこの戯曲の粗筋を確認しておこう。

【粗筋】 時はヴェニスの全盛期（十四、五世紀か）トルコと地中海の

覇を争っていたころ、ヴェニス海軍の総司令官はムーア人（黒人）で歴戦の勇士オセローであった。彼はある元老院議員の娘、肌白き乙女デズデモーナの心を射止め、彼女の父親の反対を押し切って結婚する。

　ちょうどその夜トルコ艦隊がヴェニスの領地キプロス島を襲いつつあるという情報が入り、オセローはヴェニス艦隊を率いて出陣、デズデモーナも夫のあとを追う。以下、舞台はキプロス島。

　彼の旗手イアーゴゥはこれまでは忠実な部下として働いてきたが、戯曲が始まるころから悪人としての本領を発揮しはじめる。まずデズデモーナに熱烈な片思いを寄せているヴェニスの青年ロダリーゴーを、言葉巧みにいずれ彼女をお前のものにしてやると騙してキプロス島に誘いこみ、その全財産を巻きあげる。ついで、自分を差しおいて副官に昇進した若い二枚目の将校キャシオーを失脚させること、そのキャシオーを副官に指名したのが気に食わないだけでなく、噂では自分の妻エミーリアと浮気しているらしいオセローに何とか復讐すること、という二つの野望を抱く。このあと彼はこの二つを知恵でうまく結びつけ、言葉で実現していく。

　まずキプロス島到着の夜、嵐でトルコ艦隊が自滅したことを祝う場で、下戸のキャシオーに酒をしこたま飲ませて傷害事件を起こさせ失脚させることに成功する。そのうえで、復職するにはデズデモーナからオセローに頼んでもらえば効果的ですと助言する。他方オセローには、奥さんとキャシオーの仲が怪しいようですと仄めかす。

　デズデモーナはオセローにキャシオーの復職を執りなしている最中、夫から結婚記念にもらった刺繍入りのハンカチを床に落とす。それをエミーリアが拾ってこっそり持ちかえるが、イアーゴゥに取りあげられてしまう。このハンカチはこのあとイァーゴゥに決定的な小道具として利用される。

徐々に嫉妬に苦しみはじめたオセローから、妻がキャシオーと不義を働いているという証拠を見せるといわれたイアーゴゥは、取り敢えず〈キャシオーの夢〉をでっちあげてオセローの耳に吹き込む。それは、夢のなかでちょうどデズデモーナを抱いている最中だったキャシオーが、彼女と間違えて隣に寝ていたイアーゴゥを抱き締め、しかもいろいろと際どい寝言を吐いた、というものだ。これを聞いたオセローは妻の不義をほとんど確信し、二人を殺すことを決意。イアーゴゥに副官を約す。

　さらに決定的な「証拠」を示すため、イアーゴゥは例のハンカチをキャシオーの部屋に落としておく。そのハンカチをめぐってキャシオーがなじみの売春婦と痴話喧嘩をするところを、物陰からオセローに観察させる。いまや彼は、デズデモーナが自分を裏切って大事なハンカチをキャシオーに愛の証しとして贈ったに違いないと完全に信じ込む。そしてオセローとイアーゴゥは即刻今夜のうちにデズデモーナとキャシオーを殺すことを誓う。

　イアーゴゥは馬鹿な若者ロダリーゴーを焚きつけて闇夜にキャシオーを襲わせる。どちらか生き残った方をイアーゴゥ自身が背後から刺して、邪魔な二人をいっぺんに片づけるという寸法である。他方、オセローは無実を訴えつづけるデズデモーナを新婚の新床で絞め殺す。

　ところがロダリーゴーはキャシオーに返り討ちを食らって瀕死の重体。キャシオーはイアーゴゥに刺されるが足に傷を負うだけで命に別状なし。息絶える直前のロダリーゴーの白状により事の全真相がばれる。イアーゴゥは自分に不利な証言をする妻のエミーリアを刺し殺したうえ逃走しようとするが、逮捕される。

　すべてを知らされたオセローは、新妻の死骸を傍らにしてスペインの名刀で胸を突き、デズデモーナの唇に最後の口づけをしながら息絶える。The End.

I

　シェイクスピアの四大悲劇の一つである戯曲『オセロー』の全体的な評価としては、オセローとデズデモーナの愛の悲劇的な結末に焦点を合わせて語られるのが通例のようだ。たとえば木下順二は、この悲劇は二人の愛の勝利を描いた作品であるという（『随想シェイクスピア』筑摩書房 p.62 以下）。なぜならば、黒人と白人、初老と乙女という「到底許されるはずのない」二人の関係は、それが純粋で深いものであればあるほど「所詮死なねばならぬ」ものであったからだという。このとき、この愛を許容しようとしない「当時の白人の感覚」（＝ノモス）の代理人が即ちイアーゴゥであり、その意味でのみ彼は「悪の象徴」なのだ。二人はこの悪に全力で立ち向かい、その果てに「愛することをつらぬいたゆえに」殺し殺されたのであるから、この結末は敗北ではなくて勝利であった——これが木下氏の論旨である。極論の形をとっているとはいえ、やはりこういう解釈の方が文学批評としては正統的というものなのであろう。またデズデモーナのオセローに対する献身的で純粋な愛の姿と厚い信仰心に同情が寄せられることも多い。そして二人に比べてイアーゴゥは、一般に注目されることが少ない*。

　　* 第五章で紹介した (p.161) テリー・イーグルトンは、記号学的な角度から鋭い『オセロー』論を展開しているが、そのなかでイアーゴゥについてはその「自然主義的なシニシズム〔皮肉な態度〕」に軽く言及するだけで、評価は低い（前掲訳書 p.166）。

　ところで一見してイアーゴゥがたいした悪人と見えないことも確かである。とうてい大悪人には見えないのだ。リチャード三世やマ

クベスに比べてそのスケールの何と小さいことか、というわけだ。この、いわばイアーゴゥに対する〈定評〉には一理以上の根拠がある。いまここでそれを整理してみると、第一に、彼は自分の筋書きの完遂の一歩手前で肝心なロダリーゴーとキャシオーの同時殺害に失敗し、事が露見してしまっている。しかもそのとき、逃げようとしたではないか（小心者である証拠）。第二に、悪事の目的も他人の夫婦仲を裂くといった程度で、マクベスらの国獲りの野望に比するべくもない。第三に、動機がはっきりしない（この点ではリチャード三世の劇の冒頭の独白と対照的である）。第四に、そもそもやり口がきたない、華麗とはいえないのだ。……

しかしひとはこの戯曲を繰り返し（芝居や映画などで）観れば観るほど否応なくイアーゴゥに惹かれ、全篇を読めば読むほど、彼の台詞が一つの例外もなく見事に意味をもっていることに気づいて驚かされる。無駄がないのだ。いま、「見事に意味をもっている」といったが、どういう「意味」かといえば、悪の方法として、悪の思想として、である。そこで、イアーゴゥを高く評価するに都合のいい（歴史的な）事実をいくつか拾いだしてみよう。

まず、ある解説によると十九世紀のイギリスで二人の著名なシェイクスピア役者が組んで、しかも一晩ごとにオセローとイアーゴゥを交互に演じたとき、二人ともイアーゴゥをやったときの方が断然評価が高かったという。つまり、役者からしてもイアーゴゥの方がオセローよりも力を入れたくなるという証拠であろう。また、ヴェルディはシェイクスピアの作品を題材として『マクベス』『オテロ Otello』『ファルスタッフ』（原作『ウィンザーの陽気な女房たち』）の三つのオペラを作曲しており、いずれも過去の全オペラを代表する傑作ばかりであるが、『オテロ』に関しては次のような有名な裏

話（とはいえ事実）が残っている。即ち彼はこの作品を書き終えたとき、その総譜の表紙にタイトルとして「ヤーゴ Jago」と書きつけたのであった。その後思い直して「オテロ」に戻したとはいえ、ヴェルディ自身（ボーイトの優れた台本に助けられながら）作曲を進めているうちに、このオペラの主人公はイアーゴゥでなければならないと確信していったのであろう。事実オペラ『オテロ』を聴いたり観たりすれば分るように、ヴェルディの描くヤーゴは際立って印象深い役どころとなっている（もちろんオテロの方もこれと対等に力強く描かれているが）。このほか二十世紀に入って、ブラッドレーから始まって評論家のあいだでイアーゴゥの評価が高まってきたという事情もある＊。

＊　ある解説による。私が読んだ範囲でいえば、たとえばヤン・コットの論文「『オセロー』の二つの逆説」を参照されたい（前掲訳書〔p.57 注＊〕所収）。この点でショーペンハウアーのイアーゴゥ評価は時期も早く（1819）、また卓見として注目される（前掲訳書〔p.39 注＊〕p.473）。

そもそも、もしイアーゴゥが〈小悪人〉にすぎないのであるならば、そんな小者の罠に引っかかったオセローの方も豪傑どころかせいぜい〈小善人〉（というより小阿呆）ということになり、つまりはこの戯曲全体が詰まらぬものということにならないだろうか。この論点は重い意義をもつと思われる。とすれば、むしろわれわれは次のように考えるべきではないだろうか。即ち、巖よりも堅いと見えた〈大英雄・大人物〉を、一見糸口が皆無に見えたところから＊あっという間に破滅に追い込んだのであるから、たといマクベスたちとは違った意味でではあれイアーゴゥはやはり〈大悪人〉といわれなければならない、と。それは、二つの性格のぶつかりあい、格闘であった。片や剛直・一途な性格と、他方、巧妙・機知の性格との。

だからこの作品も(『ハムレット』などとは違った意味で)一つの(複合的な)性格悲劇と特徴づけることができるはずである。

* 実はオセローの側に弱点があった。イアーゴゥはそれを鋭く嗅ぎわけ、つかんだのであった(後述)。

以下、イアーゴゥの動機、方法、思想の順に吟味していこう。

II

よくイアーゴゥの犯罪にはそれらしい動機が見当らず根拠が薄弱だ、といわれる。それを指して「無動機の動機」ともいう(コールリッジから)。だがこのいい分はおかしい。イアーゴゥにもれっきとした動機があるからだ。それも私の勘定では三つある。

ところで悪の動機の表明としてはリチャード三世(『リチャード三世』)とエドモンド(『リア王』)が有名である。しかも二人とも舞台への登場とともにいきなり悪の決意を独白する点でも共通している(前者は文字どおり劇の出だし、後者は第一幕第二場の冒頭)。

さてそもそもわがイアーゴゥも、二人と同様に劇の冒頭で明瞭にオセローへの憎しみを語っている(I-1)。ただし独白ではなく、これから金を巻きあげようとする相手のロダリーゴーとの会話のなかで——。だから多少は相手を話に引き込むための誇張が施されていると見ることもできようが、のちの台詞と照らし合わせてもここはほぼイアーゴゥの本音と受け取るべきである。

では彼がオセローを憎む理由は何か。第一に、(粗筋にも述べたように)長年オセローの下で忠勤に励んできた自分を差しおいて、彼が戦さもろくに知らない若造のキャシオーを副官に指名したからであった(I-1)。私にはこの理由だけでも、イアーゴゥにとって

オセローを破滅に追い込もうとする動機として十分ではないかと思われる*。

 *　1980年代後半にある国立大学で、講師昇格を待ち望みながら長年助手に留めおかれ続けた理系の研究者が、ついにその恨みから当時の学部長を夜中に学部長室で殺害した事件があった。

第二にイアーゴゥは、オセローに自分の妻エミーリアを寝取られたという噂を本当のことと見なしている（Ⅰ-3、Ⅱ-1）。キャシオーさえも彼女と懇ろ（ねんご）の仲らしい（Ⅱ-1）。

第三に、イアーゴゥもデズデモーナに欲望を抱いている（Ⅱ-1）。だったらそれだけでもその夫たる同性は敵である。まして第二の理由と合わせれば、彼女をものにしてこそ初めておあいこというものであろう。――

以上の三つの理由のうち、第一の理由もさることながら、イアーゴゥの情念からすると第二の点にオセローを憎む主要な動機が存していたと思われる。というのは、彼自身が妻を寝取った同性たちに対して「地獄の苦しみ」（Ⅲ-3）のような嫉妬を抱き続けてきたからだ。

     ……オセローは気が狂っていく。
なにしろ生まれて初めての嫉妬だ、あわれなキャシオーの
ニヤニヤ笑いや調子にのった一挙手一投足を
悪く解釈するにきまっている。……　　　　　　　　（Ⅳ-1）

イアーゴゥはここでオセローのこととしてつぶやきながら、同時に自分が過去に何度となく味わってきた嫉妬の体験を思い起こしているのだ。とりわけ「生まれて初めて」嫉妬を味わったとき、それ

がどれほど狂おしいものであったかを。だからこそこれからオセローが陥っていくにちがいない底無しの苦しみが手に取るように分るのだ。また、彼自身これまでずっとオセロー（やキャシオー）のエミーリアに対する「一挙手一投足」を目のあたりにして、はらわたの煮えくり返る思いを繰り返してきたのだ。たといそれがいわれのない嫉妬であったにせよ*、自分のことを「こういうことで疑いがあれば、確かなことと思いこむ男だ」（Ⅰ-3）と独白しているイアーゴゥとしては、味わった苦さは本物であったであろう（イアーゴゥは自分一人のものにしておきたい程度にはエミーリアのことを愛くるしく思っていたのであろう）。今度はそれをオセローにお返しする番、というわけだ。

　*　エミーリア自身はこの噂をきっぱり否定している（Ⅳ-2）。

さて以上の動機だけでは、キャシオーを失脚させ、オセローを憎んで相応の仕返し*を企むには動機として不足しているであろうか。たといこれら一つ一つが動機としては取るに足らぬもの、ちゃちなものに見えるにしても、われわれが一度想像してみなければならないのは、これらの動機につきまとう情念のすさまじさである。とりわけ嫉妬が数ある情念のなかでももっとも鬱屈しており、そこから反転するルサンチマン（内向する怨恨）のエネルギーがすさまじいことは誰もが知っている**。

　*　イアーゴゥは最初からオセローとデズデモーナを死に導こうとしていたわけではない。「少しはいやがらせをして興ざめさせてやらないと、くそおもしろくもないぜ」（Ⅰ-1）。
　**　ルサンチマンについては本章第四節で触れる。ちなみにシェイクスピアの『オセロー』以外に嫉妬という情念のすさまじさ・狂おしさを描いた

芸術作品としては、直ちに次のものが思い浮ぶ。ドストエフスキー『白痴』、トルストイ『クロイツェル・ソナタ』、レオン・カヴァルロのオペラ『道化師たち』、ラフマニノフのオペラ『アレコ』、アルバン・ベルクのオペラ『ヴォツェック』。いずれも背筋の寒くなる名作ばかりであるが、すべて男の側の嫉妬を描いたものであり、最後は女の死で一致しているのは単に作者が皆男性だから、なのであろうか。

　動機に関してここで別の側面から検討してみよう。百歩譲って、いわれるように彼にはこれという動機がなかったというのが正解だとして、だったらどうだというのであろうか。それがどうして問題なのだろうか。悪事は明瞭な動機があればあるほど、それだけ評価が高まるというのだろうか。

　例えば銀行強盗を考えてみよう。まさか何も動機がなく、いわば趣味として銀行に拳銃強盗に押し入るという人間はおるまい。よほど切羽詰まった「明瞭な動機」があってのことに違いあるまい、たとえば小さな町工場を経営している工場主が倒産寸前に追い込まれた、とか。——だとすれば彼が銀行強盗を決意するのはほとんど必然であって、でなければ保険金目当てに自殺するぐらいの選択肢しか彼には残されていなかったのではなかろうか。確かに彼の行為は法律的には重大な犯罪と見なされるが、自ら大きな野望を抱いてなした悪事とはとうていいえないのであるから、（同情はしても）感心するほどのことではない。つまり、動機が明瞭であるかどうかということと、その悪の深みの評価とは連関しないどころか、反比例さえしかねないのである。

　ところで私は、イアーゴゥには動機がちゃんとあったと主張した。するとそれがかえって私の首を絞めて、彼はやはり悪人としてちゃちであったということを証ししたことになるのだろうか。——こ

こでは、イアーゴゥには動機がないという主張に対して、それが彼の台詞に対する不注意によるものか、それとも人間のもつありふれた情念（自尊心、嫉妬）というものを軽視する鈍感さによるものであろうと指摘したかったまでである。このことを踏まえたうえで、いずれこれらの「ありふれた」動機の背後に、真の意味での「無動機の動機」が、いい換えれば悪魔的な動機が横たわっていたはずだ、と論じるであろう（第四、五節）。

III

さてここで、イアーゴゥの悪の方法を分析してみよう。

前節で確認した〈平凡かつ庶民的な〉諸動機の下地のうえに、いよいよこれから悪の芸術（アート・方法）が花開く。私が数えたところ、シェイクスピアはこのそう長くもない顚末のなかで、オセローの破滅に向かってイアーゴゥに三十数段階の手口、芝居（！）、手直し、等の操作を踏ませている。その第一段階は第一幕第三場、ロダリーゴーをうまくいいくるめて金を巻きあげる算段に成功したあと（イアーゴゥにとってこの程度の悪事は朝飯前、さほど胸踊る仕事ではない）、一人になった場面である。

　やつ〔キャシオー〕の地位を奪い、おれの〔オセローへの〕恨みをはらす一石二鳥の計略はと。

すると徐々に彼の頭に妙案が浮かびあがってくる。

　……どうするかな、待てよ。

もう少し様子を見てからオセローの耳をたぶら〔誑〕かし、
　副官と奥さんの仲が良すぎるとたきつけてやるか。　　　（Ⅰ-3）

この思いつきは、まだ差し当っての着手点の範囲を出ないとはいえ、このときすでにイアーゴゥはこれが自分の望みを最後には成就させてくれる見込みのあることを確かに予感している（「万事はここ〔頭のなか〕にある、まだ混沌としたままだが、／悪事は実現されるまでその素顔を見せないままなのだ」Ⅱ-1）。

　このあと、（前述したように）まずロダリーゴーを手先に使いながらキャシオーを失脚に追い込むことに成功し、ついで一方で彼に復職をデズデモーナに取りなしてもらうよう忠言しながら、他方でそれは奥さんが彼といい仲だからではないでしょうか、とオセローに囁く。嫉妬に駆られはじめたオセローに向かって「証拠はまだありません、結論を急がないように」と諫めつつ、逆説的にさらに嫉妬心を煽りたてる。続いて〈キャシオーの夢〉のでっちあげ（前述）と、ハンカチ事件の演出といういわば二打席連続ホームランを放ち、帰趨を決定づける。途中イアーゴゥの野望は膨張して、キャシオーを殺せと命じるオセローに（このときオセローはデズデモーナのことにまでは思いが至っていない）、「だが奥様のお命だけは」と（いらぬお世話の）嘆願をする。ハッと気づいたオセローは、彼女も殺すことを即座に決意する──。

　最後イアーゴゥは九回裏二死までこぎつけながら完全試合を逃し降板を余儀なくされるが、目的は十分に達成したうえにお釣りがくるほどである。イアーゴゥに代わって彼の方法上の反省点を示すとすれば、（すでに触れたが）ロダリーゴーとキャシオーの同時殺害に手抜かりがあったこと、妻のエミーリアの口をちゃんと封じてお

かなかった（彼女の性格の「善良さ」の度合いを見誤った）ことの二つである。

イアーゴゥは確かに人間の〈自由〉の特質を知り尽くしている。人類は発達した脳髄（大脳新皮質）と器用で柔軟な手足（直立二足歩行による前肢の解放、拇指対向性など）の組合せによって、①まず目的を立て、②次に手段を整え、③最後に実行する、という行為の仕方をする（失敗したらやり直せばよい）。つまり、人間の〈自由〉とは〈はかりごと〉なのである。それが〈陽〉であろうと〈陰〉といわれようと、人間の営為はすべて〈謀りごと〉なのだ*。かくして〈陰謀〉の申し子イアーゴゥは、（オセローの旗手から）人間的自由の旗手へと昇格する！

* 計、測、量、図、謀、諮、秤、以外にも、各種の漢和辞典を調べると百七十以上の漢字が（大和言葉として）「はかる」と読まれうることがわかる。そのうち代表的なところを挙げれば、概、疑、商、算、論、宅、国、訪、裁、稽、爵、などである。大和人はおよそ人間の社会的・経済的・政治的・技術的な営みおよび人間関係を表わす漢字（動詞）を、すべて「はかる」と訓読みしたかのようである。ただし一瞥したところ、性関係、家族関係を直接的に表現する漢字が含まれていないことは注目に値する。万葉以前の日本人にとって、性は〈はかりごと〉の範疇に入らなかったのであろう。なお前章 p.180 および本章 pp.217-218 参照。

イアーゴゥは第三幕第三場で、復讐に血を求めるオセローに忠誠を誓って、次のようにいう。

イアーゴゥはその知恵と手と心の働きのすべてを、
辱められたオセローのために捧げることを
ここに誓います！

(Ⅲ-3)

7 悪の哲学またはイアーゴゥの擁護

「知恵と手と心の働き the execution of his wit, hands, heart」とは、まさに人間の自由を可能にする脳と手足の器官の組合せを意味する(イアーゴゥのここの誓いについては前章 p.179-180 を参照)。これらを、意志と理性と本能との（つまり知情意の）釣り合いに知悉(ちしっ)しているイアーゴゥが使いこなすのであるから（Ⅰ-3）、なるほど事の成功ははじめから保障されているようなものである。

ともあれイアーゴゥの方法はわれわれにとって感心するほどに見事である。これを手本として役立てない法はない。そこで綿密に分析総括してみると、彼の華麗な方法の特徴は以下の六点にまとめられる（ただし言葉の技に限る）。

ア）当意即妙、臨機応変（機〔好機または危機〕に臨んで応に変ずべし）。何もない（としか見えない）ところから事を捏造(ねつぞう)しなければならないがゆえに、彼にとってこの技が最大の決め手となる。その手並みはまるで神業のようである（無からの創造）＊。

＊ この点では、偽手紙 nothing から事を起こすエドモンド（『リア王』Ⅰ-2）と双璧をなす（p.35 注＊＊参照）。ただしこの二人よりもリチャード三世のほうが格上かもしれない。というのは彼は、自分がその夫の当の仇であるアンを口説いて結婚を約束させるが（しかも彼は足萎えのせむし男である。『リチャード三世』Ⅰ-2）、これは〈無からの創造〉どころか〈超マイナスから超プラスへの逆転〉であるからである。——その分ここは話がうまくできすぎているようにも感じられるが（前章 p.178 参照）。

思わぬ事態に遭遇したときにも、この手腕で切り抜けなければならない。第三幕第三場で逆上したオセローに、いい加減なことを吹き込んで俺の心を掻き乱しやがって、と喉を絞められたとき（実際この瞬間はイアーゴゥにとって陰謀が水泡に帰しかねない危機であった）(臨機)、イアーゴゥはとっさに免職を願いでながらオセロー

に向かって次のようにいう（応変）。

　……ああ、ばかな、
　忠実一途に生きてきたばっかりに悪党にされるとはな！（Ⅲ-3）

　するとオセローは「いや、待て、おまえはやはり忠実な男だ」と引きとめる。イアーゴゥはここで俗にいう〈はったりをかました〉ないし〈芝居を打った〉わけであり、それがまんまと〈当たった〉のである。――一つ注意をしておけば、これは「苦しまぎれ」とは似て非なるものである。それは、たといとっさの切り抜け策であろうとも、イアーゴゥは常に自分の言葉が相手にどのような効果を及ぼすかを計算し（計も算も「はかる」と読めることに注意――p.209注＊を参照）、確信しているからだ。彼がいかなる場面でも落着き払って少しも慌てふためかないのはそのゆえである。
　このア）の特徴は以下の諸特徴のすべてに重なっていく。
　イ）　説得的な弁舌。それが人間の本性からして大いにありうることだと思わせる術。この術によってオセローは、デズデモーナが若い肉体をもった女として自分に満足するはずがないと思い込む。ここでついでに確認しておけば、このときイアーゴゥは確かにオセローの密かな劣等意識を見抜いたうえで利用している。第一節の末尾で「糸口が皆無に見えたところ」といい、直前のア）でも「何もないところから」と述べたが、「巌よりも堅いと見えた」オセローにも実は蟻の一穴があった。「……自分に弱点があるからといって、／あれが裏切りはせぬかと恐れたり疑ったりはせぬぞ」（Ⅲ-3）。その「弱点」とは、自分の肌の色、年齢、（キャシオーのように）優男ではない、という点での負い目である（同）。傍らにいたイアー

7　悪の哲学またはイアーゴゥの擁護　211

ゴゥがこれを聞き逃すはずはない（そもそもとうの前から見透かしていたはず）。──　他方、キャシオーはなるほど優しい奥方に取りなしてもらった方が復職が叶いそうだと思い込む。ロダリーゴーはイアーゴゥに「あっという間（ま）にくっついたんだ。別れもきっとあっという間だろう」といわれて（Ⅰ-3）、すると俺にもデズデモーナを抱くチャンスはあるはずだと思い込んだうえに、そのためには工作資金として自分の土地を全部売ったうえでその金をイアーゴゥに手渡すのも当然だ、と思う*。

　*　第一幕第三場でイアーゴゥは、身投げしたいというロダリーゴーにデズデモーナを手に入れる希望を吹き込みつつ、「だから金を用意しておけよ」という台詞を十一回繰り返す。

ウ）　思わせぶりないい方をして相手を焦（じ）らしたうえで、ここぞというところでズバリといい放つ手口。有名な「忠実問答」をはさんで散々オセローを焦（じ）らした挙げ句「何を考えているのだ！」というオセローの一喝を機に、イアーゴゥは一気に次のようにいう。

お気をつけなさい、将軍、嫉妬というやつに。
こいつは緑色の目をした怪物で、人の心を餌食とし、
それをもてあそぶのです。　　　　　　　　　　　　　　（Ⅲ-3）

　見られるように（傍点部）、この手法はつねに次のエ）と手を携えて実行される。即ち、

エ）　生々しい描写で相手の感性に迫る。つまり、理性の制御の効かない本能的な情念の領域（大脳辺縁系）に矢を射るのである。同じ第三幕第三場、「妻が淫売だという証拠を見せろ」と迫るオセローに、イアーゴゥは平然と次のように答える。

〔はっきり〕させられるかもしれません、がどうすれば？……
……口を開けて見物でもしますか、奥様が〔キャシオーに〕
乗っからられているところを？

これを聞いたオセローは、自分でさえもまだ数回しか抱いたことのないデズデモーナの白い肉体、豊かな乳房、うっとりとした表情などを立ち所に頭に思い浮べたであろう。なにしろそれはつい昨夜の新鮮な甘い記憶なのだ。それが、キャシオーの手による開発の産物だったとは?!!　かくしてオセローの頭のなかはぐちゃぐちゃとなる。

オ）　疑問文を有効に使う。相手に疑惑を起こさせるときとか、軌道修正したり次の手を考える必要が生まれたとき、自分の陰謀が相手にばれていないかどうかを探るとき、と応用場面は多様である。デズデモーナがキャシオーの復職を熱心に説いたあと、彼女の言葉の端を捉えてイアーゴゥは、オセローが彼女に求婚するときにもキャシオーは二人の仲立ちをしたのですか？　と（何気ないふうに）尋ねる（Ⅲ-3）。このとき直ちに手口ウ）（思わせぶり）に接続する。「それがどうかしたか？」「いえ、ただ私の考えを納得させたいだけで、／それ以上別に。」

カ）　正直、卑下を意識的・逆説的に駆使する。つまり、基本的には一貫してあくまで小善人ぶりつつ（忠実な臣下、ないし誠実な友人を装いながら）事を進めることが肝心である。キャシオーへの忠告は「どう考えても筋が通っているし」（Ⅱ-3）、「だが奥様のお命だけは」と合いの手を入れたのはあくまでもデズデモーナの命を庇（かば）いたかったから、というわけである（Ⅲ-3）。

なかでも次のいい回しは、イアーゴゥの独壇場といえよう。

おそらく私の推測はまちがっているでしょう、
実をいえば、これが私のもって生まれた悪い癖でして、
すぐに人のあらさがしをする、猜疑心からありもしない
欠点を勝手に作りあげる——というわけで……　　　　　（Ⅲ-3）

自分の邪悪な性格を卑下しつつ正直に打ち明けるふりをすることによって、かえって自分のいうことが相手に信用されるであろうことを計りつくしたうえでの演技である。しかも真実は、ここで彼が述べているとおりなのだ！　この、何を隠そう自分は悪人です、と明け透けにいってみせる芸当は〈究極の正直〉といえよう。イアーゴゥはこの戯曲のなかで、この技法を都合三回駆使している*。

　* 愉快な物理学者ファインマン（原爆の開発にもっとも貢献。戦後ノーベル物理学賞を受賞）は次のような学生時代のエピソードを語っている。いたずら者の彼が寮で過激な悪さを仕掛け、大騒動となって全寮生を集めての犯人探しになった。年長の寮長が厳しい顔で一人一人に「お前がやったのか」と尋ね、一人一人が顔をこわばらせて「いいえ、やっていません」と返答する。ファインマンの番がきて、「お前がやったのか」「はい、僕がやりました」。「ふざけるなよ、ファインマン。真剣なんだぞ、みんな。」——で何事もなく次の学生の尋問に移ってしまったという（『ご冗談でしょう、ファインマンさん』大貫昌子訳、岩波書店 p.45）。

これに呼応する〈的確な忠告〉としては、同じ第三幕第三場、キャシオーに隠しごとがあることをオセローに仄めかしながらいう台詞がある。

人間、見かけどおりであるべきです。

これが本当は「てめーは俺の見かけに騙されているが、いまに泣きを見るぞ」という当てこすりであることにオセローが全然気がつかないのは、滑稽なほどである*。

* エンデは『はてしない物語』の中で女魔術師サイーデに、主人公バスチアンを相手にイアーゴゥの悪の方法を縦横に駆使させている（とくに上記のウ）とカ））、上田・佐藤訳、岩波書店 p.452、他）。エンデはよほどシェイクスピアがお気に入りだったのだろう（第三章 p.81 注＊＊参照）。

方法の検討は以上で終えよう。次にイアーゴゥの思想を見ていきたい。

Ⅳ

前節で詳しく見たように、イアーゴゥは〈はかりごと〉の優等生であった。つまり彼は縦横無尽に駆使するという意味で〈人間的自由〉の模範であり「旗手」であった（p.209 参照）。この点からすればオセローは彼の敵ではない*。しかしそれは主に、自由の諸段階のうちの②の手段・手口のところに焦点を合わせた評価であった。では残る①と③、即ち何らかの目的（狙い）を立て、それを最後には実現してしまう、という自己実現の本筋に絞って、イアーゴゥの振る舞いはどのように評価することができるであろうか。議論はイアーゴゥの人生観に関わる。

* 戦争の専門家としてのオセローの、戦略・戦術面での技量の評価はこの限りではない。ただし戯曲のなかにはその点での判断材料がない。ここでいえることは、彼は生身の人間関係における駆引きの点で明らかにイアーゴゥの後塵を拝していたということである。前記イ）参照。

7　悪の哲学またはイアーゴゥの擁護

大事な点は、この人間の（①〜③の）自由の時系列のなかには、「何を目的となすべきか」という善悪の基準、倫理規範は一切含まれていないということである（②は適・不適にのみ関わる）。人間は何事を目的に立てることも可能であるし（観念、脳）、手足（とその延長としての技術）が実現を可能としてくれるかぎりでそれを成就することも可能である（核兵器の着眼と開発を見よ。両方とも人間には可能だったのだ）。つまり人間の自由とは能力の問題であって、許される、許されないという問題以前の話である。——この能力に、ほとんど本能的といってよい嫉妬、名誉欲という情念が動機となって絡んでくるとどうなるか。まさにイアーゴゥはそれをわれわれに示してくれているのではないだろうか。動機は本能、実現の過程は人間的自由！*

*　いや人間にはそれ以上に理性というものがあるはずだ、という反論もあるだろう。だが、その理性がいかに頼りにならぬものであるかは、すでに本書第一章で十分に確認している（p.27）。

　では善悪の基準はどこからくるかという問題については、本章はそれを本格的に論じる場ではない（第三章 p.109 以下参照）。以下の議論は（極端ではあるが）一つのありうる考え方として受けとめてくだされればよい。

　まず最初に確認できると思うことは、本能的な動機を単なる動物的なものとして蔑視することの非である。人間が動物の一員であることを承認するかぎり、本能はけっして非人間的なものとして否定されるべきものではない。「まーいやらしい」といって顔をそむける仕草ほど社会的（人工的）に仕込まれた偽善はない。一回も恋をしたことのない人間は人間的とはいえないが、恋とは本能（ホルモン分泌）のなせる業であることは誰でも知っている。恋、嫉妬、憎

悪、闘争心（社会的には「向上心」という）、食欲などの本能的な情熱を十分に表に発揮しうる姿こそ人間的といえるのではないだろうか。

とはいえ人間が単なる動物にすぎないのでないことも確かであるから、この本能をまさに無条件反射的に行為に現わしてしまうのも芸のない話だ。つまり人間にはそれを無条件反射（本能）的にでなく、いわば回り道（待ち伏せ、前章p.180）をして実現する〈芸〉（アート）が備わっているのであって、それが前節で定義した〈人間的自由〉なのである。とすれば第二に、本能的なものを〈自由の三段階〉にセットして実現しようとする振る舞いはいっそう人間的と形容されるであろう。

さらにこれに加えて、何らかの仕方で〈善と悪〉の基準を導入したうえで（ノモスの樹立）、善い目的を〈自由の能力〉によって実現することこそが最も人間的である、と称揚するのが人類社会と人間の歴史の常である（孔子の道徳、モーゼの十戒、忠君愛国、など——第三章p.112参照）。だがこのとき、ここでの議論の出発点だった〈本能的なもの〉（ピュシス）は、かえって顕わに表に出してはいけないものとして（つまり何らかの意味で悪として）隠蔽されてしまう。そうしたからといって〈本能的なもの〉は消し去られるはずはなく、ずっと脈動しつづけることに変わりはないのだが（フロイト）。これをノモスの偽善ないし欺瞞という（ニーチェ、ドゥルーズ&ガタリ）。

むしろここで思い切って、〈人間的自由〉とはあの三段階に則っての何ものかへの自己実現を意味するだけであって、その目的には一切の規制・束縛はない、と考えたらどうであろうか。如何なる意味においても善悪の規制を捨ててみたらどうであろうか。善悪とい

う束縛からの自由——これこそが文字どおり人間の自由である、と。これが〈人間的自由〉についての私の先の定義（p.209）が含みもっていたもう一つの奥意であった*。

* その場合、すでに多くの先哲が論じているように、おそらく個人ないし一定の範囲の共同体を単位としての快楽原則に立脚した剥出しの利己主義ないし便宜主義が、これまでの（理想主義的な）善悪基準の代わりを努めることになるであろう（ホッブズ、バタイユ）。だが、だからといってそれがいっさいの欺瞞を払拭した（理想的な？）ノモスとなるという保障はない。かくして問題は先送りとなる。

人間の自由を〈何ものかへの自己実現〉と見なし、しかも目標とされる何ものかには善悪の基準はないとする——この思想は一つの価値ニヒリズムといってよいであろう。目的に善悪を語るときのその善悪が価値であり、何であれそんなものはないとするのが価値ニヒリズムだからである。あとはその〈何ものかへの自己実現〉が首尾よく成功したら喜べばよし、失敗したら素直に落胆すればよい（わるい？）。——この観点から見た場合、戯曲におけるイアーゴゥの謀りごとは上々の首尾を収めたのであるから、彼としては大いに喜んでよいのではなかろうか。

だが、この価値ニヒリズムはここにとどまらない。つまり、〈何ものかへの自己実現〉が成功したとして、その成功自体に何の意味も価値もないのだ、というところまでいくはずである*（失敗も同様）。われわれにとってこの究極の価値ニヒリズムはすでに馴染みのものである（第三章第五節参照）。そこでここでのイアーゴゥ論も、一歩進んで彼のこうした悪魔的な思想にまで踏み込んで検討してみよう。

* それはどうしてか、を簡単に明らかにしておこう。価値ニヒリズムの

第一の意味は、善と悪には意味はない（だから何をやるのも許されている）、というものであった。これを数式的に表せば、善＝悪＝0 となる。つまりすべてはゼロに帰着する（ニヒリズムの原義）(a)。すると第二に、世間的に善といわれる事柄であれ悪であれ（努力と「成果」において）どんなに大きな仕事をなしとげようとも、それに先ほど得た 0 を掛ければ、すべては 0 となる（だから何をやっても無駄）(b)。以上、証明終り。これを図示すれば、下の通り。

(a) $\qquad$ fair = foul = $\ 0$
$$\downarrow$$
(b) $\quad$ | fair or foul | × $\ 0 = 0$

あるいは次のように考えてもよい。即ち、成功・失敗も一つの（特別な）善と悪の一対と見なしうるから、成功しようと失敗しようといずれにせよゼロである（意味がない）、と。

このとき復活するのが、イアーゴゥの「無動機の動機」論である。ただし通常語られるときとはまったく違った意味で。つまり、如何なる自己実現にも究極的には意味がない（Signifying nothing.『マクベス』V-5）のであるならば、何を目指すかを決定するに際してもともと動機がないのが一番ふさわしいのでなかろうか。銀行強盗の例を思い起してほしい。あの例のように動機がはっきりしており、したがって成功と失敗の落差が大きい場合、無心に事の成就に全力を尽くすというわけにはいくまい。邪念が入るのである。

これに対して究極的な価値ニヒリズムの立場に立つならば、まず第一に事の成功・失敗に対して無心にして捉われがないはずである。なぜならば、その成功・失敗そのものに結局は何の意味もないことを悟っているから。次に、とはいえその目標の獲得（＝自己実現）に向けて楽しみながら全力を尽くすであろう。イアーゴゥはいう、

楽しみながら動きまわると時間のたつのが早い。　　　　（Ⅱ-3）

　なぜならば、その諸段階（②を媒介として①を③すること）自体が己れの能力の開花であり発揮であって、そこにこそ人間であること（自由存在）の醍醐味が存するからである。以上の二つを合わせて一言でいい表わせば、彼はこだわりなく成功にこだわるであろう。
　結局（再度確認すれば）、究極的に意味のない営為には無動機がふさわしい。これは趣味としての自己実現ともいい換えることができよう。なぜなら、選択に動機（根拠）がなく、かつその結果に何の意味もないものに（こだわりながら）全力を尽くすのが趣味の本領だからだ（釣りとか将棋に凝る姿を見よ）。とすれば、人生自体が趣味である、ということになるだろう。人間の生の本質が自己実現にあり、後者の本質が趣味という言葉で表わされたからである。このとき現在の生はまったく浮きあがったものとなり、無重力となり、偶然化される（『形而上学とは何か』大江精志郎訳、理想社、におけるハイデガー）。
　私はあまりにも戯曲『オセロー』における実在の（？）イアーゴゥ像から離れすぎてしまったであろうか。そこで議論を再びイアーゴゥに戻すことにしよう。すでに議論はニヒリズムに発する「無動機の動機」にまで到達してしまったが、イァーゴゥ自身は何といっているであろうか。

　（ロダリーゴーに）
……見当ちがいもいいとこだ。お楽しみのあとで縛り首になるほうが、女の味も知らずに身投げするよりよほどましだろうが。
　　　　　　　　　　　　　　　　　　　　　　　　　　（Ⅰ-3）

同じく、キャシオーの闇討ちに送り出すところでロダリーゴーに、

のるかそるかだ、そいつを忘れるなよ。
そしてしっかり腹をすえるんだ。　　　　　　　　（V-2）

　総じてイアーゴゥはロダリーゴーにものをしゃべるときには自分の哲学を素直に表現している、と見える（世間のノモスに馬鹿正直な〔つまり気弱な〕弟を諭すかのごとくである）。「しっかり腹をすえ」たうえで「のるかそるか」の実践に踏みだす。その先はたとい「お楽しみのあとで縛り首になる」のであっても何ほどのことがあろうか（人生は趣味）、というわけである*。これはすでに、先ほどらい論じてきた価値ニヒリズムの哲学そのものである、と十分にいうことができるのではないだろうか。そこでこのイアーゴゥの哲学を節を改めて、ルサンチマン（怨念、逆恨み）、不条理、悪魔的の三つの概念に依拠しながら解剖していきたい。
　＊　俗にいう〈だめもと〉の精神に近い。

V

　ところでイァーゴゥ自身の、「縛り首」と引き替えてもよいというほどの「お楽しみ」とは何であったか。いうまでもなく（そのうち最大のものは）オセローとデズデモーナの幸福の破壊と（途中からは）二人の死であった。それはなぜであったか。ここでイアーゴゥの（実在の）動機について再考してみたい。
　デズデモーナは改めていうまでもないとして、オセローも（ムーア人のなかの）高貴な生まれであるという（I-2）。この支配階級

出身の二人に対して（加えてキャシオーもヴェニスの貴族）、庶民としてのイアーゴゥは（たといそれが無意識であろうと）いわば階級的な嫉(ねた)みを抱いていたのだとする説がある*。これは卓見というべきである。とすると彼はオセロー（とデズデモーナ）に対して二重の嫉妬を感じていたことになる。男と女の関係からと、いま確認した階級的観点からと（俺たち下層民には望めない幸せを味わいやがって）。とくに後者の逆恨みの感情（ルサンチマン）については、近代に入ってキェルケゴール、ニーチェ、オルテガ（『大衆の反逆』！ 桑名一博、白水社）、シェーラーらが論じているところである。

* W. エンプスン。ただしある翻訳の解説による。

ところでリチャード三世とエドモンドにはそれぞれ悪への強力な個人的・先天的な動機があった（前者は生れつきの身体的異常に、後者は私生児という烙印に）。イアーゴゥにはそれはない。あるとすればいま確認した、高貴な生まれでない、というぐらいである。だがこの先天的な非存在が、人生を実力（自由の能力）によってのみ切り拓き*、何ものにも囚われることなく（社会の支配者に都合のいいノモスの呪縛を解いて**）人生と世界を底の底まで見究めることを彼に可能にしたのであろう。確かにそれは、彼の性格や哲学がオセローたちのそれと際立って異なったものとして形成されえた一つの基底的（規定的）な条件だったといえるであろう。

* ルネ・クレマン監督の映画『太陽がいっぱい』（アラン・ドロン主演）における主人公トムが狙った完全犯罪の動機と方法を見よ。
** のちに触れる〈名誉〉に関する議論（pp.227-228）を参照。

さて、イアーゴゥはオセローたちに二重の嫉妬を抱いていたことが明らかとなった。私はここに、イアーゴゥの第三の嫉妬を加えた

い。それは〈形而上学的な嫉妬〉とでもいうほかはないものである。つまり、(いま確認したような事情の下に形成された) 彼の価値ニヒリズムから発する嫉妬のことである。

　このニヒリズムによれば、人生には何の意味もないのであった。つまり、人生は不条理である、と（不条理とは、或るものが或るものとして在ることの理由・根拠が何もないさまをいう）。これを真摯に思索したのがカミュである（『シシュフォスの神話』清水徹訳、新潮文庫、〈人間からの世界への呼び掛け〉と〈世界の沈黙〉と〈不条理〉の三人芝居）。

　人生に意味がないのだとすると、この世には幸福も不幸もないのであって、究極の立場からいえば幸福も不幸もあるはずがないのである。ところが、オセローとデズデモーナの二人はいま幸福の絶頂にある。正確にいうと、二人はいま幸福感の絶頂に昇りつめている。自分たちは幸福である、と感じている（と確かに見える）。── つまりイアーゴゥにすれば、(存在論的・価値論的に)「あるはずがない」ものが目前に展開しているのだ。実に奇妙な光景ではないか。これは（第二の、もう一つの）不条理である。本来ないはずのものが存在するとは説明がつかないではないか。したがって、これは許せない！　あってはならないのだ！──これをもう少し冷静に整理すると次のようになる。a) あるはずのないものを、あるはずだと思う（誤謬、滑稽）。── これは嘲笑すれば足りる。b) その、あるはずのないものを実際に味わっている。── これでは a) の誤謬が許容されてしまう。ゆえにこれの「是正」に乗りだす。

　この〈第三の嫉妬〉が翻って彼のより実際的な諸動機（前記の二つの嫉妬、など）と先述の根底的なニヒリズムとを媒介している、と思われる。即ち、これが私の把握するイアーゴゥにおける「無動

7　悪の哲学またはイアーゴゥの擁護　223

機の動機」の実体である。

　ともあれ、イアーゴゥの存在論的是正の試みは成功した。オセローとデズデモーナの関係はないところから出発して、いっときの幸福（プラス・よい）とその後の嫉妬と誤解（不幸・マイナス・悪い）を経て、結局再びないものへと帰りついたからである（二人の死）。

　ただし価値ニヒリズムに立脚した実践としてはイアーゴゥの道のみが唯一の正解だというのではない。他に、幸福は存在すると思い実際自分はいま幸福だと思っている多くの馬鹿どもを相手にしない、という選択肢もあるだろうし（智者）、彼らをそのまま許容し愛するという選択肢もあるだろう（仏陀）。さらには自分もその馬鹿どもの一員に加わるというのでもいいだろう（見るよりも踊る阿呆）。これら四つの選択肢のあいだには優劣の差はないし、どれを採るかも偶然である。つまり、ここにおいても（ここにおいてこそ）、どれを採るべきか、はいっさいいえないのである。これは道徳判断（善悪判断）の問題ではなく、いわば趣味判断に関わる、といってもよい。――戯曲（フィクション）の観客ないし読者はせいぜいのところイアーゴゥに、うえの（踊る阿呆は無理としても）仏陀か、せめて智者の態度を選択してもらいたかった、と望むことができるだけである。蛇足でいい足せば、われわれの実人生上の人間関係においても、なるべくならお互い第三か第四の態度で接しましょうね、と不確かな期待を抱き合いうるのみであろう（共同幻想）。

　議論はまだ続く（読者はとっくにうんざりしていることであろうが）。上記したようにイアーゴゥは四つある選択肢のうち最も残酷な道を選んだ。この点だけからして（常識を基準にいえば）彼はすでに（世間的な意味で）十分に悪魔的である。これは彼の行為に関わる。だがもっと本質的な意味において、つまり思想そのものから

して彼は悪魔的だったといえるはずだ。人生は不条理だという価値ニヒリズムは、おのずと神を否定する無神論でもある。なぜなら、神とはあらゆる意味と価値の源泉だからである。とすると、神を篤く信仰する者からすれば（神を否定するという点でこそ）ニヒリストは悪魔的と見えるであろう。イアーゴゥの偉大なところは、自分の思想をめぐるこうしたありふれた非難の必然性を十二分に自覚したうえで、それに開き直っているという態度にある。「俺はお前らのいうとおり悪魔の手先だ」、と。

　……宿なしの野蛮人〔オセロー〕と悪賢いヴェニス女〔デズデモーナ〕が神聖にしていともこわれやすい夫婦の契りを交わしたからって、そんなものはおれ様の知恵と地獄じゅうの悪魔の力 all the tribe of hell〔地獄に住むやからども〕で簡単に破ってみせる。
（Ⅰ-3）

この独白の前半には、イアーゴゥの哲学から発する第三の嫉妬が響いている。そして後半に、自分の〈自由の能力〉に対する自負と共に、己れの世間的な〈評価〉（いまのところ露見していないが）への自覚が表明されている。実際オセロー自身が戯曲の末尾で、つまりイアーゴゥの行状がすべて明るみにでたあとで、イアーゴゥのことを「悪魔 a devil」と罵しることになる（Ⅴ-2）＊。

　＊　ただしイアーゴゥもオセローのことを、陰で繰り返し「悪魔」と呼んでいる（Ⅰ-1、Ⅱ-2）。してみるとこの点ではお互いさまか。

もっとはっきりとした悪魔宣言を聞いてみよう。

どうしておれが悪党だ？　キャシオーのために

7　悪の哲学またはイアーゴゥの擁護　225

綱渡りの方法を教えてやったこのおれが？　これが悪魔の
神学だ Divinity of hell〔地獄の神学〕！　　　　　　　　　（Ⅱ-3）

　この宣言を受けて、ヴェルディに優れた台本を提供したボーイト
は、原作にない〈ヤーゴのクレド〔信仰告白〕〉を挿入した。これ
に作曲されたのが、有名なヤーゴのアリア「無慈悲な神の命ずるま
まに」である（オペラ第二幕）。

　□　自分に似せておれを創った残忍な神を〔おれは〕信じている。
　　　　　　　　　　　　　　　　　　（秋山余思訳、以下同様）

この「残忍な神」とはいうまでもなく悪魔のことである。さらにこ
の告白の最後で、イアーゴゥは無神論を口にしている。

　□　さんざん愚弄されたあげくの果てに、
　　　死がやってくる。
　　　そしてそれから？　死とは無である。
　　　天上とはいい古された嘘なのだ。

こう歌いきって、苦(にが)みを帯びた哄笑とともにこのアリアは終わる。
　肝要なのは、ここで呟かれる「死とは無」という台詞の背後に、
それの思想的な双子の兄弟として〈生とは無〉というニヒリズム
を聞き取ることである*。それは、〈人生は無〉ということが〈何を
やっても無駄〉を帰結せしめ、他方〈死は無〉からは〈何をやって
もよい〉（なぜならば、死が無であるならば、当然地獄もなく最後
の審判もありえないから）が導かれ、しかも両者は同じことを意味

するからである（前出の、究極の価値ニヒリズムの証明に関するpp.218-219注＊を再度参照されたい）。

＊ 「生は暗く、死もまた暗い」（マーラー作曲、歌つき交響曲『大地の歌』第一楽章）。

ということは、「天上」（＝天国）が「嘘」であるのなら、自分のクレドの対象としての悪魔や地獄も同様に架空物であることを、イァーゴゥ自身百も承知している、ということだ。再びシェイクスピアから

　　（ロダリーゴーに）
　　おれたちが使うのは頭と知恵だ、
　　悪魔のわざじゃない not by witchcraft〔魔法じゃない〕。　　（Ⅱ-2）

　実際には、あくまで〈人間の自由〉の能力のみで勝負するのだ。「悪魔」はその実やはり人間であり、「悪魔的」であるのはあの（第三の）〈形而上学的な嫉妬〉を抱懐する人間のことなのだ（第三章 p.93参照）。このことをオペラのヤーゴは「おれは罪深い者、／なぜならば人間であるからだ」といい表わす（同前）。つまり人間とはもともと悪魔的なのだ。
　このリアリズムと連関して、オペラのアリアの歌詞にはもう一箇所注目すべきところがある。

　　□　おれは信じる。正義とは顔も心も
　　　　ふざけた道化師で、
　　　　彼においては、涙も、口づけも、

7　悪の哲学またはイアーゴゥの擁護　227

目つきも、犠牲も、名誉も、
　すべてが偽りなのだ。

　シェイクスピアの原作のなかでも、キャシオーが「ああ、おれは名誉をなくしてしまった！」（Ⅱ-3）と嘆き、オセローは自分の行為について「名誉の人殺し、とでも呼んでいただきたい。……すべては名誉のためだったのです」（Ⅴ-2）と自己を正当化しているのと対照的に、イアーゴゥは、

　名誉なんて人間が勝手に作り出したいかさまものですよ、……
　　　　　　　　　　　　　　　　　　　　　　　　　　　（Ⅱ-3）

と喝破している。要するにオセローやキャシオーらは観念を信じ、観念に生き、剰え観念に殉じようとしているのだが、イアーゴゥの方はこの名誉をはじめとする観念（正義、理想、善、総じてノモス）が無であることを知りぬいている*。このことからも、彼が観念論者（アイディアリスト）ではなくリアリストないし唯物論者（＝価値ニヒリスト）であることがわかる。

　＊　シェイクスピアは名誉という「徳」をめぐって同じ真理をフォールスタッフにもいわせている。「名誉って何だ？ ことばだ。……空気だ」（『ヘンリー四世 第一部』Ⅴ-1）。

　事が露見したとき、イアーゴゥは逃げようとした。それも彼の哲学からすれば当然である。「悪」を自己実現しようとする者は、「善」を目指す者が最後まで最善を尽くすのと同様に、最後まで最悪を尽くすからだ。諦めるのは死んでからでよいのだ*。

　＊　モームは次のようにいう。「論理一貫した、完全な悪人というものは、

たとえ法と秩序を害するものであるにせよ、創造者にとっては堪らない魅力なのだ。思うに、イアゴーを創造したときのシェイクスピアは、これまた空想の糸を織り成して、あのデズデモナを創造したときの彼よりも、はるかに激しい興味を感じていたのではなかろうか」(『月と六ペンス』中野好夫訳、新潮文庫 p.230 以下)。

確かにイアーゴゥの悪事は目標という点でスケールが小さい。だが彼はその小事に、自分の性格と能力と哲学のすべてを傾けたのであり、まるでそれが彼の最愛の趣味（即ち、人生そのもの）であるかのように最悪を尽くしたのだ。よって彼は（これだけの理由だけからも）、大悪人と認定されてもよいと思う（加えて、第一節で触れたように、この小さな悪巧みの対象がオセローという大物だったのであるからなおさらである*）。では、もし彼が大事に最悪を尽くし、かつそれに（いったんでも）成功したのであるならば？ そのとき彼は、歴史に名が残るほどの英雄として描かれるであろう。シェイクスピアの作品でいえばリチャード三世であり、実際の歴史でいえばジンギスカンとかナポレオンであり、ヒトラーである。これに対してイアーゴゥはむしろ小事に最悪を尽くした〈庶民のなかの大悪人〉にとどまることによって、われわれにいっそう身近な存在として感じられるのではないだろうか**。

＊ オセローとデズデモーナの破滅は、観ればわかるように、もっぱらイアーゴゥとオセローのあいだのやりとりによってのみ結果したのであった。いい換えると、イアーゴゥの画策の直接の対象はもっぱらオセローであって、デズデモーナではなかった。したがって彼女にはこの悲劇の進行に対してほとんど責任はない（強いていえば、あのハンカチはなくしていませんといい張った嘘（Ⅲ-4）が悔やまれる程度）。だからこそ彼女は影が薄いのでもある。その点で鬼才ゼッフィレルリ監督・演出のオペラ映画『オテロ』（オテロ＝ドミンゴ、ヤーゴ＝ディアス）において、第四幕でのデズデモーナの冗長な

アリア「柳の歌」を全面的に省略していたのは、このオペラ、さらには原作の戯曲の解釈として小気味いいほどに正解であった。
** 歴史上実在したイアーゴゥ型の人物としては、フランス革命を裏切ってパリの警視総監としてナポレオンの右腕を務めながら、のちにそのナポレオンをも裏切った男ジョセフ・フーシェがいる（シュテファン・ツワイク『ジョセフ・フーシェ――ある政治的人間の肖像――』高橋・秋山訳、岩波文庫）。

　舞台におけるイアーゴゥは最後に、「いまから先おれはひとことも口をきかんぞ」と捨て台詞を文字どおり吐き捨てたうえで、口をつぐむ（Ⅴ-2）*。それは彼が、彼にとって唯一のといっていい武器（言葉）を捨てたことを意味する。このあと（オセローとデズデモーナの遺骸とともに）ヴェニスに護送されたイアーゴゥは、おそらく徹底的に拷問で苦しめられた末に処刑されるであろうが、もともと「縛り首」は覚悟のうえ、無言のまま満面に笑みを浮かべて（あるいはオペラにあるように大哄笑を放って）冥土へ旅立っていくであろう。九分九厘成功した己れの自己実現を噛みしめつつ、それも所詮は無、そして死もまた無であると確信を抱きつつ――。

　* 'From this time forth I never will speak word.'

補 遺

シェイクスピアと私

(埼玉県立総合教育センター編集発行『埼玉教育 No.677』平成17年4月号に掲載)

　コラム「けやき」に三回連載させていただく機会を頂戴した。何を書かせていただこうかと迷った末に、第一回目は、自分の思想形成に深く関わったシェイクスピアとの出会いとその後のつきあいについて記すことにする。あまり教育のことと関係しそうにないので気が咎めるのだが、お赦しいただきたい。

　少年の頃に、子ども向けに書き直された『リア王物語』を読んだ記憶がある。コーディリアの勘当の理不尽さと悲劇的結末に同情した覚えはあるのだが、さしたる感動を覚えたわけでもなかった。

　飛んで、大学の教養課程の時代に、その『リア王』を文庫で読んだ。これが、シェイクスピアへの本格的挑戦の最初であった。しかし、まったく面白くなかった。まず、読み始めてみると台詞の連続なので肩すかしをくらった。シェイクスピアの主要作品は、どれも小説でなく戯曲なのだから、全編台詞のみで書かれているのは当たり前なのだが、少年の頃に読んだ本では、内容だけでなく、たしかに文体も物語風に直されていたので、私はてっきり本物も小説なのだと思いこんでいたわけだ（高校ないし大学での基礎教養教育が必要な理由）。

次に、台詞の連続だと、主人公のリアとコーディリアと道化の三人を除いて、いちいち、話し手はどういう立場の人間か、と最初の頁を繰らなければならない煩わしさに邪魔されて、相当興味を削がれた。後年になって、例えばエドガーとエドモンドの異母兄弟の（字義通りの！）角逐がこの悲劇の主題に密接していると理解されるのだが、はじめて読むときには、それが判然としないのである。

　三つめに、戯曲は台詞の連続だからこれまた当然のように、場面の風景描写や話者の内面の心理描写、人間関係の過去の経緯の説明などがいっさいない。これがまた学生の私には、もどかしい限りであった。

　反省を一つ。私の失敗体験の原因は明らかであって、シェイクスピアに限らず戯曲は実際の演劇で鑑賞するべきなのだ。私がこの公理を発見したのは、だいぶあとになってからであった。ここで話を無理に教育に関連づけるとすれば、教育は文字情報の前に、やはり生の教材に接するようにするべきである、となろう。

　唯一の（消極的な）収穫として、少年の頃に読んだ『リア王』はまったくまがいものだった、ということを発見した。そもそも、ゴネリルとリーガン姉妹の、エドモンドを巡っての、醜いとまで形容されても仕方がないほどの命がけの鞘当ては、少年少女にはすべて伏せられていた、という驚くべき真相が明らかとなったのである（これも一種の検閲なのではなかろうか）。

　時はさらに下って二八、九歳の頃、ともあれ自分の専門の学問領域が「倫理学」であり、倫理学が「人間は如何に生きるべきか」を探求する学問であるならば、様々な「人生」を豊かに描写してくれている古今東西の有名な文学を片端から読むのが義務であろう、と思い立ち、その手始めにシェイクスピアの全編読破に着手したので

あった。なぜ最初にシェイクスピアを選んだのか、思い出せない。多分上記した経緯全般が、無意識のうちに私にこだわりと反発心（だったら全部読んでやろう、という）を呼び起こしたからだったと思われる。

　さてそれからはもう記すのも面倒なくらいに、私はシェイクスピアにのめり込んだ。小田島雄志訳で全作品を読み通したのを皮切りに、文庫本をはじめ手に入る限りの翻訳を集め、読み比べた（ただし、原文での全編読破にまでは至らなかった）。『マクベス』などは十二、三回異なった訳で読んだはずだ。他方、イギリスのＢＢＣ放送制作によるシェイクスピア全作品のテレビ映画を可能な限り観るとか、ようやく演劇で間近に観るシェイクスピアの面白さにも気づいたりした。なかでも（厳密には演劇とはいえないが）、結城座の操り人形芝居『マクベス』（佐藤信演出）には身体が震えるほど感動した。前後四回観にでかけたが、そのうちの一回は、ゼミの学生と先輩の同僚を誘っての鑑賞だった。

　第三にオペラ体験がある。それは、シェイクスピアを原作とするヴェルディの三つの作品『マクベス』『オテロ』『ファルスタッフ』（『ウィンザーの陽気な女房たち』が原作）である。とりわけ『マクベス』は生のオペラを十回以上鑑賞し、ＦＭ放送やＬＰレコードなどで十種類以上の演奏を繰り返し聴いた。

　第四に、『マクベス』に取り憑かれた私は、ふらふらとこの戯曲の舞台であるスコットランドの地に足を運ぶに至った、それも二度。主人公マクベスはスコットランド中世に実在した王だったとはいえ、戯曲の展開の大半はシェイクスピアの創作なのだから、こうした行脚はほとんど狂気のなせるわざといえよう。

　なぜこれほどまでに私は『マクベス』に惹かれたのだろうか。

この戯曲のほとんど冒頭に、三人の魔女たちが登場し、すぐに消えてしまう間際に、そろって呪文を唱える場面がある。その呪文とは、'Fair is foul, and foul is fair.' という命題である。訳としては「よいは悪いで、悪いはよい」「きれいはきたないで、きたないはきれい」「明るいは暗いで、暗いは明るい」等々、色々ある。

　これはまったく謎めいた文であって、それどころか百パーセント矛盾したことをいっている。善が悪で、悪が善？　倫理学を専門とする者ならば、私に限らず見過ごすことのできない戯言ではないか。——こうして私は、主人公マクベスと同様、魔女たちの術中にはまり込んだのであった。

　その結果、いまではこの命題こそ、人間の人生、歴史、社会、道徳を含めたものの考え方すべてに当てはまる真理中の真理だと思うようになった。爾来、「私はシェイクスピア（の魔女たち）のおかげで、悟ることができました」といい続けている。勢い余って、シェイクスピアに関する著作まで出版する始末となった。

　ともあれ、趣味や学問の領域だけでなく教育の場面でも、最初に興味を示さないからといって、それっきりというのでなく、あとになって何かのきっかけで、俄然それに興味をもつこともあると思われる。

シェイクスピアの華麗で辛らつな人間観察

(2008年11月1日(土)石川・日本アスペンセミナーでの講演)

はじめに

　私、昨夜もちょっと自己紹介させていただきました。いま司会の篠原先生からは過分な御紹介をいただきましたが、むしろ哲学の〔主流でなく〕傍流を歩んでおります。カントを専門にしていると称しつつも、それほど深く研究しているという自信はございませんし、さらに、シェイクスピアは私にとって専門でも何でもございません。余芸ですとは自分でいっていいのか分りませんが、哲学研究の傍ら読んだり考えたりした、という程度でございます。

　さて、本論に入ります前に、少し助走をさせていただきたいんですが、シェイクスピアといいますと、皆さん、やはり文庫本で読んだという方も、お芝居でご覧になった方とかいろいろいらっしゃると思います。あるいは映画でいいますと、皆様方の世代ですと、イタリアのゼッフィレルリ監督の撮ったオリビア・ハッセー主演の『ロミオとジュリエット』が大変美しい映画でしたが、あれをご覧になっていらっしゃる方も多いのかなと思います。

　シェイクスピアは一五六四年に生まれて、一六一六年に死んでおりますから、日本でいいますと、戦国末期から安土桃山、江戸初期、

そんな時代に生きておったんですね。ちょっと余談ですが、『ドン・キホーテ』を書いたセルバンテス、この人はスペイン人ですけれども、死んだ年がシェイクスピアとまったく同じなんです。一六一六年。二大巨星というんでしょうか、どちらも非常にすぐれた文学を残してくれました。二人とも世界の大文豪ということになるんですが、シェイクスピアの方は、厳密にいうと戯曲家、詩人です。小説家ではありません。

　当然、高く評価する人々が大変多くいます。ちょっと御紹介しますと、文学者のなかではゲーテ、スタンダール、ボードレール、ドストエフスキー、それから二十世紀でいうと、ミヒャエル・エンデ、日本人で大西巨人、こんなふうな人たちが、私の目に入った限りでシェイクスピアを大変高く評価しております。

　ゲーテはそれに加えて、この人は一八世紀後半から一九世紀前半に活躍した人ですが、もうシェイクスピアが死んで百七十〜百八十年たっていたのにドイツ語圏ではまだシェイクスピアが翻訳されていなかったんだそうですが、友人の勧めがあってシェイクスピアをどんどん——自分でではないですよ——自分の若い弟子筋にドイツ語に翻訳させた。そのドイツ語訳がいまだにレクラム文庫という、日本でいうと岩波文庫のようなものに収録されていて読まれている、そういう功績者でもあります。

　音楽家では、ベルリオーズ、ヴェルディ、ワグナー、メンデルスゾーン、チャイコフスキーと挙げれば切りがなく、シェイクスピアを題材にした音楽は溢れていますが、大げさですけれども、みな例外なく傑作ばかりです。

　哲学者では、ヘーゲル、ショーペンハウアー、ニーチェ、マルクーゼらが——たまたまみんなドイツ人ですけれども——シェイクスピ

アについて触れており、好意的に評価しております。私の専門のカントも、まだ翻訳がなかった、あるいはちょうど出はじめたころでしょうか、イギリス人の友人から聞いた耳学問でいろいろ聞き知った話かなとも推測されているんですが、一七九八年ごろに出版した本などでシェイクスピアに触れております(『実用的見地における人間学』)。

ほかに、精神分析のフロイトは非常にシェイクスピアを高く評価しています。御存じでしょうか、天文学者にカール・セーガンという人がいましたが、これまた心底シェイクスピアが好きだった自然科学者です。それとカール・マルクスですね。マルクスはシェイクスピアを本当に愛していて、有名な台詞は大半英語で諳んじていたようです。

ところが、シェイクスピアをけなす人もいるんです。誉める人とけなす人の両方があってちょうど公平かなとも思うので御紹介しておきますと、トルストイは大のシェイクスピア嫌いでして、こういう言葉を残しております。「シェイクスピアの作品は一足の長靴にも値しない。」農民がはく長靴のことでしょうね、冬、泥のなかを歩くときにはく長靴ですから、農民にとって貴重なわけです。その長靴にも値しない。

エルンスト・ブロッホという20世紀のユダヤ人の哲学者がおりまして、彼の『希望の原理』というぶ厚い本がいっとき非常に評判になりまして、私も読み通しましたけれども、そのなかにこういう言葉がありました。「シェイクスピアの宮廷好みから来ている、この反動的で、ほとんど鼻持ちならない態度」というんです。本当に嫌いだったんでしょうね。

ということで、評価する人はたくさんおります、評価しない人も

当然のごとくおります、という御紹介でした。

　私の知り合いでイギリスの歴史を研究している方が、あるとき一緒にシェイクスピアについての市民講座を持ったおりに、こんな紹介をしておりました。それは、シェイクスピアが本拠地としていた劇場というのはザ・グローブというんですけれども、訳すと地球座というんでしょうか。ロンドンのテムズ川の南側、地図でいうと下の方に位置しますが——いま再建されているらしいですね、私はまだ行っていませんが——、そのグローブ座というのは当時、ロンドンのなかでもいかがわしい場所にあった、と。飲み屋、劇場、ボードビリアンのような芸人たちが出演する店だけでなくて、いわゆる売春宿のようなものも軒を並べていた、と。

　ここから先は私が思うことなんですが、場所がいかがわしいということも一方であるかもしれませんけれども、世のなかで一番いかがわしいのは、何といっても人間だと思います。その人間を丸ごと、つまり人間のいかがわしさをそっくりそのまま愛したうえで、縦横無尽に描いてくれているのがシェイクスピアかな、というふうな捉え方を私はしておりますが、いかがでしょうか。

　だからというんでしょうか、シェイクスピアの三七本の戯曲——最近ちょっと増えたんです。シェイクスピアが筆を加えているというのがコンピューターの分析から分った作品が二つほど出てきまして、まぁ四十弱でしょう——これらはすべて人間が最終的な主題だと思います。人間が最終的な主題だというのは、何もシェイクスピアに限らず芸術一般にいえることだと思いますが、とりわけシェイクスピアについてはそういえるだろう。少しいい換えますと、人間のあらゆる性格、行動、心情の機微、これを描いている。その中身は言葉の氾濫でございまして、そもそも戯曲というのは言葉の芸術

ですからね。なぜかというと、さまざまな人間模様に共通するのは言葉だけですから。身分も違えば性も違う、年齢も違う、職業も違う、そういういろんな人間に共通するのは、言葉だけです。

　ところが、この言葉というのは、真実を語ると同時に虚偽も伝える。これまたどうしてかというと、いまいっちゃったんですが、問題は言葉、すなわち「語る」ですね。ところで（白板に「騙」という字を書く）「騙（かた）り」というのもあります。いうまでもなく「騙る」は「騙（だま）す」とも読むんです。これは日本語だけにしかいえないのかもしれませんが、つまりしゃべる、語るというのは、「だます」ことに通じるというふうにも――ちょっと強弁ですけれども――いえるかなと。これについては、のちほどまた改めて触れたいと思います。

　私は三十過ぎからシェイクスピアにのめり込み始めたんですけれども、この間（かん）の方法論としまして、非常に単純な方法論なんですが、シェイクスピアを読んでおりまして、疑問だらけなんですよ。その疑問に感じたことを、あるいは直感的に閃いたことを、そこで放棄せずに、一つ一つ自分なりに解決し、論理化してきたつもりでございます。

　例えば『マクベス』という戯曲がありますが、歴戦の勇士マクベスが、たった一人の老人――つまり叔父さんのダンカン王のことですが――を殺して自分が王様になるのに、ものすごく逡巡するんですね。自分の手で何十人、何百人もの人間を殺してきた歴戦の勇士なのに。それはなぜか。それから『ロミオとジュリエット』は、どうしてあんな悲劇のまま、二人とも死ぬような運命を避けることができなかったのか、というような調子なんですが、本日のテーマから申しますと、御存じの方も多いと思いますが、リアはどうして最

愛の娘のコーディリアを勘当してしまって、やすやすとうえ二人の娘たちの虚飾の言葉の犠牲にならなければならなかったのか。逆にコーディリアはなぜ頑(かたくな)に一言も話さなかったんだろうか、と。これが私の疑問だったんです。それから後半の『オセロー』の方で申しますと、イアーゴゥという悪漢が出てきますが、イアーゴゥはなぜ幸福の絶頂にある二人、オセローとデズデモーナを破滅にまで追い込んだのだろうか。こういう疑問から、私の思索というと大げさなんですが、営みが始まっております。

今日はいま申しましたように、このうち『リア王』における「疎外」とイアーゴゥの「悪」をテーマとして取り上げさせていただきますけれども、お聞きいただいたあとに、皆様方がまたシェイクスピアを鑑賞してみたいなと思っていただくきっかけになってくれればと思いまして、お話をさせていただきます。お断りなんですけれども、先ほどちょっと触れましたが、私の話はかなり理屈っぽいんです。論理が勝った議論になるかと思いますけれども、予めそこをご承知のうえおつき合いいただければと思います。

I　リア王と疎外の問題

お読みの方、ご覧になっていらっしゃる方も多いと思いますけれども、『リア王』の粗筋を最初に確認をさせていただきましょうか。［粗筋については本書第一章 pp. 9 - 11 を参照］

これはもう本当に救いようのない悲劇です。こんなもの、よくお金を払って見に行くな、というぐらいのものなんですけれど。

余談ですが、どうも長年のあいだに、四十本近くあるシェイクスピアの戯曲のなかで最高傑作はどれなんだろうということで、観衆

や批評家のあいだで議論があって、結局『ハムレット』か『リア王』かのどちらかだろうということになるんですが、どうやらハムレット派の方が多いようです。六割ぐらいがハムレット派で、あとの四割ぐらいがリア王派のようですが、私はリア王派かなと。別にどっちでもいいんですけれども。

　傑作であることは間違いないわけですが、しかし今お話ししましたように、リアの悲劇というのは、一見、彼の短気と強情と不明――事の真相を見抜けないという不明――つまりこの三つは、みんな老いの耄碌なんですよ。老いの耄碌と頑迷によって彼が悲劇に陥ったというのであれば、そんなものが最高傑作といえるんだろうかということから、ちょっと変なアプローチですが、逆に発想して、リア王の物語が最高傑作である秘密を別の観点から探ってみたらどうか、ということで、「疎外」という視点から把握してみたいというのが私の狙いです。

●疎外の概念

　疎外、疎外といってまいりましたけれども、その概念ないし定義をちょっとだけ確認させていただきます。一人でもいいし、複数、集団でもいいんですけれども、人間が自己実現をしたとします。自分の望みを果たしたとします。そうすると、何かがそこに物化するんですが、それが労働生産物であったり、子供であったり、あるいは地位、名誉であったりするわけです。それが自分のもの、あるいは自分たちのものにならないで、かえって敵対してきて、もとの主体を滅ぼす、これが疎外の定義かなと。

　一例として、私、学生に毎年同じようにしゃべっている例なんですけれども、昔の農民が汗水たらして大変苦労してお米を実らせる。

ところが普通の年でも半分は年貢として取られちゃうんですが、飢饉が続きますと、定量に加えて、お前たち前の年にちゃんと納めてなかっただろうということで、ほとんど農民自身は米を食べることができなくて、粟、稗(ひえ)、蕎麦で飢えをしのぐ。それでもどうしようもなくなってくると、彼らは百姓一揆に立ち上がります。

しかし、これは九九・九九％負けます。なぜ負けるかというと、そのころは何年も飢饉の続いたあとのことですから、農民の体はガリガリ。もうやせ衰えて、体力がないんです。ところが向かってくる武士たちは健康そのものなんですよ。代官屋敷を襲うときにも、農民たちはせいぜい竹槍とか鍬ぐらいしか持っていないんですけれども、武士たちは刀、槍、弓、鉄砲を持っているわけです。

ところで、武士たちが健康であるのは、これは農民が納めた米を食べているからです。それから、彼らが持っている武器は武器商人から買ってきたわけですが、それは年貢米を大阪で千両箱か何かに替えまして、それを手形か為替かどっちか分りませんが、元にして購入した武器です。ですから、自分たちを殺しにやって来る武士たちの、その健康な体と手にしている武器は、全部元はといえば農民が生産した米です。

これが一番ある意味では分りやすい「疎外」の説明になっているのではないかと思うのですが、いかがでしょうか。この石川の地も、かつて一向一揆の本拠地だったかと思いますが。

ところで今「疎外」という概念についてちょっと御説明しましたが、哲学の世界で疎外のことがテーマになり始めたのは、実はそれほど古くはございませんで、一九世紀初頭のヘーゲルからです。先ほどもちょっと名前が出ました。それからフォイエルバッハ、マルクス。マルクスもさっき触れました。それから二十世紀になって、

マルクーゼとか、サルトル、こういう人たちが大いに論じたものでした。ちょっといま下火になっていますけれども。

『リア王』という作品は、考証によると初演が一六〇五年の冬から一六〇六年の春にかけてだといわれていますから、哲学の世界で疎外論が論じられるようになるより二百年ぐらい前です。ですから、果たしてシェイクスピアは『リア王』の戯曲のなかに疎外を主題として込めているかというと、これはすぐにそうだとはいえません。はたしてそのようにわれわれが読むことができるかどうか、ということで、以下をお聞きいただければと思います。

レジメ〔割愛〕の真んなかに、三つの視点ということで列記しておきました。「親が実の子に背かれる。」これは昨日ですか、Ⅰさんには三人お嬢さんがいらっしゃるということですが、お嬢さんでよかったと私は思いますよ。野郎だと、私は三人息子がいますけれども──私自身、父親を裏切っていますが──息子どもはやっぱり親のいうことを聞かないですよね。だから子どもは自己実現の産物であるのに、また子どものことを愛の結晶といったりしますけれども、長じると大なり小なり親を裏切るものです。これは今日は触れません。〔本書第一章Ａ pp.11-15 を参照〕

二番目、「人間性が物化される」。最も本質的な契機ということで、今日、このあとお話しさせていただきます。

三番目は、これも今日は触れられませんけれども、疎外という意味の英語は二つありまして、「estrangement」（イストレィンジメント）というのと、そこに書きました「alienation」（エイリャネイション）。この alienation というのはフランス語から来るようでございますが、これのフランス語の元をたどっていきますと、実は『リア王』の物語の展開そのままに当てはまるということを私はあるとき

発見しまして、びっくりしたんです。今日はその話はいたしませんけど。〔本書第一章C pp.36-43 を参照〕

● nature with merit を巡る問題

ようやく、ここから本論でございますけれども、レジメをごらんください。今日はほとんど冒頭の財産分けのところの、リアとコーディリアの言葉の分析に費やすかと思いますが、リアがこういうんですね、その三行。

その前にまたちょっと余談でごめんなさい。実はシェイクスピアの劇は、ほとんどが詩です。散文のところは何か意味があって意図的に散文にしているんですけれども、実はここも詩なんですね。だけど非常に緩やかな詩でして、弱強五脚無韻詩というんですけれども、いまちょっと私、極端なイントネーションで読んでみます（ゴチックの音節が強拍。イタリックの語句の意味は後述）。

Which of you shall we say doth **love** us **most**?
That we our largest bounty may extend
Where *nature* **doth** *with merit* **chal**lenge.

これは弱強が一行で五回繰り返されていて、弱強五脚です。それから、行末が韻を踏んでおりませんので、無韻詩ということになるんですけれども、さて直訳をしますと次のようになります。ただし原文の二行目と三行目をひっくり返して訳してみました。

　お前たちのうち、だれが一番この父のことを愛しているといえようか。

親を思う自然の情（nature）が外的な美点（merit）としても現れている者こそ、わしから最大の慈愛（bounty）を求める権利（challenge）があるのだし、

わしとしても、その者に最大の報奨（bounty）——これは「土地財産」を意味します——を与えよう（extend）と思うからだ。

　もちろん、こんな長ったらしい翻訳が実際のお芝居の台詞として使えるはずはございません。ということでレジメの二枚目の真んなかから以下、参考比較ということで、それも全部ではございませんが、実際に芝居に使われた過去の翻訳を紹介しておりますのでご参照ください。〔本書第一章 p.21 注＊を参照〕

　このたった三行のなかに、私の視点からいいますと、三つ問題がある、人間性に照らして三つ問題がある、というのがレジメの二枚目でございます。まず 1) でございますが、bounty に二つの意味があるんですね。α として、恵み深さ、博愛、寛大ということで、これは精神的なものです。β としまして、贈り物、賞与金というのがありまして、現ナマみたいなものです。先ほどの台詞のなかで、リアは二行目の bounty という言葉のなかに、無意識にであれ α と β の両方の意味を込めていたのは明らかだと思います。これが問題の一つだった。

　しかも二番目ですが、「love most」と「largest bounty」ですけれども、両方、最上級ですね。それをほとんどイコールというか、love most だったら largest bounty を与える、と。つまり愛というのは精神性のなかでも最も気高いもの、というと問題があるかもしれませんが、エロスも含めてですが、やはり一番純粋な人間らしさが込められる、そういう徳目だと思うんですけれども、その最上級

に一番大きい bounty を対応させたわけです。

　それも、まだαのうちはいい。一番大きな慈愛を与えるというなら、まだいいんですけれども、βの意味で一番広い領土を与えるよ、となった場合、果たしてそこに不純なものが紛れ込んでいないだろうか、ということです。

　三番目に、三行目をもう一度ごらんください。私、イタリック体で強調しておきましたが、「nature with merit」とありますけれども、merit つきの nature ということですよね。あるいは merit に伴われた nature。この nature も merit も、両方とも娘の側に要求されています。そう取らない翻訳もあるんですが、ここでは娘の方だとします。〔本書第一章 pp.19-20 参照〕

　ここで確認しておきますと、三人の娘たちにまずもって要求されている nature（自然の情）がリアの bounty のαに対応し、これと平行して、彼女らに付随的に要求されている merit（外に表現される孝行）がリアの bounty のβに対応する、ということです。

　話がどんどん先駆けちゃって申しわけないんですけれども、nature が前向きというか積極的、かつ、merit つまり外に現れる態度や言葉も前向き。こういう組み合わせは当然あっていいんですが、例えば電車のなかで座っていて目の前に老人が立ったときに、a「喜んで席を譲る」というやつです。nature も merit も両方とも○という組み合わせです。なかには強者がいまして、b「全然譲る気もないし譲らない」という若者もいるわけです。これはこれで、あっぱれなんですよ。×と×の組み合わせ。ところが世のなか、そうばかりではありません。c「好意があっても席を譲れない」というはにかみ屋のタイプの人間が必ずおります（○で×）。反対に、d「内心は嫌だが席を譲る」というのもいるんですね（×で○）。

実は c の、nature は○だけれども、merit は×だという、これの代表が三女コーディリアなんです。彼女の場合、はにかみというのとは事情がちょっとちがうと思いますが（後述）。反対に、d「内心は嫌だが席を譲る」、これはいいかえると、内心はお父さんのことをちっとも尊敬していないのに、態度・言葉では、もうベラベラベラベラおべんちゃらをいう、これがゴネリルとリーガンの長女・次女です。

　皆さん、同じお父さんお母さんから生まれた三人の娘が、なぜこうも性格が違うんだろうかと、ちょっと疑問に思われるかと思うんですが、私の解釈は、長女・次女ともに人妻だからです。公爵夫人ですから、だんなを含めて自分たちの公爵家の土地財産というのが何をおいても一番に重んじられる。それに対して、コーディリアはまだ結婚していません。ですから、素朴な人間のままということで、三人は c と d に区別されるのかなと。

　ところでお父さんのリアは、「nature with merit」を要求しておきながら、その判断パターンは非常にシンプルでして、両方のうち、目に見えるのは merit だけです。耳から聞けるのは merit です。nature の方は見えませんし、聞けません。ですから、merit が○だったら、きっとそのしゃべり手の nature も○に違いないというふうに推測するんですね。逆も逆で推測するんですよ。つまり、c と d の、○と×をひっくり返したちょっとひねくれた結びつきについては、思いもつかない。

　それはなぜかというと、軽く触れますと、彼は戦国時代の王だからです、というのが私の解釈です。古代イングランドの架空の王様ではありますけれども、それにしてもヨーロッパの歴史でいいまして、御存じのように封建制の頃です。封建制というのは、特に戦争

で武勲のあった武将たちに公平に土地を分ける。封土ですね。日本も全く同じだったわけですけれども。ですから「戦勲」という意味でのmeritは目に見えます。敵の大将の首を持ってくれば、もう明らかですから。それから劣勢の戦いを奮戦して勝ちに導いた、これは非常に目に見えますから（マクベスの場合）。だからmeritが○の部将に、はっきりそれに比例して土地を与えるというのが王様の役割ですから、リアはそういう発想しかできなかっただろう、ということです。そこはちょっと今日のテーマとそれほど関係ないということで、はしょらせていただきます。

　次に、長女ゴネリルが先ほどのお父さんの三行の質問に最初に答えるわけですけれども、どんな答え方をしたかということを確認してみたいと思います。私、いろいろな訳で読んでいますけれども、一番読みやすいのは、何といっても小田島雄志の訳です。彼は一人で三七本全部訳しておりまして、大変見事な訳ですが、そのテキストによりますと、「長女としてお前からいうがいい」といわれまして、一番バッターとしてゴネリルはこういいます（小田島訳）。

私がお父様を愛する気持ちは言葉では尽せません、——といい
　ながら、このあと、言葉で尽すんですけれども——
この目よりも、限りない自由よりも大切な方、
あらゆる評価を越えた豊かですばらしい方、
真善美を備えた命にも勝る方として、
子供が父親に捧げうる最大の愛を抱いております。
その愛は言葉を貧しくさせ、唇を閉ざさせます、
これほどの愛、と口に出していえる以上の愛です。

と答えるんですね。よくまあこんなにおべんちゃらがいえるか、というぐらいなもんですが。次女リーガンについてははしょりまして、最後にコーディリアは何と答えたかというと、コーディリアは何も答えないんですよ。レジメの三ページ目の一番うえですけれども、これも英語から確認しましょうか。これは二人の姉の弁舌を傍らで聞いているときに、コーディリアが傍白する箇所です。

What shall Cordelia speak? **Love**, and be **silent**.
——ちょっとはしょりまして—— since I am sure, my **love**'s
More ponderous than my **tongue**.

抑揚のことはおきまして、上の原文の私の試訳でございます。

何といおうかしら。〔父上を〕愛しながら黙っていよう。
……　だって、私の〔父上への〕愛情が
私の言葉よりも重いことは、はっきりしているのですもの。

と内心語る。ゴチック体にしましたけれども、love というのは nature です。愛する気持ち。silent というのは、一言もいわないという意味ですけれども、すなわち no merit ということです。口に出していわないということです。それは三行目の tongue（舌）と呼応するわけです。tongue よりも私がお父さんを愛しているという気持ちの方がよっぽど重いんだから、それを口に出していう必要はないんだ、とここで確信しているわけですね。つまり彼女はここで、nature *without* merit で通そうと決意したということです（merit なしの nature 一本槍）。

その直後に、コーディリア、おまえは何というかな、といわれたときに、これも英語の方からいきましょうか。Nothing、今はナッシングと発音しておきますが、当時はノゥティングと読んだんだそうです。

Cor.：Nothing, my lord.
Lear：　　　　　　　　Nothing!
Cor.：　　　　　　　　　　　　Nothing.
Lear：Nothing will come of nothing: speak again.

　最後のリアの言葉をいい換えれば、「No bounties will come of no merits.」ということになるはずで（merit のないところからは、ひとかけらの bounty も出てこない）、ここはものすごく緊迫した場面だと思います。コーディリアの短い返答、リアの Nothing、コーディリアがもう一度 Nothing。これで一行なんです（ただし四脚しかない）。だからもう丁々発止でパンパンパンパンときて、そしてリアが、一呼吸（一脚分）置いてでしょうね。「Nothing will come of nothing: speak again.」
　日本語でいいますと（以下、試訳）、

コーディリア　〔申し上げることは〕何もございません、お父さま。
リア　　　　　　　　　　何も！
コーディリア　　　　　　　　　何も。
リア　何もないとすれば、何も譲ってやらぬぞ。いい直せ。

というんですね。でもいい直さないんですよ、コーディリアは。

このまま通しちゃうんですね。それでリアは激怒します。

今のところの台詞からすると、リアのところでいいますと、「Nothing will come of nothing.」の主語のNothingは、明らかにbountyですね。それもαの気持ちの方よりも、どっちかというとβの領土分割の方かなと思います。後ろのnothingは言葉ですよね。meritです。口に出してどのように自分のことを愛しているかをいわないとすれば、お前にはびた一文土地財産はあげない、といっているわけです。

このリアの「speak again.」というときの理屈からすると、さっきはmeritつきのnatureはどうかと質問したのですけれども、あのときに既にnatureよりもmeritを要求していたということがばれます、分ります。だからどっちかというと、極論すると、natureの方は余り問題にしないというか、問題にできないんですね。先ほどの推測でいいますと、meritが◯ならnatureは◯のはずだ。meritが×なら、それはきっとnatureがないからだ、というふうにしか考えておりませんから、meritを強く要求しているということが、ここからもはっきり分ります。

ですから一つの結論として、これはまだたったの第一幕第三場をお話ししているにすぎないんですけれども——シェイクスピアの劇は古典ギリシアの悲劇と同じで、すべて五幕物ですが——第五幕のラストで彼は悶死するわけですけれども、その悶死に至る悲劇の元は実はここ(第一幕第三場)にあったわけですから、これは自縄自縛というしかないと思いますね。自分で自分の首を締めている。それも疎外の一つの解釈になってくるかなと思うんです。

●コーディリアという名の秘密

実は、ここでまたちょっと余談なんですが、コーディリア(Cordelia)という女性の名前って、この作品以外に聞きませんよね。イギリス人でコーディリアという少女とか女性、いるんでしょうか。私、これについては解説とかで何も読んでいないんですけれども、あるときふっと疑問に思って、ラテン語でこれを考えてみたんですね。

　これ、「Cor + de + lia」と分解できます。最後の lia というのは、恐らくリア王の Lear の発音をそのままラテン語風に簡単に書いたのかな。「Cor」というのは、ラテン語で「心」「気持ち」という意味です。「de」というのはラテン語で「〜に由来した」という意味で「〜から」の意味ですが、そういう意味で「〜の」と取ってもいい。そう解釈すると、「リアの気持ち」「リアから譲り受けた気質」というのがコーディリアの名前なんですよ。ですからこの名前は、シェイクスピアがこの戯曲を書くときに意図的に創作したんだと私は思います。

　そうすると、このコーディリアの強情さ、頑として自分が確信を持っていることを譲らない。いえといわれてもいわない。この強情さは、実はおやじさんの資質を受け継いでいるといえなくもない。――その意味でも、リア王は自縄自縛ですよね、さきほどとはちょっと微妙に違った意味になってきますけれども。いずれにせよ、三人の娘のうちで一番リア王に似ていたのは、やっぱりコーディリアだったんだと思います。

　その強情さの意味なんですが、この場合は、お姉さん方がめちゃくちゃおべんちゃらをいっているわけです。それを横で聞いていて、この疎外の場面、人間性が疎外された場面にいたたまれなくなったんだと思いますけれども、つまり nature を merit でごまかすとい

うんですか、nature と merit の疎外された癒着、を拒否している。彼女のこの「Nothing, my lord.」は疎外の拒否宣言であるといえないだろうか、というのが私の『リア王』解釈でございます。

●比例と狂気

今までの話とつながるかどうかわからないんですけれども、ここで皆様方に何かの話題になればということで、リア王がうえ二人の娘たちに裏切られていくとき、これまた哀れなんですね。何度読んでも泣けてくる話なんですけれども、その場面についてちょっとお話します。

最初百人のお付きがいましたね。半月もたたないうちに長女ゴネリルが、「お父さん、これ以上私のところに留まりたいとおっしゃるならば、お付きの騎士を五十人に減らします」といったんです。そうしたらば、リアはまだ気張っていますから、「おれにはもう一人娘がいる」といって出ていくんです。そのときのリアは、一番最初に裏切ったのはコーディリアだと思っているんですが、いまこの場で長女ゴネリルも裏切った。おれにはもう一人娘がいる、というか三人中もうあと一人しかいないという勘定なんですけれども。そのリーガンのところへ行ったら、「お父さん、何をおっしゃるの。毎月、一月ごとに替わるという約束なのに、その日が来ないうちに私のところに転がり込んでくるとおっしゃるのなら、五十人でも多すぎます。私のところでは二五人にさせていただきます」と。ちょうど半分がまた半分ですね。これだけでも哀れなんですけれども、リアはここで待てよと考えるんです。比例計算をするんです。さきほども戦国の王の第一の仕事は、部下の戦功に比例して土地を分け与えることだといいました。その習性の延長上でだと思うんですけ

れども、ここで長女のゴネリルに向かって、「お前のいう五十は二五の倍だ。だから愛情も二倍のはずだ。お前のところに戻ることにしよう」っていうんです。このもののいい方自体、屈辱的ですが、それでもリアはここまでは正気でした。それと、ここにも外面的なmeritから内面を推し量る、という習性が読みとれます。はっきり台詞にあるんですけれども、「五十は二五の倍だ。だから愛情も二倍だろう」と（いう意味のことが）書いてあるんです。その前に当のゴネリルによって百から五十に減らされたということは何か忘れているみたいなんですけれども、でもまだ正気。

ところがゴネリルの返事は、「お父さん、さっき私にさんざん悪態ついて、次女のところへ行くとおっしゃったんでしょう。それをいまさら私のところへお戻りになりたいとおっしゃるのでしたら、お付きは一人も要りません」。ということで、一日のうちに百からゼロになっちゃうんです。

ちょっとここはこじつけになるんですが、ラテン語で比例というのはratio（ラチオ）というらしいんです。私はラテン語がよく分からないんですが、英語に*ratio*nalという単語があります。ご承知のように合理的、理性的というのがこの形容詞の意味なんですが、そのもとがラテン語のratioなんです。ですから、比例計算ができる能力が「理性」なんです。

理性というのは、これは語弊があるかもしれませんが、実はそれほど大した能力ではなくて、「Ａ：Ｂ＝Ｃ：Ｘ」というときに、ＸがＡ分のＢＣだ、それが計算できる能力のことを理性というのだとすれば、リアはここまでは正気を保っていたんです。ところが、ゼロだといわれた途端に彼はパニックに陥ります。というのは、ＡＢＣのどこかにゼロが入ると比例計算が成り立ちませんから（とくに

A)。それでどうなるかというと、彼は狂気に陥って、荒野、嵐の場にさまよい出ちゃうんですよ。

　よくできているといえばよくできているんですけれども、そういう意味で、ここまでシェイクスピアが計算したうえで戯曲を書いていたかどうか分りませんが、そのように解釈することはできるのではないか、ということで、またお芝居をごらんになるような機会がございましたら、その辺の場面にも注目をしていただければと思います。

Ⅱ　イアーゴゥと悪の問題

　後半は「イアーゴゥと悪の問題」ということでお話をさせていただきます。イアーゴゥといいますのは『オセロー』という戯曲に出てくる悪漢です。実はシェイクスピアには、このイアーゴゥに限らず、悪人というのがかなり何人も出て参ります。

　御存じのところかと思いますが、ちょっと確認をさせていただきますと、初期の作品でいいますと、『リチャード三世』という戯曲のタイトルロールのリチャード三世。これは実在の人物ですね。それから『タイタス・アンドロニカス』という古代ギリシアを舞台にした悲劇がございますが、主人公とはいえないんですが、タモーラという女王とその愛人アーロン。それから前半では触れられませんでしたけれども、『リア王』のなかに出てくるグロスター伯爵の次男、というよりも私生児のエドモンド。それから『マクベス』に出てくるマクベスその人と夫人。あと小者の悪人なんていうのは、もう数え切れないぐらい出てくるんですが、大物のなかでいうと、この『オ

セロー』のイアーゴゥは外せないかな、ということです。

これまた粗筋を確認させていただければと思いますが、先ほどの『リア王』より長くなるかもしれません。［粗筋については本書第一章pp.197-199を参照］

これまた救いようのない悲劇でございまして、皆さんからは、何でそんなもの観に行くんだといわれそうですけれども、今日はイアーゴゥの方に焦点を当てまして、ちょっとお話をさせていただきます。

● イアーゴゥの動機

まずレジメに戻っていただきますと、「a 動機」とございます。イアーゴゥの動機というのは、分かりやすくいいますと三つ確認できると思うんです。功績のあった自分を差しおいて若造のキャシオーを副官にした、これはけしからん。それから妻のエミーリアが、うわさとはいえオセローと浮気をしている。これは、もっと許せない。それから三番目に、イアーゴゥ自身デズデモーナに片思いをしているんです。惚れているんですね。そういう意味では、午前中のセミナーではありませんけれども、雌雄選択というか、雄同士の争いといえばいえる。

イアーゴゥにもちょっと同情すべきところがあるというか、見どころがあるというか、余り強調するのも何ですが、イアーゴゥも昔、嫉妬に苦しめられたことがあるということが台詞から分かります。というのは、オセローが自分の罠によって、どんどん嫉妬に狂っていくさまを見て、嫉妬に苦しむというのは地獄の苦しみだ、ということを傍らで独白します。ということは、イアーゴゥ自身、嫉妬がいかにベトッとしたもので、なかなかぬぐえないものか、というこ

とは体験済みなんだと思います。

　他方、オセローの方ですが、彼はなぜデズデモーナを絞め殺したのか。それはもう嫉妬の一言なんですが、嫉妬という情念がどんなに人間にとって重たいものであるか、厄介なものであるかということ、これはこの劇全体を通じて、本当に否が応でも伝わってきます。

　ちょっと脱線になるかもしれませんが、午前中の生物学の話に関連しているといえばいえますし、こじつけといえばこじつけなんですけれども、人間の頭の断面です（後ろの白板に人間の頭の縦断面図を書く）。簡単にいいますと、まず神経の車台というか脊椎があって、それからＲ複合体といわれる爬虫類の脳みそ。それから真んなかに中古脳。あとは人間の場合、一リットルぐらいですが大脳新皮質があるといわれています。

　理性はこの辺です（前頭葉の部位を指す）。側頭葉もそうですけれども、感情を理性で抑えるといったとき、ここが活躍するはずなんですが、さて実際はどうかというと、実は中古脳というところがホルモン分泌を全部つかさどっています。ですから、愛、憎しみ、怖い、うれしい、幸せ、不幸せ、といった感情は全部この中古脳のホルモン分泌によるんですね。ですから嫉妬というのも、ここから出ているはずなんですよ。感情を機能させているここの脳みそが働き始めると、勝手に自分で働き始めます。それは進化論的にいって非常に生存価が高かったわけです。たとえば、ライオンを見て恐ろしくなって逃げる個体は、生き延びる。ライオンを見ても何も感じずにぼーっとしているやつは大体犠牲になりますから、子どもを残せない。そう考えると、嫉妬というのも絶対、高等哺乳類が生き延びてくるのに役立ったはずです。余り嫉妬しない雄は、結果として余り異性に恵まれなかったんでしょう。

ところがここの脳みその仕事は、理性ではコントロールできません。ですから、ここが一たん走り始めると、大脳新皮質が、いかん、お前もうちょっと理性的になれ、冷静になれ、といってもなかなかそうはいかない。そういう事情がこの『オセロー』という劇のなかからも読み取れるかなと思ったりしております。

　動機の話はそのぐらいにさせていただきまして、つまりイアーゴゥの方にも、幾つかある動機のなかの一つに嫉妬というのがあった。それを拡大して、オセローの方に押しつけちゃったと、この物語は結局そういう話でしょうか。

●人間の自由
　次に、「ｂ方法」というところに移らせていただきます。ここで別紙をごらんいただけますでしょうか。漢字がいっぱい並んでいる別紙でございます〔割愛〕。これは毎年、学生に授業でしゃべるときに使うプリントで、ザッとうえからストーリーになっております。大学の授業のようで大変恐縮なんですが、イアーゴゥの話に非常に密接に関係する話としてお聞きください。

　人間の自由というのは何なんだろうというと、私は一言でいって「はかりごと」だと思います。「人間の」というところもみそでして、神様が本当にいらっしゃって、神に自由があるとしたら、それはこんなみすぼらしい自由ではあり得ない。人間という非常に制限を背負った、そういう生物に許される自由はこうだと。

　まず〔別紙の冒頭〕「企てる」ですね。これは「鍬を立てる」という語源から来ていることがはっきりしています。春、農耕を始めるときに、村長(むらおさ)が先頭に立って、冬のあいだにガチガチに凍った畑・田んぼを耕し始めるわけです。春祭りです。ですから、その日は象

徴的に鍬をザクッと一鍬加えただけで、あとは春祭りになっちゃうんでしょうけれども。大事なことは、農民にとって春祭りの日に鍬を立てる、その瞬間には秋の収穫が全部思い浮かんでいます。それどころか、明日から九月までのあいだにどんな苦労を重ねなきゃいけないかということも全部イメージできていますし、準備も怠りなく用意されております。それが「企て」なんですね。

　企てと同じ意味の言葉に「はかる」という日本語がございますが、この「企て」「はかる」というのは、分解しますと、三段階ないし四段階から構成されています。まず最初に「目的」を立てます。たとえば、去年よりも一割増でお米を取ろう。ですからまず目的を立てます。

　二番目に「手段」を整えます。それが一割増の目的だったら、もみも一割増で苗にしておかなきゃいけない。それから労働力の計算もしておかなきゃいけない。隣近所、いろんな労働組織があったんでしょうけれども、それの労働日をちょっと増やしておかなきゃいけない。そのためにはちょっと隣近所と仲よくしておかなきゃいけないとか、いろいろ手だてを整えるわけです。

　三番目に「実行」しなくてはいけません。四月から九月のあいだも水の調整とか除草とか実行の連続ですが、それは全体としては道具を用意し手段を整えるというところの実行なんですけれども、稲作でいうと、まさに台風一過、稲刈りをする、この労働が一番肝心な「実行」ですね。これで三段階。目的を立て、手段を整え、実行する。

　しかしながら、失敗する場合があります。あるいはこのままではうまくいかないことが確実に推測される場合がありますから、おりおり「補正」をします。手段の再整備。でも時おりは、これはもう

どうしてもだめだというので、いま世界じゅうの会社の皆さんは、収益の見直し、下方修正をしているはずですけれども、あれは目的そのものを変えちゃうわけですね。大学入試でいうと、ある大学を目指して、現役、一浪、二浪と頑張ったけれどもだめだったとなったら、それまでは受験勉強の仕方でいろいろ工夫してきたにしても、四回目はやっぱり志望大学を変えますよね。

　そういうことで、人間の自由、いいかえますと自己実現というのは結構面倒です。目的を立て、手段を整え、実行する、補正をする。それらが全部込められて、そこ〔別紙〕に漢字が一七四個ありますけれども、いまはそうでなくても、かつては「はかる」と読まれていたということが漢和辞典から明らかになりました。

　一番から七番までは、いまでも「はかる」、あるいは「はかり」と読みますが〔p.209注＊参照〕、八番以降は、私なんかも最初にピックアップしたとき、えっ？この漢字も昔は「はかる」と読んだのか！というふうに驚いたものです。

　たとえば一一番「疑」。人を疑うことも、ある種の「はかり」ごとです。証拠がなくてはいけません。

　それから一三番「画」の字も「はかる」と読んだんです。一番うえの「企てる」、これは「はかる」と読まないんですが、「企」とこの「画」の字と合わせて「企画」ですから、皆様方のなかにも何々企画課の課長さんとかおいでになるわけですが、みんな企てです、はかりごとです。

　一六番「商」。商人はみんなはかりごと。仕入れ値と売り値、それから顧客はウィークデーはどのくらい来て、週末はどのくらい来るか。雨が降るとどのくらい減るか、全部計算しますね。

　一七番「揆」。百姓一揆は、前半の疎外のところで触れましたが、

非常に命がけの企てです。はかりごとです。

二五番「論」もごらんください。皆様方、このセミナーで議論しておられますけれども、これもはかりごと。

三十番「宅」。皆様方、もうマイホームをお持ちだと思いますが、これも企て。はかりごと。

三六番「究」。研究もはかりごと。

三八番。「国」盗り物語は、これは本当にスリリングなはかりごとでして、斎藤道三は途半ばで失敗しましたが、織田信長は九九％成功したところで、野望が潰えたわけですね。

五四番、「財」テク、これもはかりごと。六三番、「訪」問もはかりごと。八五番、「契」約もはかりごとですし、八六番、「裁」判もはかりごと。九五番、これ（「稽」）は何といいましょうか、トレーニングもはかりごと。九九番、ここに「課」長さんは多いと思うんですけれども、先ほどの企「画」課の課長さんに限らず、課長さんはみんなはかりごとのリーダーなわけです。それから一〇三番、「爵」の字がございますが、先ほどのリア王は、この爵位を授ける、叙するということで、一生懸命はかりごと、いい換えれば比例計算をやっていたわけです。

こんなふうに見ていくとそれだけでも面白いんですが、人間の企てがほとんど網羅的に載っていまして、中国人が異なった発音で読み分けた漢字を、日本人は恐らくボキャブラリーが少なかったせいだと思いますが、みんな「はかる」と読んじゃった。でも、これはなかなかわれわれの議論にとって都合のいいことなんです。

ごらんになっていただくと「ごんべん」が多いんです。それに続いて「てへん」「きへん」も多いんですが、それには理由があると思いますが、これについては割愛させていただきます。

時間の関係でどんどん先に進ませていただきますと、〔別紙の〕下から六～七行目のところにアステリスクがございます。「捗」、この「はかどる」という字は仕事の進捗状況を指していいますけれども、うえの三番にあります「量」の字、はかると読みますね。その「はか」を「とる」で「はかどる」ですから、取得の「取」るでもいいし、獲得の「獲」るでもいいんですけれども、量をたくさんとることが「捗る」という動詞の原義です。

　それがうまく進んでいるときには、「はかばかしい」わけですね。なかなか思うようにならないことを「はかない」といいますけれども、「はか」がないわけですね。ちなみに「儚い」という字は、これは和製漢字ですから中国人は知りません。

　〔別紙の〕3) にいきますと、そうすると企て、はかりごとというのは、本質は何だろうかということで一歩進めて考えると、この「謀」の字、「はかる」のほかにもう一つ読み方がございます。答えを申し上げてしまいますけれども、これは「たばかる」とも読むんです。「はかる」に「た」がくっついているんですけれども、これは何だろうと考えて語源を調べると、「他者」という説明があります。つまり他をはかるわけです。他人をはかっちゃう。

　そうすると連想として、4) にいきますが、「企む」。この「たくらむ」という字は、実は 1) の「くわだてる」と同じ漢字です。「企て」は「企み」なんです。このたくらみの「た」は、やはり他者なんです。他者の何かを「眩ませる」わけですが、その何かというのは、当然、判断力です。

　大体、結婚生活そのものが企みだと私は思うんですけれども、お互い何かいいことを期待して結婚するけど、結果はさにあらずという感じですよね。企み、企てです。

〔別紙の下の方〕Cf. で「誑」という字を載せておきましたけれども、ものすごい漢字ですね。ごんべんというのは、証明なしで申し上げますと、人間の理性を指しますから、「誑」とは、理性を狂わす、ということです。先ほどの alienation の語源にも通じるといえば通じます。読みは「たぶらかす」といいまして、他者をぶらかす。二つ語源があって、「ぶれる」ようにするという意味と、「ふれる」ようにする。ふれるというのは、「気がふれる」のふれるです。どっちもほとんど同じ意味になってくると思います。相手の判断力、理性を狂わせる。

私が非常にうれしかったのは、そんなに前の話じゃないんですけれども、『源氏物語』をずっと読んでいたら、この漢字が出てきたんですよ。ですから、十一世紀初頭にも、この「誑す」という単語は少なくとも貴族社会では使われていたことになります。

さて、これら一連の言葉を一番ありふれた日本語でいうとすれば、5) に示しましたが、「騙す」ということです。ところで最初にも申しましたが、「騙」という漢字は「かたる」とも読む。詐欺師のことを「かたり」といいます。しかし「かたる」といえば、speak の「語る」だろうということで、〔別紙の〕一番下まで来ました。つまり「語る」は「騙す」だ、ということです。

● 「騙す」の語源
ちなみに、ちょっと早口で恐縮ですが、この「騙す」という漢字についての語源を、ある中国から来た聡明な留学生から私は聞いたことがあって、非常に感心をして、一回で覚えちゃったんですけれども、ちょっと皆さんに御紹介します。

時代はもう随分昔だと思いますが、匈奴が漢民族を襲ってくる。

それで万里の長城をつくったんだと思いますが、それ以前の話です。その騎馬隊が突っ込んでくるわけです。漢民族の方が文化的にも技術的にも上ですから、優秀な武器とか軍事作戦で大概防ぐんですけれども、ところが一度、大敗を喫したことがあったんだそうです。それは、前方の荒野から大軍の軍馬が押し寄せてくるんですが――これは斜めに突撃してくるのでないと話が通じないんですけれども――その日はおかしいんですね、馬だけ突っ込んでくるんです。敵軍の兵士が背中に乗っていないものですから、何だこれは？と中国軍がいぶかしがっているあいだに、あり得ないことが起こった。その馬たちがもう中国軍の陣地の目前まで来たときに、何と馬のうえに敵の兵士が乗っているんですよ。それでフロントを突破されて、そのときに限って漢軍が大敗を喫した、とその留学生がいうんです。

どういうことかというと、馬の見えない方の腹の側面に、匈奴の精悍な兵士たちがへばりついていたらしいんです。それで号令一下、陣地の直前でさっと馬上に乗って、槍でしょうか、刀でしょうか、それで中国軍を突破したということらしいんです。

要するに、中国軍は騙されたんですよ。逆にいえば、このときは匈奴の方が新戦法を「企んで」中国軍を眩ました。中国軍はまんまと「企まれた」わけです。匈奴側は相当特訓したんでしょうね。それでこの屈辱を忘れないように、中国人は「馬」の片側に「扁」（平たい→へばりつく）を旁（つくり）として付けて、「騙」という表意文字を作って残したと、その留学生は説明していましたけれども、これが本当の語源かどうかはちょっと私も分りませんが、よくできた説明だなというふうには思いました。

〔別紙の下段の〕欄外の二行ですが、まず、ドストエフスキーの全く有名でない恐怖小説のなかにある台詞です。「というのは、生

きるということと、嘘をつくということは同義語ですからね。」断片もいいとこですけれども、意味深長でしょう。それから次に、ニーチェがこういっています。「ところで善人どもの生存条件、それは嘘なのだ。」このような片言隻語を引用して、それで学生たちを煙に巻くというのが私の日ごろの授業でございます。あっ、今日はここにいらっしゃる皆様方を煙に巻くつもりはございませんので、誤解のないようにお願いします。

● 言葉の本性

これが、イアーゴゥの悪の本質として横たわっているのではないか、と私は思っております。つまり、これから少し見ていきますけれども、イアーゴゥの武器は言葉だけです。まあハンカチもありますが、あれはほんのエピソード。ほとんど言葉一つでオセローを狂わせていきます。嫉妬にのた打ち回らせるんですね。何でないかといえば、剣ではない、金でもない、容姿でもない、権力でもない、数頼みでもない、言葉だけがイアーゴゥの武器だと。

これは実はシェイクスピアと同じなんですよ。シェイクスピアというのは、伝記がよく分らない人なんですけれども、でもふっと気がついたら、ロンドンのグローブ座で頭角を現わしていた。最初は全く下っ端の、端役の役者だったはずですけれども、そのうちピンチヒッターか何かで台詞を書かされたときに、見事な言葉遣いをしたんでしょうね。それでどんどん頭角をあらわして、しかも彼はなかなかしたたかなんですね。グローブ座の株をどんどん買い占めまして、案外早く座長になります。社長になります。

それだけではありません。当時のエリザベス女王に阿って、というと何ですけれども、女王一番のお気に入りの劇団にのし上がり

ます。庇護を受けるんです。その意味で、シェイクスピアは口八丁手八丁で——まあ株は買ったかもしれませんけれども——のし上がっていったということで、イアーゴゥの一面はシェイクスピアの化身かもしれません。逆にいった方がいいかもしれませんね。シェイクスピアの持っている本質の一部がイアーゴゥのなかに表現されている可能性があります。

　他面としては、ハムレット、あれもシェイクスピアかもしれません。「To **be**, or **not** to **be**, that **is** the **ques**tion.」（ゴチック部分が強拍）というあれです。「生きるか死ぬか、それが問題だ」というやつです。脱線はこのぐらいにしまして、イアーゴゥに戻ります。

　武器が言葉だけだということは、少しいいかえますと、知恵ですよ。頭のめぐりというんでしょうか。イアーゴゥは、目的を立てました。オセローとデズデモーナとキャシオーを破滅に追い込むという目的。次に手段を整え、道具を誂（あつら）えたんですが、手段・道具は言葉だけなんです。それとハンカチ一枚。こんなもので、ありもしない浮気を信じ込ませて、二人とも死に至らしめるなんていうのは、到底、実際の話としてはあり得ません。これは芝居だからこうなっているといえばそうなんですけれども。

　もちろん最低限の実行という契機は必要です。でもイアーゴゥの場合には、言葉巧みにいろいろしゃべる、手段を整えるというところが、もうほとんどそのまま実行ですね。手段と実行が一致しているわけです。

　ここで一歩つっこんで考えると、言葉が陰謀の手・段として利用されていると捉えるのでは不正確です。そうではなくて、「陰謀の主・役として働くことが言葉の本性に属する」というべきでしょう。その意味で、言葉・即・実行。「語る」は「騙る」。つまり言葉の仕事

というのは他者を眩ませることですから、その意味ではもともと言葉というのは、他者関係において何らか相手を騙すのが仕事であり、実行であり、実践だ、ということです。——皆さん、そういうふうに聞くと、非常に嫌な気持ちがすると思うんですが、私は割と平気でいっちゃうんです。

　さっき夫婦のこともいいましたけれども、たとえば仕事仲間と囲碁大会を開く、なんていうときにも、なかなか準備は大変なんですね。三〜四人だとしょぼいですし、せめて十人ぐらい集めなくちゃ。そのためには二十人ぐらいに声をかけるわけです。目玉として、部長さんぐらいに来てもらうと結構集客力がアップしますから、考えるわけです、部長さんは碁が好きだ。いや、実は碁じゃなくて将棋らしいといったら、急遽、将棋大会に変えればいいわけです。当然、部長さんに少しおべんちゃらを使って、当日来てもらうことが大事です。これも半分騙しですよ。それから参加者の方も、いや、実はその日は家庭サービスを予定していてね、そうですか残念ですな、といいつつも、何かうまいい方があるかと思うんですが、家庭サービスは翌週になさったらどうですかとか、いろいろいって、その日に十人なら十人のメンバーを集めて囲碁大会、あるいは将棋大会を開く。

　こういうふうに仲間で何か一つレクリエーションの「企て」をするということ自身も、立案者からすると「企み」(他眩み)なんですよ。「企て」は「企み」なんです。そのときに、それぞれの参加者にいろいろ事情があるのを、まあいいか、あいつがこれだけいうんだから、この日は碁の大会に出てもいいか、と思ってもらわなきゃいけないですから、これは一部分眩まされているんですよ。まあ、「企み」はお互い様、人間の共同労働、あるいは社会生活は、言葉はちょっ

と悪いですけれども、企みの網の目だと私は思います。

　ということで、もう一度繰り返しますと、先ほど言葉について「陰謀の主役」といいましたが、ちょっといい換えますと、「企みの主役として働くことが言葉の本性に属する」、と日頃から私は思っています。その意味で、イアーゴゥの言葉を使った手段、方法、手口は、見事にそのまま実行になっているというほかございません。

　そこでレジメに戻っていただきたいんですけれども、ここでちょっとだけコーディリアのことを振り返ってみたいと思います。同じ三頁の上の方「Love, and be silent.」（「〔父上を〕愛しながら黙っていよう」）と自分に命令しています。それはどうしてかというと、「since I am sure, my love's ／ More ponderous than my tongue.」（「だって、私の〔父上への〕愛情が私の言葉よりも重いことははっきりしているのですもの」）といっています。

　この台詞は、先ほど nature と merit の疎外された癒着の拒否宣言だと私は申しあげましたけれども、言葉を変えれば、この tongue つまり舌は、言葉ですね。舌は言葉を吐く道具ですから、tongue の本性をコーディリアは肌で知っていたと思います。特にお姉さんたち二人がおべんちゃらをいうのを聞いて、ますます tongue というのは本当に嘘つきだらけだ、だから私は舌は使わない、というふうに決心をする。これは先ほどの nature と merit が疎外されている、その癒着を拒否しているということと同じ意味です。彼女は tongue の本性を肌で知っていたということが、このあとイアーゴゥを見ていくなかで確認できると思います。

●イアーゴゥの悪の手法
　ということで、イアーゴゥの tongue を駆使した悪の手法を〔レ

ジメに〕六つにまとめてまいりました。これはほとんどが第三幕第三場でございまして、長い場ですが、ここには二人しか登場人物がいないんです。イアーゴゥとオセローです。この長い場面を通して、最初と最後で全く状況が一変していまして、場の最後では、もうオセローが嫉妬に狂いまくっちゃうんです。その間(かん)にイアーゴゥが使う手口は言葉だけ。

まず最初に、「当意即妙、臨機応変」というのがありまして、これがなかでも一番じゃないかなと思います。オセローが怒るんですよ。「お前、いっていることは本当か。お前はひょっとしたら、おれを騙そうとしているんじゃないか」というんですね。そうすると、「ああ、ばかな」と。この瞬間はイアーゴゥにとって一番危ない瞬間なんです。自分の企てがばれそうになっていますから。そのときに「ああ、ばかな。忠実一途に生きてきたばっかりに悪党にされるとはな」といって、もう忠告なんか止めますというそぶりを見せる。そうするとオセローは、「待て、おまえは忠実だ。おまえの話をもう少し聞かせろ」、こういう展開になるんですね。

この「臨機応変」というのは、書き下せば「機に臨んでまさに変ずべし」となるんでしょうけれども、やはりこれが一番かもしれません。言葉のやりとりだけではなくて、たとえば戦争の指揮なんかもそうだと思うんですが。軍事司令官にとって一番大事な資質は臨機応変だと思うんですが、会社経営もそうではないでしょうか。

二番目の手口は、人間の本性に照らして、ああ、それもあり得るなと思わせる術、弁舌です。これは馬鹿な青年のロダリーゴーにいうんです。彼から全財産を巻きあげるんですが、本当にこのロダリーゴーは気の毒なんです。最後は殺されますし。ロダリーゴーに、「あっというまにくっついたんだ、別れもきっとあっというま

だろう」というと、そうかもしれないと思ってイアーゴゥに金をつぎ込むんです。あっというまにくっついたのは、オセローとデズデモーナの話ですよ。別れるのもあっというまかもしれない、そうしたらお前とくっつけられるかもしれない、「だから金を持ってこい」というふうにいうんですね。

「思わせぶり」というのを三番目に書きました。これはオセローに、たいがいは声を潜めて囁くところですが、

お気をつけなさい、将軍、嫉妬というやつに。
こいつは緑色の目をした怪物で、人の心を餌食とし、
それをもてあそぶのです。

ここで一気に、オセローの猜疑心は確信にガッと進みます。まあ芝居の演出が大体そういうふうになされるんです。——余分なことばかり申して恐縮ですが、ヴェルディのオペラの名作に、『オセロー』を原作とした『オテロ』というのがあります。もちろんイタリア語で歌うんですが、この「嫉妬というのは緑色の目をした怪物で……」、ここの音楽はもうすさまじいですね。「ザ・ジェラシー」というのを歌とオーケストラの曲にしたようなものです。あの音楽は本当に嫉妬そのものという感じがします。是非機会を得て、お聴きいただけたらと思います。

それでもオセローは、なお百％確信し切れないんです。証拠を持ってこいというんです。ここもイアーゴゥからすると、ちょっとピンチといえばピンチなんです。今まで口だけでずっと騙してきたのですが、それがそうはいかなくなってきた。そこでイアーゴゥは、「証拠ですか、はっきりさせられるかもしれませんが、どうすればいい

ですか。口を開けて見物でもしますか。奥様がキャシオーに乗っかられているところを」、こういうふうにいうんです。臨機応変でもあるけれども、それ以上に「生々しい」ですよね。

ちょっとすれすれの話をしますと、この前の夜、オセローは、初めてではないにしても、デズデモーナを抱いています。オセローはムーア人か黒人です。それが年若きまだ二十歳前だと思うんですが、デズデモーナの白い肉体、豊かなバストといっちゃうとまた何ですけれども、そういうのを抱いているんですよ。それがきのうの夜の話ですから、オセローの脳裏にパッと思い浮かぶわけです。そのオセローに向かって、「口を開けて見物でもしますか。奥様がキャシオーに乗っかられているところを」と、こういうわけです。これはもうほとんど逆上間違いなしですよ。

またちょっと微妙なことをいいますと、昨晩、デズデモーナが恍惚とした表情をしたとしますじゃないですか。じゃ、あの表情はいったい誰の開発なのか、という話になるわけですね。俺を愛してるからじゃなくて、あいつに開発されたのかと思っちゃったら、もう頭はぐちゃぐちゃになりますよ。そういう意味では第四の「生々しい描写」という手法を、イアーゴゥは実にタイミングのいいところで使います。

それから五番目に、「疑問文」の活用。これも臨機応変の一環ですけれども、探っているんですよ、相手の状況とか、実際、事実どうだったのかということを。その答えを引き出しながら、それに合わせて企みを先に進める。

ですから、手相見がまさにうまく質問しながら、占ってもらいたい人の表情とか、いろんな情報から、ああ、この人は相手と別れたがっているんだな、別れたらどうだいというアドヴァイスをもらい

たいんだな、というふうに読み取って、その通りにいえばいいわけでしょう。そうするとお代も千円のところが五千円ぐらいもらえたりするわけです。それを、別れたがっているのに、いやまだ絶対チャンスがあるから、もう一回縒りを戻すように努力しなさいといったら、相談に来た人はきっと、ああこの手相見は人間というものが分かってないわね、といって千円払ってさっさと帰っちゃうということで、イアーゴゥは疑問文を連発します。

「将軍。マイケル・キャシオーは、将軍がデズデモーナに御求婚なさったとき、将軍のお気持ちを知っていたのですか」、「それがどうかしたか」、「いえ、ただ私の考えを納得させたいだけで、それ以上別に」、こういう思わせぶりな疑問文を連発していきます、というのが五番目です。

六番目ですが、「正直、卑下」、これが究極の手口ですね。馬鹿正直にいっちゃうんです。自分からうんとへりくだっちゃうんです。ずっとしゃべってきて、ほとんど九割、オセローは嫉妬に狂っています。その最後の一割の念押しをどうするかというと、ほらオセローさん、やっぱりそうにちがいないとお思いになるでしょう、とはいわないんです。

オセローさん、あなたは私の言葉から奥さんの浮気をほとんど確信なさっていますけれども……、

恐らく私の推測は間違っているでしょう。
実をいえば、これが私の持って生まれた悪いくせでして、
すぐに人のあら探しをする、
猜疑心からありもしない欠点を勝手につくり上げる——

「私はそういう人間なんです」というんです。これ、事実そのものなんですよ。だけども本人の口からこういうふうにいわれると、オセローは、「いや、お前のいうことは本当だ、お前は昔からおれに忠実だった。だから、お前がいまいったことは間違っているはずはない」というので、最後の一割がポンと埋められまして、百％罠に引っかかる。そういう手口ですね。

　これは、もちろん全部シェイクスピアがでっち上げた台詞ですから、われわれがこの手口を全部マスターしようと思ってもうまくいかないと思うんですけれども、このなかの一つ二つは、場面によっては使えるんじゃないかと、常日ごろ私は思っているんですが、いかがでしょうか。

●最悪を尽す

　最後にいい添えさせていただきますと、この戯曲からイアーゴゥの思想を読み取った場合どうかというと、彼は成功・失敗に対して、無心であって捉われていない。もちろん、やる以上は全力で成功を目指していますが、仮に失敗したとしても、落胆し切って憔悴する、なんていう人格ではありません。

　これは何かというと、〔レジメの〕四頁の下から三行目ですけれども、「人生は趣味だ」と彼は思っている可能性が高い。趣味ということでちょっと確認をしますと、私は野球が好きで、還暦が過ぎた今でもやっていますが、サッカーの好きな方もいます。皆さんのなかには空手をなさっている方もいらっしゃいました。その場合、優劣なんかないんですね。サッカーの方がすぐれているとか、野球の方がすぐれている、碁の方が将棋よりすぐれている、そういうことはないわけです。

ですから、大事なことは、自分が選んじゃった好きなものというのは、そこに全能力を捧げる、費やす、ということです。当然、負けるときもあれば、勝つときもある。でもその結果に拘らない、なぜなら、もともと趣味ですから。そういうことでいうと、碁や将棋が趣味だというのはよくわかる話なんですが、イアーゴゥの態度を見ていますと、この生きている人生そのものが趣味。

　よい人生と悪い人生の区別がある、というのではない。それから自分が望んだことが実現するかしないか、成功するか失敗するかについても、差はない。もっというと、その人生の成功そのものにすら何の意味もない、ということで私のへんてこりんな表現ですけれども、〔レジメの〕五頁目の下の方、自分の企ての実現に彼は「最悪を尽」します。「最善を尽す」のではなくて、最悪を尽す。その意味は、いいかげんにやるという意味ではまったくありませんで、全能力を傾けて、その悪事の実現に邁進するという意味で、そういう言葉遣いを私は使っております。

　ところが物語でいうと、最後の土壇場でばれちゃうんです。妻も殺し、自分も逃げようとするけれども捕まっちゃう。このあとキプロスからヴェニスに送還されて、そこで八つ裂きにされるんでしょうが、その捕まったときの彼の最後の言葉です。「今から先、おれは一言も口をきかんぞ。」つまりイアーゴゥはここで、彼の唯一の武器ともいえる言葉を捨てたんです。たしかにだからこれは無条件降伏に近い降参ではあるんですが、心のなかでは万歳していたと思います。というのは、完全試合を最後に逃したとはいえ、当初の目的であるオセローとデズデモーナを破滅に追い込む、これには成功していますから。その意味で彼は高笑いをしながら安んじて八つ裂きの刑に処せられたのではないか、と私は想像しております。

以上、最後は大変物騒な話になりましたが、ご清聴ありがとうございました。

あとがき

　私の専攻は西洋倫理思想の研究ないし総合人間学であって、けっして英文学やシェイクスピアの研究を専門としているわけではない。文字どおり私は、シェイクスピアについては素人である。ただひたすら、彼の作品に対する愛着が妄執となって、この拙い本の出版となった。

　私が集中的にシェイクスピアにのめり込むようになったのは、「まえがき」にも記したように、三十歳からであった。それまで、大学の学部、大学院を通しての専門はカント哲学であり、またしばらく学生運動に熱中していた関係で、マルクスなどもあるていど読んでいた。こうした経歴の私が、その後人間観・世界観を多少とも拡げ深めることができたとすれば、それはひとえにシェイクスピアのお陰である。四十歳のころ、知人に「僕はすでに悟りを得ているんです」と洩らして呆れた顔をされたことがあるが、そのとき内心にあったのは、シェイクスピアを通して、という思いであった。とりわけ魔女の "Fair is foul, and foul is fair." という呪文が、私にとって禅でいう公按の役割を果たしてくれた（第三章参照）。

　ただし当然、私のシェイクスピア解釈にはカント、ヘーゲル、マルクス、ニーチェ、ポストモダン思想、精神分析、社会生物学など、専門ないし関連領域からの影響が色濃く影を落としていることは否定できない。本書の議論がシェイクスピア論としては本道から外れているもう一つのゆえんである。

ここで幾つかの忘れがたいシェイクスピア体験を、ジャンル別に記すことを許していただきたい。本文の第三、五章で触れた体験とは別に、演劇ではシェイクスピアの生れ故郷ストラトフォード・アポン・エイヴォンで観た『タイタス・アンドロニカス』、旧東独時代のドレスデンでの『あらし』、ロンドンでの『コリオレイナス』など。映画ではコージンツェフの『リア王』『ハムレット』、ゼッフィレルリの『ロメオとジュリエット』、黒沢明の『蜘蛛巣城』（『マクベス』の忠実な映画化）など。オペラではミュンヘンで聴いたヴェルディの『オテロ』、ロンドンでの同じくヴェルディの『ファルスタッフ』など。とりわけ印象深かったのは、東京でのあやつり人形劇団「結城座」による『マクベス』（佐藤信演出）。この公演は前後四回鑑賞した。

　脚で稼いだシェイクスピア体験としては、1985年と87年の二回のスコットランド旅行。目的はひとえに『マクベス』の舞台を、フォレス近くの荒野、グラームズ、インヴァネス、コードー、バーナムの森、ダンシネーンの丘（第三章扉写真参照）と訪ね歩くことだった。このときある翻訳の地理的解説が嘘であることを発見したりもした。またインヴァネスで、今そびえている瀟洒な城とは反対側の丘を、マクベスが住んだ旧城跡を探しながら歩いていると、土地の老婦人がお茶に招いてくれて、「この家がその場所なのよ」と教えてくれた思い出がよみがえる。

　何かの拍子に、過去の著名人たちがシェイクスピアをどう評価していたかを知ることも、興味深いことだった。カール・マルクスがシェイクスピアの作品に骨の髄まで魅せられていたことはひろく知られているが、もう一人のカール、即ち天文学者のカール・セイガンもその一人であることを発見した。他にシェイクスピアを高く

評価する人物として、哲学者ではヘーゲル、ショーペンハウアー、ニーチェ、マルクーゼなど。文学者ではゲーテ、スタンダール、ボードレール、ドストエフスキー、ジェイムズ・ジョイス、M. エンデなど。音楽家ではベルリオーズ、チャイコフスキー、ヴェルディ、ワグナー。さらに精神分析のフロイト。

他方、シェイクスピアをけなす人間が少数ながらいることも発見した。ある本によるとトルストイは「シェイクスピアの作品は一足の長靴にも価しない」と語ったそうであるし、哲学者の E. ブロッホは主著『希望の原理』のなかで「シェイクスピアの宮廷好みからきている、この反動的で、ほとんど鼻持ちならない態度」とこき下ろしていた。親鸞の言い草のとおり（『歎異抄』第十二条）、皆が皆シェイクスピアを賛美していると知ったらかえってその偏った評価に疑問がわくだろうから、この発見は新鮮かつ有意義だった。

一つささいな自慢話をさせていただきたい。私は本書で細かな語義的な解釈もいくつか提案したが（第一章：bounty の二重の語義、nature と merit について、Cordelia の語義分析、第二章：『マクベス』V-5 の Tomorrow-Speaking 直前の二行の解釈、など）、それらがみな読者に受け入れられない結果におわるとしても、なお私には一つだけ、日本のシェイクスピア受容の歴史にささやかな貢献をしたという自負がある。それは、『マクベス』に出てくる「女から生まれたもの be born of woman などにマクベスを倒す力はない」という魔女たちの予言についてである (IV-1)。この予言はのちに、マクダフが実は帝王切開で生まれたという事情が明かされることによってマクベスを裏切ることになるのだが (V-8)、私は以前からここの訳に疑問を抱いていた。というのは、帝王切開も「女から生まれたもの」に違いないからだ。そこで、前記した結城座の『マク

ベス』を最初に観たとき、公演後のアンケート用紙に(やや下品ながら)「女の股から生まれたもの」という訳の提案を書きこんだ。すると次の年の再公演以降、この提案が採用されているのを耳で確かめることができた。

ここで本書の成り立ちに触れると、まず1981年度に、ある大学の教養課程の授業でシェイクスピアを取りあげたのが端緒である(昭和大学)。その後知人の紹介で「練馬市民大学」に招かれ、引き続き「練馬シェイクスピア同好会」で話す機会をいただいたが(1984〜6)、そのときの内容が(第五章を除いて)本書各章の原型となった。さらにマクベス論での学会発表(1984、唯物論研究協会)、リア王論を中心とした集中講義(1990、信州大学人文学部)などをへながら、1987年以降ほぼ毎春一本ずつ、学生の卒業論文集への寄稿として文章化していった(〜1996、埼玉大学教育学部)。今回本書を上梓するにあたって、表題の変更、文体の改変、文章・段落の修正・加筆・削除、等の改訂を施した。

本書がこうして出版されるに至るまで、多くの方たちのおかげを被っている。第七章の「イアーゴゥ論」を構想するについて、当時ミュンヘンに留学なさっていながら手紙で何度も熱い議論を交わしてくださった関根清三氏に、心から感謝します。「練馬市民大学」に素人の私を紹介してくださった村上健氏は、ある意味で最大の恩人です。世話役の松村雪香さん、花尻真樹子さん、原田みどりさんをはじめ、ともすれば難渋な議論に迷走しがちな私の話にいつも好意的に耳を傾けてくださった「練馬シェイクスピア同好会」の皆さんにも感謝します。最初に文章化した「リア王論」を望外にも高く評価してくださった諫早勇一氏と平子友長氏、拙論をコピーでお送りするたびに感想をお寄せくださり励ましてくださった片山洋之介

氏、五十嵐靖彦氏、佐藤康邦氏、幾つかの拙論に詳しいコメントを寄せてくださった石川文康氏、松山壽一氏をはじめ、多くの友人、先輩諸氏、研究会の仲間の皆さんにも感謝しています。

また、このシリーズの完成まで身近から叱咤激励してくださった同僚にして先輩の島岡光一、白井宏明、三輪隆の三教授にも感謝します。もちろん私の寄稿を読んでくれた多くの卒業生の諸君の眼差しも励みになりました。そのなかで、「リア王論」を緻密に理解してくれた神田みゆきさん、卒業論文で優れたハムレット論を書くかたわら、私の「マクベス論（Ⅰ）」を熟読してくれた島田綾子さん、「夏の夜の夢論」に心から共感を示してくれた飯島陽子さんには、とくに記して感謝します。

また、本書の面倒な編集作業を担当してくださった杉浦真知子さんにも感謝します。最後に、前著につづいて今回も拙著の出版をお引き受けくださったうえに、本の体裁等についての私の我が儘な希望を聞き入れてくださった花伝社の平田勝社長に、心から感謝申し上げます。

本書を機縁として新たにシェイクスピア・ファンが一人でも増えてくれますように、と願いつつ。

　　　1999年6月5日
　　　　　　　　　　　　　　　　　　　　　　渋谷 治美

　　† 本書を、1995年12月9日早朝、左膝骨肉腫のために二十一歳と二ヵ月余で逝った長男 健久 に捧げる。

改訂新版 あとがき

　初版の『シェイクスピアの人間哲学』を世に問うてから十年が経ってしまった。このたび本の題名の変更、それに連動した収録論考の配列の移動、二つの補遺の増補、初版時の誤字等の修正、文章の手直し等を施して、改めて出版することになった。この本は私が三十歳から五十歳に掛けての二十年間の小さな努力の結晶なので、今回、改訂新版を出版するにあたって、初版時に変わらない喜びを感じている。この十年のあいだに初版をお読み下さったすべての読者の皆さん、批評を寄せてくれた友人たちに、心から感謝したい。

　今回の仕事をしているあいだに、この本で私が個人的に一番誇りに思うのは、ひょっとして収録した論文の文章、論理展開、新たな仮説の提示、などではなくて、二本のマクベス論の章の扉に掲載した二枚の写真なのではなかろうか、と思うようになった。私自身あれらの写真を眺めなおすたびに、マクベス夫人とマクベスその人の悲劇がひしひしと伝わってくるのだ。読者の皆さんはどうであろうか。

　この十年のあいだに、『源氏物語』を全読することができた。人生のうちでシェイクスピアと『源氏物語』の両方を味わいつくす経験を得たことは、何ものにも代えがたい幸せであったという思いが、還暦を過ぎた現在、しばしば湧いてくる。そのつど、シェイクスピアと紫式部に感謝するのは当然として、それ以外には、このような僥倖を私にもたらしてくれた偶然性それ自体に感謝することにして

いる。

　今回冒頭に持ってきた『リア王』論について一言：私の論考にはケント伯爵とオズワルドについての言及がいっさいない（これに気がついて疑問に思われた読者がいるかもしれない）。後者はその小悪人としての振るまいによって戯曲のなかで中ていどには重要な役どころなのであるが、その存在性格は私生児エドモンドとのちの第七章で論じられるイアーゴゥの二人に吸収されて論じられていると見なすことができるだろう。問題はケント伯爵である。私も皆さんと同様に、この戯曲のなかでほとんど無条件に共感できるのは、この登場人物である。たぶんそれが理由で、彼については何の疑問も湧かず、したがって私としても論じようがないということだと思う。そのかわり（償いとして）、この劇を芝居で観るときには、これら二人がどのように演じられるかにも注目することにしている。

　今回の改訂新版を出すにあたっても、『新版 逆説のニヒリズム』のときと同様に、柴田章氏にいろいろとお世話になった。心から御礼を申し上げたい。また花伝社の平田社長には、今回も後輩の私への暖かいご配慮を頂いた。記して感謝の意を表したい。

　2009 年 5 月 7 日

渋谷 治美

渋谷治美（しぶや・はるよし）

1948年	静岡県御前崎に生まれる
1972年	東京大学文学部倫理学科卒業
1978年	東京大学大学院人文科学研究科博士課程修了
1982年	埼玉大学教育学部に勤務。教育学部長（2004年—2008年）を経て、
現在	埼玉大学教育学部教授 埼玉大学副学長
専攻	カント倫理学・総合人間学
著者	『新版 逆説のニヒリズム』（花伝社、2007年）
	『ニヒリズムとの対話――東京・ウィーン往復シンポジウム――』（共編著 晃洋書房、2005年）
訳書	カント『実用的見地における人間学』（『カント全集15 人間学』岩波書店、2003年、所収）

リア王と疎外 ── シェイクスピアの人間哲学 ──

2009年6月1日　初版第1刷発行

著者 ── 渋谷治美
発行者 ── 平田　勝
発行 ── 花伝社
発売 ── 共栄書房
〒101-0065　東京都千代田区西神田2-7-6 川合ビル
電話　　　03-3263-3813
FAX　　　03-3239-8272
E-mail　　kadensha@muf.biglobe.ne.jp
URL　　　http://kadensha.net
振替 ──00140-6-59661
装幀 ── 水橋真奈美（ヒロ工房）
印刷・製本 ─中央精版印刷株式会社

ⓒ2009　渋谷治美
ISBN978-4-7634-0546-3 C0010

新版　逆説のニヒリズム

渋谷治美

定価（本体 2000 円＋税）

●ポスト 9・11 に問いかける哲学
≪人はそれぞれ根拠なく生まれ、意義なく死んでいく≫
価値転換、価値創造のニヒリズム──無限に開かれた自由の哲学に向けて。宇宙論的ニヒリズムへの招待。

人間の時間──時間の美学試論
太田直道

定価（本体 2000 円＋税）

●人間にとって時間とは何だろう。時間の謎を思索する瞬間の美学とは何か、追憶とは何か、過去とは何か、そして時代とは──。時間の哲学的・美的考察を通して、過去忘却の時代を問う。